BASTEI
LÜBBE

Bisher sind im BASTEI-LÜBBE Taschenbuchprogramm von ROBERT ASPRIN nachstehende Bände erschienen:

Geschichten aus der Diebeswelt
20089 Die Diebe aus Freistatt
20091 Der blaue Stern
20093 Zum wilden Einhorn
20095 Die Rache der Wache
20098 Die Götter von Freistatt
20101 Verrat in Freistatt
20107 Krieg der Diebe

20016 Ein Dämon zuviel
20084 Ein Dämon auf Abwegen
20085 Ein Dämon kommt selten allein
20086 Ein Dämon macht noch keinen Sommer
20109 Dämonen-Futter
20110 Ein Dämon mit beschränkter Haftung

Robert Asprin & Lynn Abbey (Hg.)

Geschichten aus der Diebeswelt

HEXENNACHT

BASTEI LÜBBE

BASTEI-LÜBBE-TASCHENBUCH
Fantasy

Band 20113

Erste Auflage: November 1988

Deutsche Lizenzausgabe 1988
Bastei-Verlag Gustav H. Lübbe GmbH & Co., Bergisch Gladbach
Originaltitel: The Face of Chaos/Wings of Omen
Übersetzernachweis am Ende jeder Story
Lektorat: Reinhard Rohn
Titelillustration: Walter Velez
Umschlaggestaltung: Quadro-Grafik, Bensberg
Satz: Fotosatz Schell, Bad Iburg
Druck und Verarbeitung:
Brodard & Taupin, La Flèche, Frankreich
Printed in France
ISBN 3-404-20113-2

Der Preis dieses Bandes versteht sich einschließlich
der gesetzlichen Mehrwertsteuer.

Inhalt

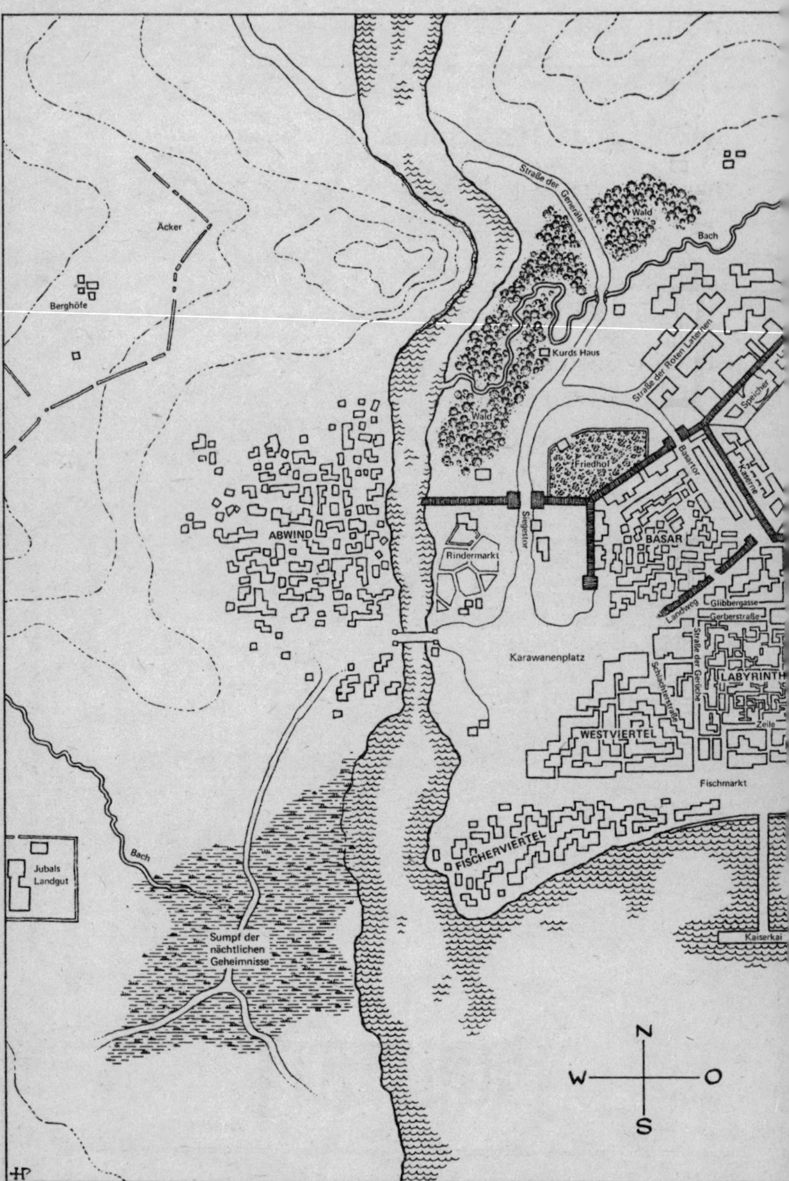
Äcker
Berghöfe
Straße der Generäle
Wald
Bach
Kurds Haus
Straße der Roten Laternen
Speicher
Wald
Friedhof
Basartor
Kaserne
Siegestor
Rindermarkt
ABWIND
BASAR
Glibbergasse
Landweg
Gerberstraße
Karawanenplatz
Straße der Gerüche
Schlachterstraße
LABYRINTH
Zeile
WESTVIERTEL
Fischmarkt
FISCHERVIERTEL
Kaiserkai
Bach
Jubals
Landgut
Sumpf der
nächtlichen
Geheimnisse
N
W
O
S
HP

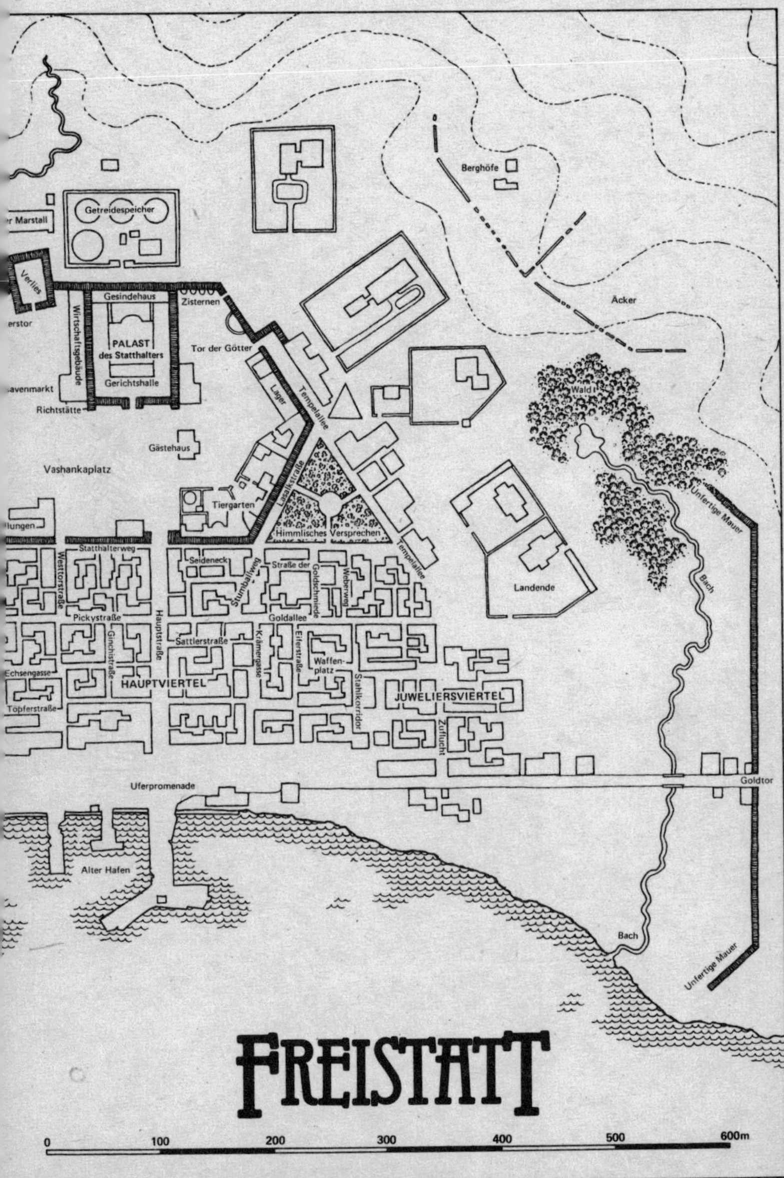

Getreidespeicher
Verlies
Gesindehaus
Zisternen
Wirtschaftsgebäude
PALAST
des Statthalters
Gerichtshalle
Richtstätte
Tor der Götter
Lager
Tempelallee
Gästehaus
Vashankaplatz
Lasalkstraße
Tiergarten
Himmlisches Versprechen
Berghöfe
Äcker
Wald
Unfertige Mauer
Bach
Landende
Statthalterweg
Westtorstraße
Seideneck
Stumballweg
Straße der Goldschmiede
Weberweg
Tempelallee
Pickystraße
Hauptstraße
Goldallee
Sattlerstraße
Ginchistraße
Krämergasse
Eiferstraße
Waffen-
platz
Stahlkorridor
Echsengasse
HAUPTVIERTEL
JUWELIERSVIERTEL
Töpferstraße
Zuflucht
Uferpromenade
Goldtor
Alter Hafen
Bach
Unfertige Mauer
FREISTATT
0
100
200
300
400
500
600m

Anmerkung des Herausgebers

Dem aufmerksamen Leser fallen möglicherweise kleine Unstimmigkeiten bei den Figuren dieser Storys auf. Ihre Sprechweise, ihre Darstellung bestimmter Ereignisse und ihre Ansichten, wer in der Stadt mehr oder weniger zu sagen hat, variieren von Zeit zu Zeit.

DAS SIND JEDOCH KEINE UNSTIMMIGKEITEN!

Der Leser sollte diese scheinbaren Widersprüchlichkeiten noch einmal genauer betrachten und dabei dreierlei bedenken:

Erstens: Jede Geschichte wird aus einer anderen Sicht erzählt, und jeder sieht und hört die Dinge eben ein bißchen anders. Selbst augenscheinliche Tatsachen werden durch Wahrnehmung und Standpunkt des einzelnen beeinflußt. So wird beispielsweise ein Spielmann ein Gespräch mit einem Magier anders wiedergeben als ein Dieb, der dasselbe Gespräch mit anhörte.

Zweitens: Die Bürger von Freistatt sind zwangsläufig mehr als nur ein bißchen paranoid. Sie neigen dazu, im Gespräch manche Dinge entweder ganz zu übersehen oder abzuwandeln. Sie tun das eher automatisch als vorsätzlich, weil es für das Überleben in dieser Gesellschaft notwendig ist.

Drittens: In Freistatt ist der Konkurrenzkampf groß. Man wird z. B. nicht angeheuert, wenn man von vornherein zugibt, ›der zweitbeste Schwertkämpfer der Stadt‹ zu sein. Man schneidet also nicht nur auf, was die eigene Person betrifft, sondern setzt auch seinen gefährlichsten Rivalen herab oder ignoriert ihn. Folglich variiert die Rangordnung in Freistatt je nachdem, wer erzählt — oder mehr noch, wem man glaubt.

Samlor hil Samt

Die Suche

David Drake

»Ha!« rief der beysibische Henker, und die Klinge in seiner Linken sauste herab. Die Zeigefingerspitze seines Opfers flog dreißig Fuß über den Basar und schlug gegen Samlors Stiefel. »Ha!« Die Klinge in der Rechten des Scharfrichters hieb durch den Mittel- und den Ringfinger, so daß die Hand des Opfers in einer geraden blutigen Linie endete.

Der Versteigerungsstand in der Mitte des Basars wurde nicht zum erstenmal als Richtstätte benutzt, doch diese Art der Bestrafung hatte Samlor hil Samt noch nicht gesehen. Das galt auch für viele der alteingesessenen Bürger Freistatts, wie aus ihren Gesichtern abzulesen war. Das Opfer, eine Frau, war mit ausgestreckten Armen und Beinen an eine hölzerne Wand gebunden. Eine solche Szenerie vermittelte den Zuschauern ein deutlicheres Bild von der meisterhaften Arbeit des Henkers, als es auf einem gewöhnlichen waagrechten Richtblock möglich gewesen wäre. Und der Beysiber – Lord Tudhaliya, wenn Samlor den Namen recht verstanden hatte – verstand ohne Zweifel sein Handwerk.

Tudhaliya ließ seine Schwerter kreisen, während er selbst wie im Tanz herumwirbelte. Die Klingen blitzten. Der Beysiber verbeugte sich vor der Menge und ließ eine Serie von raschen Hieben folgen. Es war eine herablassende Geste, ein spöttisches Zugeständnis an die Zuschauer, denen die Gunst zuteil wurde, ihn bei seiner Arbeit beobachten zu dürfen. Er wäre niemals höflich zu ihresgleichen gewesen. Für diesen öffentlichen Auftritt hatte er sich bis auf ein Tuch entkleidet, das sein Geschlecht straff bedeckte und genug Bewegungsfreiheit bot. Er war in einer Sänfte zum Richtplatz gekommen und hatte eine Gefolgschaft brokatgewandeter Beysiber mitgebracht, die sich mit ehrerbietigen Mienen um ihn aufgebaut hatten, während er dem schreienden Opfer die Finger stückchenweise abtrennte.

Nun, mit den Herrschenden Freistatts hatte Samlor nie zu schaffen gehabt. Bei allen Göttern! Wie der cirdonische Karawanenmeister nun wünschte, daß er auch sonst mit dieser verdammten Stadt nichts zu tun hätte.

Erste Auskünfte hatte er für ein Kupferstück von einem Jungen erhalten, der sie ebenso gut zu verkaufen verstand wie das harte Brot, das er in einer Schüssel auf dem Kopf trug. Der Name einer Seherin, einer S'danzo, deren Beschützer ein Schmied war? O ja, Illyra war noch in Freistatt – und Dubro der Schmied auch, wenn der fremde Herr seiner Dienste bedurfte.

Was Samlor vorhatte, betraf nicht den Schmied, aber es war gut, Bescheid zu wissen. Bevor er in die Bude trat, hakte der Cirdonier seine Daumen in seinen Gürtel und ruckte ihn ein Stück zur Seite. Das erschien ihm weniger offensichtlich, als das Messer selbst zu ziehen und griffbereit nach vorn zu stecken.

»Willkommen, Herr«, sagte die Frau, die auf einem Stuhl die Karten gelegt hatte. In ihrer Reichweite befand sich die übliche Ausstattung ihrer Zunft und ein Tisch, den sie zwischen sich und die niedrigere, gepolsterte Sitzgelegenheit für die Kundschaft schieben konnte. Die junge Frau musterte ihn mit scharfen Augen, als er den Muschelvorhang geräuschvoll zur Seite schob. Der Cirdonier wußte, daß solch ein kurzer, abschätzender Blick meist genug Informationen für das anschließende Hand- oder Kartenlesen oder das Deuten von Bildern auf einer bewegten Wasseroberfläche enthüllte.

»Ihr wollt Gewißheit über eine glückliche Rückkehr ...« Samlors ausdruckslose Miene war ein offenes Buch für sie. »Nein, Ihr habt keine Reise im Sinn, aber eine Frau. Setzt Euch. Die Karten, wenn ich vorschlagen darf?« Mit der linken Hand legte sie die Karten auf, diese prächtigen bedeutungsvollen Zeichen, die für viele ein ebenso klarer Spiegel des Universums waren wie die eisigen, funkelnden Sterne am Firmament.

»Lady«, sagte Samlor. Er streckte ihr die Linke entgegen und öffnete die Faust. Sie enthielt ungeprägtes Münzsilber, das gewogen und mit Stempel versehen wurde, sobald es auf einen beysibischen Markt gelangte. »Ihr habt einem Mann, den ich traf, die Wahrheit geweissagt. Auch ich suche eine Wahrheit, eine, die Ihr nicht aus meinem Gesicht lesen könnt.«

Die S'danzo musterte den Karawanenmeister erneut, noch immer einladend lächelnd, doch mit neuem Interesse. Samlors Stiefelabsätze waren hoch genug für guten Halt in den Steigbügeln, flach genug für bequemes Gehen und mehr von scharfkantigen Steinen denn von Straßenpflaster abgetreten.

Er war untersetzt und nicht mehr jung, doch sein Oberkörper wies nicht die Rundungen auf, die ein bequemes Leben mit sich brachte. Samlors Gewand bestand aus einfachem rotem Tuch, das zu seiner Gesichtsfarbe paßte. Weder Wind noch Sonne schienen seine Haut je zu bräunen. Der einzige Schmuck, den er trug, war ein silbernes Medaillon, dessen Bildnis verborgen blieb, bis er sich nach vorn beugte, um der Frau das Münzsilber in seiner schwieligen Faust zu zeigen. Da drehte es sich und offenbarte das Krötengesicht Heqts, der Göttin Cirdons und des Frühlingsregens.

»Samlor hil Samt!« entfuhr es der S'danzo.

»Nein!« sagte der Mann scharf, als ihr Blick zur Tür flog, durch die das Klirren des Schmiedehammers auf heißem Eisen zu hören war. »Gebt mir nur eine Auskunft, Lady, und Euch wird nichts geschehen.« Er unterließ es, nach seinem Dolch zu greifen. Wenn sie sich an Samlor erinnerte, dann wußte sie auch von den Geschehnissen während seines ersten Besuches in Freistatt. Ob es ihm gefiel oder nicht, sein Ruf war bereits einschüchternd genug. »Ich suche ein kleines Mädchen, meine Nichte. Das ist alles.«

»Dann setzt Euch«, sagte die S'danzo wachsam. Diesmal folgte der Besucher ihrer Aufforderung. Er hielt ihr das Silberstück zwischen Daumen und Zeigefinger entgegen, aber sie drehte seine Hand herum und betrachtete die

Linien einen Augenblick, bevor sie die Bezahlung annahm. »Es klebt Blut daran«, sagte sie schroff.

»Draußen am Platz findet eine Hinrichtung statt«, erklärte Samlor. Er konnte kein Blut entdecken. Selbst die abgeschlagene Fingerspitze hatte auf seinem staubigen Stiefel keine Spur hinterlassen. »Oh«, sagte er, als er schließlich begriff, was sie meinte. Er sah der S'danzo in die Augen. »Das Leben ist nicht immer einfach, Lady – manchmal ist es eine Frage der Ehre. Nicht mehr meiner Ehre, seit ich unter die Händler gegangen bin ...« Seine Lippen zuckten in einem bitteren Lächeln. »... aber die der Familie, des Hauses der Kodrix sehr wohl. Es gibt nicht viele Dinge, an denen ich Freude habe. Töten gehört nicht dazu. Aber das Leben verlangt uns alles ab.«

Illyra ließ seine Hand los. Ihre Finger nahmen das Silberstück mit der Geschicklichkeit eines Diebes. Doch hier handelte es sich um keine Sitzung, die mit Fingerfertigkeit und Tricks zu bestreiten war. »Erzählt mir von dem Kind«, verlangte die S'danzo.

»Ja«, stimmte der untersetzte Mann zu. Nein, es gibt nicht viele Dinge, an denen ich Freude habe, dachte er grimmig, aber freudlose Erinnerungen habe ich genug. »Meine Schwester Samlane war ...«, begann er und stockte, »keine Schlampe, denn sie ging nicht mit jedem dahergelaufenen Kerl ins Bett, sondern suchte sich aus, wen sie wollte. Sie war auch keine Hure, spielte jedoch manchmal eine, denn Geld war in unserem Haus immer knapp. Sie hielt nicht viel von ehrlichen Geschäften oder dem guten Ruf des Hauses Kodrix. Meine Eltern waren dennoch stolz auf sie, wie sie es auf mich nie waren, seit ich auf rechtschaffene Weise ihre Vorratskammern füllte – und ihre Weinkeller.« Das Lachen, das ertönte, klang bitter, es verriet, daß der Seitenhieb den Erzähler selbst am tiefsten verletzte.

Die Frau lauschte stumm seinen Worten. Nur das leise Geräusch der Muscheln des Türvorhanges, die ein Luftzug bewegte, war zu hören.

»Sie schreckte vor nichts zurück«, fuhr Samlor fort. »Es

hätte uns also keineswegs überraschen sollen, daß sie vor ihrer Hochzeit einen Bastard zur Welt brachte, als sie noch in Cirdon war. Samlanes persönliche Habe wurde zurückgeschickt, als sie – gestorben war ...« Sechs Zoll Stahl, das Stiefelmesser ihres Bruders, hatten ihren Leib durchbohrt; das Bild war so scharf in Samlors Erinnerung wie die Schneide der neuen Klinge, die er nun in seinem Stiefelschaft trug. »Ich glaube, Regli wollte gar nicht wissen, daß sie schon geboren hatte. Denn selbst mit Alaun lassen sich nicht alle Spuren der Schwangerschaft beseitigen, aber sie gab sich vor ihm als Jungfrau aus. Die rankanischen Edlen sind offenbar viel dümmer, als ich dachte! Dieses Flittchen! Ihr Götter! Dieses nichtsnutzige Flittchen!«

»Erzählt weiter«, bat Illyra mitfühlend, denn ihr entging die Qual nicht, die in den Flüchen mitschwang.

»Das meiste erfuhr ich aus einem Tagebuch«, fuhr Samlor fort. Er zwang sich, seine Fäuste zu öffnen, die er in seinem Grimm geballt hatte. »Das Kind war ein Mädchen. Es wurde von einer Magd Samlanes, Reia, aufgezogen. Wahrscheinlich habe ich es sogar gelegentlich gesehen, wenn es mit den anderen Kindern des Gesindes im Haus herumtollte. In dem großen Haus konnte man sich verirren. Ein ganzer Seitenflügel könnte über einem einstürzen, und man würde nie gefunden werden.« Seine Fäuste ballten sich wieder. »Meine Eltern behaupten, sie hätten nie etwas von dem Kind gewußt, nie etwas von Samlane erfahren. Ich bete zu den Göttern, daß es stimmt, sonst müßte ich vergessen, daß sie meine Eltern sind.«

Die S'danzo griff nach seinen Händen, und er entspannte sich unter der beruhigenden Berührung. »Sie ist jetzt vier Jahre alt«, fuhr er fort. »Sie hat ein Muttermal vorne unter dem Haar, wo ihre schwarzen Locken weiße Strähnen haben. Deshalb nannten sie sie Stern, meine Schwester und die Magd. Und ich bin nach Freistatt gekommen ...« Samlors Augen blickten kalt, doch ohne Grimm, und seine Stimme hatte plötzlich die Härte und Schärfe einer Klinge, »... in dieses Höllenloch, um meine Nichte zu finden. Reia hat hier geheiratet, einen Gardisten, und sie ist hier geblieben, nachdem meine Schwester starb. Sie hat Stern aufgezogen wie ein eigenes Kind, wie sie mir sagte, bis es vor einem Monat plötzlich verschwand. Keiner weiß, wohin. Um einen Monat nur«, fügte der Cirdonier kopfschüttelnd hinzu, »bin ich zu spät gekommen. Aber ich *werde* Stern finden, und jeden, der dem Kind etwas angetan hat.«

»Habt Ihr etwas mitgebracht, das ich berühren kann? Etwas, das dem Mädchen gehörte?« fragte Illyra mit dem nüchternen Interesse ihres Gewerbes.

»Ja«, erwiderte Samlor nun ebenfalls ruhig. Mit seiner Rechten, seiner Dolchhand, hielt er ihr ein Medaillon entgegen, das jenem um seinen Hals glich. »Es ist der Brauch bei uns in Cirdon, daß das Neugeborene mit einem heiligen Kleinod dem Schutz Heqts befohlen wird. Das ist Sterns Geburtsmedaillon. Ein Kind, das mit Stern befreundet war, fand es im Stall des Hauses und brachte es Reia.«

Illyra nahm das grinsende Antlitz Heqts. Ihr Blick wanderte zu den Enden des Bandes, an dem das Medaillon hing. Das Leder war dunkel vom jahrelangen Tragen, von Schweiß und Hautölen, doch die Flächen der Enden waren hellgelb.

»Ja«, sagte Samlor, »es ist abgeschnitten worden. Helft Ihr mir, Stern zu finden, Lady?«

Die S'danzo nickte. In ihren Augen schimmerten bereits die ersten Schleier der Entrückung.

Illyras Blick war ins Leere gerichtet – lange Sekunden, die Samlor wie Minuten erschienen. Ihre Finger waren dunkel und emsig. Sie trug Ringe fast an jedem. Was sie fühlten, während sie das Medaillon betasteten, nahm sie nicht mit dem Verstand wahr, sondern mit ihrem innersten Wesen, mit ihrer Seele.

Schließlich erwachte sie heftig atmend aus ihrer Entrükkung – einem Schiffbrüchigen gleich, der sich an die Wasseroberfläche kämpfte. Ihre schmalen Lippen zuckten bei der Erinnerung an die Dinge, die sie gesehen hatte. Samlor stieß den Atem aus, wobei ihm bewußt wurde, daß er ihn die ganze Zeit über angehalten hatte.

»Ich wünschte«, sagte die Frau leise, »ich hätte bessere Auskünfte für Euch oder wenigstens umfangreichere. Nein!« sagte sie rasch, denn Samlors Züge waren zu Stein erstarrt, »sie ist nicht tot. Ich kann Euch auch nicht sagen, wer, Meister, auch nicht, wo. Doch ich glaube, ich habe erkannt, warum.«

Mit einer Hand hielt sie ihm das Medaillon so vorsichtig entgegen, als wäre es das Kind selbst; mit den Fingern der anderen Hand fuhr sie durch ihr Haar. »Das Mal, das Ihr als ›Stern‹ beschreibt, ist der ›Porta‹ für manche der Beysiber. Ein Meerestier mit Saugarmen – ein Gott für manche.«

Samlor wandte den Blick zum Eingang, dessen Vorhang die Hinrichtung verbarg. Ein ungeheurer Grimm wuchs in ihm. »Auch für den?« fragte er mit einem Kopfnicken und beherrschter Stimme, die nichts von seiner Wut auf Lord Tudhaliya ahnen ließ.

»Nein, nicht für die Herrscher«, erklärte Illyra. »Ganz sicher nicht für den Burek-Clan, nicht für die Reiter, aber für die Fischer und Schiffsbauer, die die Burek hierher brachten, die Setmur – aber auch nicht für alle.« Die Worte schienen eine schreckliche Erinnerung zu wecken, denn ihr Gesicht verriet tiefen Abscheu. Sie senkte den Blick und erklärte: »Es gab einen Dyareela-Kult in Freistatt. Es ist noch nicht lange her. Der Porta-Kult ist ihm sehr ähnlich. Nur wenige sind es, die im geheimen zusammenkommen, denn es gilt als Frevel und Verrat, andere Götter als die des Reiches zu verehren.«

»Haben die Beysiber die Tempel geschlossen?« fragte Samlor. Ihre letzte Bemerkung ließ dies vermuten.

»Nur für Menschen«, erwiderte Illyra. »Und die Setmur sind Menschen, selbst für die Burek.« Sie lächelte. »Wir S'danzos sind es gewöhnt, als Tiere angesehen zu werden, Meister. Auch in Städten, die schon so lange zum rankanischen Reich gehören wie Cirdon.«

»Fahrt fort«, sagte Samlor beherrscht. »Haben diese Beysiber vor, Stern ihrem ...« Er zuckte hilflos die Schultern und fuhr fort: »... Kraken, ihrem Tintenfisch zu opfern?«

Die S'danzofrau lachte. »Meister – Samlor«, sagte sie,

»ist Heqt eine übergroße Kröte, die man in der Nähe eines Teiches finden kann?« Der Mann berührte sein Medaillon. Seine Augen verengten sich bei dieser blasphemischen Frage, während Illyra fortfuhr: »Porta ist eine Gottheit oder eine Idee – wenn das nicht dasselbe ist. Eine Vorstellung der Fischer. Einige von ihnen hatten immer Bildnisse auf Stein oder Muschelschalen auf ihren Schiffen versteckt, unter Deck, wo der Gestank jeden Edlen davon abhält, sich umzusehen. Und jetzt haben sie noch etwas, das sie ihrem Gott näherbringt. Sie haben ...« Sie blickte vom Medaillon des Kindes, das ihr viel verraten hatte, in die Augen des Cirdoniers, die noch mehr enthüllt hatten. »... das Mädchen, das Ihr als Eure Nichte bezeichnet.«

Samlor hil Samt erhob sich mit mühsam unterdrücktem Zorn. Es war plötzlich eiskalt im Raum. »Lady«, sagte er, als er sich im Eingang noch einmal umwandte, »ich bin dankbar für Eure Dienste. Aber eines laßt mich Euch sagen. Ich weiß, die Rankaner glauben, daß ihr Sturmgott mit seiner Schwester das Lager teilt. Aber wir Cirdonier reden über solche Dinge nicht. Wir denken sie nicht einmal!«

Außer wenn wir betrunken sind, widersprachen die Gedanken des Mannes, als er durch den Muschelvorhang wieder hinaus auf den Platz trat. *Außer wenn wir sehr betrunken sind, aber dazu noch in der Lage ... Zur Hölle mit Samlane! Zur Hölle, die sie tausendfach verdient hat!*

Erstaunlicherweise war die Hinrichtung noch immer nicht beendet. Lord Tudhaliyas Lendenschurz war dunkel von Schweiß. Sein Körper glänzte und war in tanzender Bewegung. Seine Klingen blitzten, als sie vorwärtszuckten, und ein Schauer von Blutstropfen funkelte in der Luft.

Der Ellenbogen des Opfers endete in einem Stumpf. Tudhaliyas Schwerter waren scharf, aber zu leicht, um den dicken Knochen eines menschlichen Oberarms mit einem Schlag zu durchhauen. Rechtes Schwert, linkes Schwert – schnitten durch das Fleisch, kerbten den Knochen. Tudhaliya wirbelte. Mit dem Rücken zu seinem Opfer holte er aus. Die Klingen trafen genau. Der Ellenbogen des Opfers flog zur Seite. Es stöhnte. Es klang wie ein verwundetes

Tier – aber mehr als ein Tier war es für Tudhaliya ohnehin nicht. Seine Gefolgschaft spendete ihm höflich Beifall, geziert, mit den Fingerspitzen der linken gegen die Fläche der rechten Hand klatschend.

Samlor verließ den Basar. Seine Gedanken waren mit einem Kind beschäftigt, und er dachte, daß Töten sehr wohl zu den Freuden des Lebens zählen konnte – auch für ihn.

In den Jahren seit Samlors erstem Besuch Freistatts hatte das Schild der Schenke neue Farbe bekommen. Das Horn des Einhorns war vergoldet und sein geschwollener Penis mit roter Farbe hervorgehoben worden, damit ihn ja keiner übersah. Der Schankraum stank wie damals, nur die rußenden Lampen waren noch nicht entzündet. Ein paar Soldaten waren mit ihrem Würfelspiel beschäftigt und offenbar nicht einig, wer an der Reihe war, die nächste Runde auszugeben. Im Hintergrund saßen zwei Frauen, denen man ihr Gewerbe selbst in dem spärlichen Licht, das durch die schmutzigen Fenster fiel, schon von weitem ansah. Ihnen galt die Aufmerksamkeit eines Mannes nahe der Wand, der jedoch auch die Soldaten beobachtete und besonders eingehend Samlor musterte, als dieser die Schenke betrat.

Niemand beachtete den Burschen in der Ecke mit dem Schwert und der Laute und dem unfreundlichen Blick, mit dem er den leeren Humpen vor sich bedachte. »He, Freund«, wandte sich Samlor an den schiefschulterigen Wirt. »Bring Wein für mich und was immer mein Freund mit der Laute hier trinkt!« Das Instrument war mit Elfenbein und Perlmutt eingelegt, doch Samlor waren die leeren Fassungen nicht entgangen, in denen sich einst Edelsteine befunden haben mußten.

Die Frauen hatten sich bereits erhoben und waren im Anmarsch – wie Schildfische, die den Hai erspäht hatten, von dem sie sich ihre nächste Mahlzeit erhofften. Doch Samlor wandte sich mit einem freundlichen Lächeln an den

Zuhälter an der Wand. »Das ist für Euch …«, sagte er. Mit dem Daumen schnippte er eine Münze in seine Richtung, um die sich die Finger des Kerls wie die Krallen eines Adlers schlossen, bevor sie in seinen Schoß fallen konnte. Es war eine Silbermünze, in Ranke geprägt, der Tageslohn für einen Mann und mehr als diese beiden billigen Dirnen zusammen in einer Nacht verdienen konnten. »… wenn Ihr mir die beiden vom Leib haltet. Andernfalls würde ich mir die Münze zurückholen, selbst wenn Ihr sie verschluckt hättet.« Samlor lächelte erneut, doch nun nicht mehr freundlich.

Die beiden Frauen machten kehrt, noch bevor der Zuhälter sie anschnauzte.

Der Spielmann hatte sich erhoben und griff nach dem Becher, den Samlor ihm vom Schanktisch reichte. Der war mit Wein gefüllt, obgleich der Lautenspieler zuvor das billigere Bier getrunken hatte. »Ich danke Euch für die Freundlichkeit, Herr«, sagte er, als er den Becher nahm. »Sagt mir, was Cappen Varra für Euch tun kann.«

Samlor hob seine Linke über die Laute. Eine Münze ließ die Saiten erklingen, als sie zwischen ihnen hindurch fiel. »Ein Kupferstück für ein Lied aus der Heimat«, sagte er. Er wußte – und aus der Art des Klanges hatte es auch der Spielmann erkannt –, daß die Münze nicht aus Kupfer und auch nicht aus Silber war. »Und ein zweites, wenn Ihr für mich draußen auf der Bank singt, wo das Atmen – nicht soviel Überwindung kostet.«

Cappen Varra folgte ihm mit nachdenklicher Miene. Er schüttelte die Laute leicht, daß das Goldstück im Resonanzkörper klapperte. »Also, was soll das für ein Lied sein, das Ihr hören wollt, guter Herr?« fragte er, als er sich Samlor gegenüber setzte, das linke Bein angezogen, die rechte Hand auf der Laute, nah dem Griff des Dolches an seiner Seite.

»Ein kleines Mädchen ist verschwunden«, erklärte Samlor. »Ich brauche einen Namen oder den Namen von jemandem, der einen Namen weiß.«

»Und wie klein ist das Mädchen?« fragte Varra vorsichtig. Er legte die Laute zur Seite, scheinbar, um den Becher in die linke Hand zu nehmen. »Sechzehn, vielleicht?«

»Vier«, sagte Samlor.

Cappen Varra war auf den Beinen und spuckte den Wein aus. »Ihr solltet mich nicht beleidigen, guter Herr!« Er hielt die Laute hoch und schüttelte es. »Es gibt Leute genug in dieser Stadt, die mit derlei Ware Handel treiben. Ich gehöre nicht dazu. Hier, ich werfe Euer ›Kupferstück‹ wohin es gehört – in den Schmutz zu Eurem Ansinnen!«

»Freund«, erwiderte Samlor. Er fing die Münze in der Luft. »Ich meine nicht Euch, doch wenn Ihr den Namen von jemandem wißt – nennt ihn um des Kindes willen. *Bitte.*«

Cappen Varra nahm einen tiefen Atemzug und setzte sich wieder. »Ihr müßt mir vergeben«, sagte er. »Wenn man in Freistatt lebt, hat man immer das Gefühl, in jedermanns Auge ein Dieb oder Schlimmeres zu sein – weil jeder ein Dieb oder Schlimmeres *ist*, wie mir manchmal scheint. Ihr wollt den Namen von jemandem, der möglicherweise mit kleinen Kindern handelt? In dieser Stadt könnte das eine längere Liste ergeben.«

»Die mir nicht viel nützen würde«, erklärte der Cirdonier. »Es gibt Gründe zu der Annahme, daß das Mädchen von den Beysibern geraubt wurde.«

Der Spielmann blinzelte. »Dann kann ich Euch wirklich nicht helfen, so sehr ich auch möchte. Meine Lieder öffnen mir keine beysibischen Türen.«

Samlor nickte zustimmend. »Aber vielleicht kennt Ihr jemanden in der Stadt, der beysibisches Diebesgut absetzt. Es muß jemanden geben. In einer so geschlossenen Gruppe wie der ihren können sie solche Geschäfte nicht untereinander abwickeln.«

»Oh«, sagte Cappen Varra. Seine Rechte trommelte nervös auf seinem Instrument. Als er aufblickte, war Besorgnis aus seiner Miene zu lesen. »Das könnte sehr gefährlich werden«, erklärte er. »Für Euch und für den, der Euch zu diesem Mann geschickt hat – wenn er es übelnimmt.«

»Mein Angebot war ernst gemeint«, sagte Samlor. Er

legte ein zweites rankanisches Goldstück zu dem einen in seiner Hand.

»Nein, keine Bezahlung«, wehrte der Spielmann ab. »Nicht dafür. Ich – sage Euch, was Ihr tun müßt. Wartet bis es dunkel ist. Aber schwört mir, meinen Namen nicht zu nennen, oder ich werde kein Wort mehr sagen – selbst um des Kindes willen nicht.«

Samlor lächelte schwach. »Es scheint«, stellte er fest, »daß man zumindest zwei Männer von Ehre in Freistatt findet.«

Cappen Varra griff in die Saiten seiner Laute. »Es gibt einen Ils-Tempel im Seideneck«, begann er rhythmisch zu singen, mit verträumter Miene, als wäre es ein Liebeslied. »Nur ein kleines Bethaus. Das müßt Ihr betreten. In der Gasse dahinter wendet Euch rechts ...«

Drei Stunden vor Sonnenuntergang verließ Samlor das Wilde Einhorn. Er suchte fast bis Einbruch der Dunkelheit, bis er erstehen konnte, was er für die Unterredung brauchte: keine Schwarzmarktware, aber ungewöhnlich genug, daß man sie nicht an jedem Stand kaufen konnte. Zudem kannte er sich in der Stadt nicht aus. Er fand schließlich, was er brauchte, bei einem Apotheker.

In der Dunkelheit vermittelten die Straßen Freistatts ein anderes Gefühl: das der allgegenwärtig lauernden Gefahr. Unter den gegenwärtigen Umständen hielt es Samlor nicht für klug, seinen Dolch blank in der Faust zu halten, wie er es sonst getan hätte. Doch er war wachsam und auf einen plötzlichen Angreifer gefaßt, der es auf seinen Geldbeutel oder vielleicht sogar auf die Weinflasche abgesehen hatte, deren Hals aus seiner Tasche ragte.

Das Bethaus des Ils besaß einst ein Eingangstor, doch das schwere Schmiedeeisen hatte Liebhaber gefunden. Es gab keine Kultgegenstände im Inneren, außer einer Nische mit einem Bildnis der Gottheit. Früher mochte sich darin eine Statue befunden haben, die wohl auf gleiche Weise wie das Tor verschwunden war. Samlor schlenderte durch den

Tempel. Er war nicht sicher, daß der Betrunkene, der in der Ecke schlief, auch wirklich nur ein Betrunkener war.

Die Gasse hinter dem Tempel war schwarz wie die Seele eines Staatsmannes. Samlor mußte sich vorantasten und entdeckte mehrere wacklige Stufen an der linken Wand. Dann eine zweite Treppe. Die knackenden und knirschenden Geräusche unter seinem Schuhwerk beunruhigten Samlor nicht. Die Wachen, mit denen er rechnete, würden nicht ohne Befehl zuschlagen, und ihre Anwesenheit würde einen Großteil des Diebes- und Mordgesindels aus den Gassen vertreiben.

Eine Leiter lehnte an der Wand. Sie führte zu einer Falltür im oberen Stockwerk. Samlor stieg zwei Sprossen hoch und pochte an die Tür. Dabei war ihm durchaus bewußt, in welch gefährlicher Lage er sich befand, wenn er die Anweisungen des Spielmanns nicht richtig befolgt hatte.

»Ja?« murrte eine Stimme von oben.

»Tarragon«, flüsterte Samlor. Wenn sie das Losungswort inzwischen geändert hatten, würde das nächste Geräusch das einer Dolchklinge sein, die zwischen seine Rippen stieß.

Die Tür klappte auf. Zwei Männer griffen herab und hoben Samlor wortlos hoch. Sie trugen Masken wie auch der dritte Mann, der hinter ihnen im Schein einer Öllampe über Rechnungsbüchern an einem Schreibtisch saß. Er war offensichtlich der Anführer. Die beiden, die Samlor hielten, waren Halunken auf den ersten Blick, die Sorte mit viel Muskeln und wenig Grips. Der Anführer war ein Schwarzer. Die Maske, die sein Gesicht bedeckte, hatte im Laufe der Zeit gelitten, aber die Augen dahinter leuchteten wie die des Falken, den sie darstellte.

Der Schwarze beobachtete die gründliche Durchsuchung schweigend. Die beiden hielten ihn, und Samlor ließ es ruhig über sich ergehen, daß ihre freien Hände sich geübt an ihm zu schaffen machten, sein Messer nahmen, seinen Geldbeutel, seine Tasche, die Stiefel von seinen Füßen zogen und selbst die leere Schaftscheide untersuchten, seine Arme abtasteten, seinen Oberkörper, seine Beine.

Doch die einzige Waffe, die Samlor an diesem Abend trug, war der Dolch im Gürtel. Vollkommen waffenlos durch die nächtlichen Gassen dieser Stadt zu gehen, wäre verdächtig gewesen.

Als die Wachen mit ihm fertig waren, traten sie einen Schritt hinter ihn. Samlors Habseligkeiten lagen in einem kleinen Haufen vor seinen Füßen, ausgenommen der Dolch, den einer der beiden stämmigen Kerle in seinen Gürtel gesteckt hatte.

Sie ließen ihn nicht aus den Augen.

Gleichmütig ließ sich der Cirdonier auf ein Knie nieder und zog seinen linken Stiefel an, während der Mann hinter dem Schreibtisch mit wachsender Ungeduld wartete. Als Samlor nach seinem zweiten Stiefel griff, entfuhr es dem maskierten Anführer wütend: »Nun? Du kommst von Balustrus. Rede, Mann, wie ist seine Antwort?«

»Nein, ich komme nicht von Balustrus«, erwiderte Samlor langsam. Mit der Weinflasche in der Hand richtete er sich auf. Er zog den Korken mit den Zähnen und spuckte ihn auf den Boden. Dann fuhr er fort: »Ich will Auskünfte von Euch kaufen.« Er nahm einen Mundvoll aus der Flasche.

Die Maske blieb unbewegt, nur ein Zeigefinger hob sich ein wenig zu einer Bewegung, die die Unterredung beendet hätte. Samlor spuckte die Flüssigkeit in seinem Mund über den Tisch, die Bücher und die Kleider des sitzenden Mannes.

Der Anführer mit der Falkenmaske sprang hoch und erstarrte, als Tropfen der Flüssigkeit die Flamme der Lampe hochzucken ließen. Ein Dolch zielte auf Samlors Rippen von der einen Seite, von der anderen verhielt eine lange Klinge nur einen Finger breit vor seiner Kehle. Aber der Cirdonier wußte ebenso wie die beiden Wächter – und der Mann hinter dem Schreibtisch zweifelte noch weniger daran: nichts, auch nicht der Tod, würde Samlor davon abhalten können, seine Flasche auf die Lampe zu werfen, an der er so knapp vorbeigespuckt hatte.

»Richtig erkannt«, sagte Samlor mit wurfbereiter Flasche.

»Naphta. Ich will nicht mehr, als in Ruhe mit Euch reden, Herr, also schickt Eure Männer fort.«

Als der Anführer zögerte, räusperte sich Samlor und spuckte erneut. Es würde Tage dauern, bis der Petroleumgeschmack aus seinem Mund verschwunden war, und die Dämpfe begann er bereits im Kopf zu spüren.

»Also gut«, sagte der Anführer schließlich. »Wartet unten, Männer.« Er lehnte sich langsam zurück und ließ den Blick über die Flecken auf seinen Kleidern und die zerrinnende Tinte in den Seiten des aufgeschlagenen Buches gleiten.

»Mein Messer«, sagte Samlor, als der Wächter, der ihn entwaffnet hatte, hinter seinem Gefährten durch die Falltür hinabsteigen wollte. Ein rascher Austausch von Blicken hinter Masken folgte, dann ein Nicken des Anführers, und der Mann warf die Waffe auf den Boden, bevor er nach unten verschwand. Als die Tür hinter den beiden zufiel, stellte Samlor seine Flasche in eine Ecke, wo sie nicht umgestoßen werden konnte.

»Ich bedaure das«, sagte Samlor mit einem Blick auf den Anführer und die Flecken in seinem Buch. »Ich mußte mit Euch reden, und Ihr habt mir keine andere Wahl gelassen. Meine Nichte wurde im letzten Monat entführt. Nicht von Euch, von Beysibern. Anhängern eines verrückten Fischerkults.«

»Wer hat Euch gesagt, wo Ihr mich finden könnt?« fragte der Schwarze. Der sanfte Tonfall hätte jedoch selbst ein Kind nicht getäuscht.

»Ein Freund in Ranke. Hat nur ein Auge und humpelt«, log Samlor mit einem Schulterzucken. »Er hat für Euch gearbeitet und sich aus dem Staub gemacht, als es ihm zu gefährlich wurde.«

Der Anführer ballte die Fäuste. »Das Losungswort – von ihm könnt Ihr es nicht haben!«

»Nur mein Name – klang wohl ähnlich genug, daß Eure Männer das Richtige zu hören glaubten.« Er wandte dem Anführer brüsk den Rücken zu, um das Thema zu beenden. »Ihr habt wahrscheinlich keine Verbindungen zu ihren religiösen Fanatikern, wenigstens keine direkten. Aber Ihr kennt ihre Diebe. Ein Dieb hört vieles und weiß allerlei. Verkauft mir einen Dieb der Beysiber, einen aus dem Setmur-Clan.«

Der andere lachte. »Verkaufen? Was wollt Ihr dafür bieten?«

Samlor wandte sich schulterzuckend um. »Wie hoch ist der Preis für ein vier Jahre altes Mädchen? In Ranke um die vier Kronen, aber den Markt hier kennt Ihr wohl besser. Oder den Wert des Diebes. Schätzt ab, was er Euch sonst eingebracht hätte – nennt einen Preis, Anführer. Ihr habt keine Vorstellung, was dieses Mädchen für mich bedeutet. Nennt Euren Preis.«

»Ich habe keinen Dieb für Euch«, sagte der Maskierte. Er hob Einhalt gebietend einen Finger, obgleich der Cirdonier sich nicht bewegt hatte. »Es kostet Euch kein Kupferstück. Ich gebe Euch nur einen Namen: Hort.«

Samlor runzelte die Stirn. »Ein Beysiber?«

Der Maskierte schüttelte den Kopf. »Ein Junge von hier. Sohn eines Fischers. Er und sein Vater wurden vor der Invasion auf See von den beysibischen Patrouillen aufgegriffen. Er beherrscht ihre Sprache recht gut – besser als irgendeiner von ihnen die unsere. Ich glaube, daß er Euch weiterhelfen wird, wenn er es kann.« Die Maske ließ nichts von den Zügen darunter erkennen, aber das Lächeln schwang in seiner Stimme, als er fortfuhr: »Ihr braucht ihm nicht zu sagen, wer Euch geschickt hat. Er gehört nicht zu meinen Leuten, versteht Ihr?«

Samlor bückte sich. »Was sollte ich ihm sagen?« erwiderte er. »Ich weiß nicht, wer Ihr seid.« Er griff nach dem Riegel der Falltür. »Ich danke Euch.«

»Einen Augenblick noch!« rief der Mann hinter dem Schreibtisch. Samlor richtete sich auf und blickte in die maskierten Augen. »Wie könnt Ihr so sicher sein, daß meine Männer nicht längst den Befehl haben, Euch da draußen mit ihren Klingen in Empfang zu nehmen?«

Der Cirdonier zuckte erneut die Schultern. »Ich bin Geschäftsmann. Ich verstehe etwas von Risiken. Bis ich auf der Gasse draußen bin und das erste fremde Gesicht sehe, werdet Ihr hier längst verschwunden sein. Den Unterschlupf habt Ihr bereits abgeschrieben. Es gibt also keinen Grund mehr, mich zu töten.« Er zuckte wieder die Schultern. »Außerdem schätze ich die Chancen, an Euren Leuten da unten unbemerkt vorbeizukommen, eins zu tausend, oder geringer, außer – in der Dunkelheit.« Bevor der andere erwidern konnte, fuhr er fort: »Sicher gibt es Leute, die hinter Euch her sind, aber bisher ist keiner dabei, der entschlossen genug wäre, die Stadt Haus für Haus niederzubrennen, um Euer habhaft zu werden.«

Samlor griff erneut nach der Falltür und hielt noch einmal inne. »Vielleicht denkt Ihr, daß ich Euch nur Lügen erzählt habe, Anführer«, sagte er ernst. »Vielleicht stimmt das sogar. Aber jetzt sage ich die Wahrheit. Bei der Ehre meines Hauses.« Er schloß die Faust um das Medaillon Heqts an seiner Brust.

Der Maskierte nickte. Als Samlor durch die Falltür in die Dunkelheit stieg, rief die Stimme von oben barsch: »Laßt ihn gehen! Laßt ihn für dieses Mal gehen!«

Das Wasser des Hafens schimmerte in der Mittagssonne. Der Schaum war wie Perlmutt, die Fischabfälle schillerten prächtig, und das Wasser selbst, eine Kloake aus städtischen Abwässern, funkelte wie Geschmeide aus Diamanten und Topasen. Samlor trank sein Bier in der Hafenkneipe. Seit drei Tagen kehrte er am Mittag hier ein, um auf Horts Rückkehr zu warten. Der Cirdonier fragte sich, wie es dort war, wo sich Stern befand, und ob es ihr gefiel.

Plötzlich gab es Aufruhr auf einem der Kais. Durch die offene Vorderseite der Schenke konnte er alles gut erkennen. Drei Beysiber waren mit dem Einsetzen eines Mastes in einem Schleppnetzboot beschäftigt, als ein Reitertrupp – ebenfalls Beysiber, doch üppig mit edlen Metallen und Brokat herausgeputzte – auf den Kai kam. Die Abteilung hielt neben dem Boot an. Die Männer an Bord waren ebenso überrascht wie die Zuschauer, als die Soldaten abstiegen, auf das Boot sprangen und Befehle brüllten, denen sie mit drohend erhobenen Schwertern Nachdruck verliehen.

Neun der Reiter waren damit beschäftigt, die überraschten Fischer zu fesseln und die Pferde ruhig zu halten. Der zehnte sah mit kalten Augen zu. Er trug einen Helm, der vergoldet oder aus Gold war und den ein dreifacher Federbusch zierte. Als er sich zur Seite wandte, als ob die Szenerie ihn langweilte, erkannte Samlor das Gesicht. Der Mann war Lord Tudhaliya, der Henker, der seine Meisterschaft mit den Schwertern vor einigen Tagen an einem Ilsiger-›Tier‹ vorgeführt hatte.

Die Fischer protestierten, bis Stricke um ihre Hälse gelegt wurden und die Schlingen sich zusammenzogen. Dann wurden sie gezwungen, den Soldaten zu folgen.

Die Soldaten saßen wieder auf. Auf den Karawanenmeister wirkte ihr wirres Durcheinanderrufen undiszipliniert, aber es behinderte ihre unverkennbare Tüchtigkeit in keiner Weise. Drei knüpften die Stricke an ihre Sattelknäufe. Tudhaliya bellte einen Befehl, und die Abteilung trabte den Weg zurück, den sie gekommen war. Wer am Kai zu tun hatte, wich hastig den Hufen aus. Die Fischer brabbelten vor Angst und bemühten sich, mit den Pferden Schritt zu halten, um nicht zertrampelt zu werden – es war kaum zu erwarten, daß die Reiter ihre Rosse ihretwegen rechtzeitig haltmachen ließen.

In der Schenke saßen sechs Stammgäste: Fischer und Fischhändler. Als Samlor den Blick von den Beysibern nahm, stellte er fest, daß die Einheimischen ihn anstarrten. Er runzelte verwundert die Stirn, aber kaum hatten die anderen Gäste sich etwas verwirrt wieder ihren Krügen zugewandt, wurde ihm klar, weshalb sie ihn so angestarrt hatten. Der Cirdonier hatte nichts mit dieser Verhaftung auf dem Kai zu tun, aber mit der Schenke ebensowenig. Er hatte die letzten drei Mittage hier gesessen – und am dritten hatten die Beysiber hier eine Verhaftung vorgenommen! Für die Fischer mochte das nicht wie ein Zufall wirken. Sie hatten keine Rechte in dieser Stadt und waren der aufgezwungenen Obrigkeit so gut wie hilflos ausgeliefert. Kein Wunder, daß die beysibischen Fischer, denen es offenbar nicht besser ging, sich einen Gott genommen hatten, den ihre hohen Herren nicht anerkannten: einen Gott, der vielleicht die Personifikation aller Geheimnisse der See war und der Taifune, die das Meer mit einem kräftigen Atemzug von Schiffen und Menschen befreite.

Hort betrat die Schenke. Er war ziemlich auffällig gekleidet, aber er trug sein Gewand nun mit der Selbstsicherheit eines jungen Mannes, nicht mehr mit der früheren Nervosität des Jungen, der in seiner Unsicherheit die Welt verhöhnen wollte.

Mit erhobenem Finger machte er den Wirt auf sich aufmerksam. Der Mann zeichnete einen Kreidestrich auf die Tafel über ihm und zapfte einen Krug Bier für den Neuankömmling.

»Ich weiß nicht, ob es gut ist, wenn Ihr mit mir gesehen werdet«, sagte Hort leise zu Samlor, als er nach seinem Bier griff. »Die Burschen, die sie gerade verschleppt haben ...« Er nahm einen tiefen Schluck und deutete mit dem Kopf auf das Fischerboot, dessen Mast noch darauf wartete, eingesetzt zu werden. »Kummanni, Anharbi und Arnuwanda. Das sind die, mit denen ich gestern abend geredet habe. Über das, was Ihr wissen wollt.«

»Hat man sie deshalb verhaftet?« fragte der Karawanenmeister. Er bemühte sich um eine so ruhige Stimme, als erkundige er sich lediglich, welcher Schneider das Wams des jungen Mannes angefertigt hatte.

»Ich wünschte, ich wüßte es!« Hort seufzte. »Es könnte aus jedwedem Grund sein. Tudhaliya ist – Minister für innere Sicherheit, nehme ich jedenfalls an. Aber er mischt gerne auch ganz unten selber mit – mit eigenen Händen.«

»Und eigenen Schwertern«, bestätigte Samlor grimmig. Sein Blick folgte dem Weg, den die Reiter mit ihren Gefangenen genommen hatten und der zum Palast führte und den Verliesen darunter. »Würde Euch genügend Geld für eine lange Reise nützen?«

Hort schauderte und zuckte die Schultern. »Ich weiß

nicht.« Er leerte seinen Krug und schob ihn dem Wirt zum Nachfüllen hin.

»Ich habe keine Angst, mit *Euch* gesehen zu werden«, versicherte ihm Samlor. »Aber ich weiß nicht, ob es ratsam ist, wenn Ihr mir hier von – dem Kult erzählt, bei so vielen Anwesenden!« Er ließ lächelnd den Blick durch die Wirtsstube schweifen. Die Gäste boten ihm die Möglichkeit, den verstörten jungen Mann taktvoll anzuspornen, ihm die Geschichte zu erzählen.

Hort trank und schauderte erneut. »Oh, ich bin mit allen hier aufgewachsen. Omat ist mein Pate. Sie werden den Beysibern nichts verraten.«

Samlor schwieg. Er wußte, der Bursche war kein Feigling, und er konnte von Glück sagen, daß man ihm niemals Fragen auf eine solche Weise gestellt hatte, wie Lord Tudhaliya es täte – wie Samlor hil Samt es notgedrungen getan hatte. Möge Heqt Gnade walten lassen, wenn sie ihn zu sich holte!

»Vergangenen Monat, am ersten Tag des Neumonds, ist ein Boot ausgefahren.« Hort wischte sich den Bierschaum vom Mund. »Ein Fischerkahn – aber nicht zum Fischen. Kennt Ihr den Todeshafen?«

»Nein.« Wie Samlor als Junge in den Marschen südlich von Cirdon Enten gejagt hatte, war er mit einem Kanu hinausgestakt. Von der See wußte er jedoch wenig und von dem Meer um Freistatt überhaupt nichts.

»Zwei Strömungen stoßen aufeinander«, erklärte Hort. »Alles Treibgut wird mitgerissen, manchmal sogar Schiffswracks und Schiffbrüchige mit ihren behelfsmäßigen Flößen – ihnen dörrt die Sonne die Haut zu Pergament, bis es sich nur noch um ihre Knochen spannt.« Er lachte. »Entschuldigt. Ich habe fast vergessen, welche Geschichte ich Euch erzählen wollte.« Sein Lächeln schwand. »Niemand fischt im Totenhafen. Der Meeresgrund ist dort tiefer, als man die Netze oder eine Angelschnur werfen könnte. Vermutlich von den Strömungen ausgewaschen. Es verirren sich kaum Fische dorthin, also interessiert er uns ohnehin nicht. Aber ein beysibischer Fischerkahn fuhr vergangenen

Monat dorthin. Und er nimmt sich mehr Zeit für seine Rückkehr, als nötig wäre. Doch heute nacht wird er erwartet – und wieder ist der erste Tage des zunehmenden Monds!«

»Dann ist Stern an Bord?« fragte Samlor und nippte vom Bier. Es schmeckte bitter, aber nicht so bitter wie die Galle, die ihm bei dem Gedanken hochkam, daß Stern sich in der Hand von Beysibern befand.

»Ich glaube schon«, erwiderte Hort. »Anbarbi gefiel die Sache nicht. Keinem von ihnen, glaube ich. Aber keiner wollte sagen, was tatsächlich vorging. Wir hatten den Kahn auf See gesehen, mein Vater, überhaupt alle Freistätter Fischer, die selbst hinausfuhren. Darüber haben wir uns unterhalten, obwohl sie es eigentlich nicht wollten. Doch nach allem, was Anbarbi durchblicken ließ, befand sich ein Kind auf dem Kahn. Zumindest, als er auslief.«

»Und er wird heute abend hier anlegen?« fragte der Cirdonier. Er hatte seinen Krug abgesetzt und spannte die Finger, als wolle er die Steifheit aus ihnen vertreiben.

»Oh ...«, entfuhr es Hort. Er erinnerte sich, daß er ja nur einen Bericht erstatten sollte und nicht eine Geschichte mit interessanten Ausschmückungen, wie ein Geschichtenerzähler es eben tat, damit die Münzen in seinem Beutel klimperten. »Nein, nicht hier. Etwa eine Meile westlich von Abwind liegt eine Bucht. Schmuggler benutzten Sie, bis die Beysiber kamen. Dort stehen Ruinen, die älter sind, als jemand mit Sicherheit weiß: ein Tempel und ein paar andere Bauwerke. Niemand hat jetzt Verwendung für sie, allerdings bin ich überzeugt, daß die Schmuggler sie wieder übernehmen werden, sobald sich hier alles beruhigt hat. Das Schiff aus dem Totenhafen wird dort gegen Mitternacht anlegen, *denke* ich. Ich verdiene mir den Lebensunterhalt durch Geschichtenerzählen und habe gelernt, ein Wort zum andern zu fügen, von allem, was man mir zuträgt oder was ich durch Zufall höre. Doch gewöhnlich spielt es keine Rolle, ob meine Geschichte genauso wird, wie die Götter sie geplant hatten.«

»Nun«, sagte Samlor, »ich glaube nicht, daß ich bis Einbruch der Dunkelheit warten sollte, um der Bucht einen Besuch abzustatten. Bestimmt wird es Wachleute dort geben ... Doch damit beschäftigten wir uns, wenn es soweit ist ...« Er machte eine Pause; statt weiterhin über den Hafen zu schauen, blickte er den jungen Mann fest an. »Wir einigten uns darauf, daß Ihr als Bezahlung die ganze Geschichte von mir erfahren würdet, sobald ich sie zusammen habe ... Und Ihr werdet sie bekommen. Aber möglicherweise werde ich nach heute nacht nicht mehr imstande sein zu reden. Darum nehmt dies ...« Seine geballte Hand fuhr über Horts und öffnete sich, um ihren Inhalt zu übergeben. »Und seid meiner Freundschaft versichert. Ihr habt Euch meinetwegen in Gefahr gebracht, obgleich weder Blut noch Ehre Euch dazu trieb.«

»Noch etwas«, sagte der Jüngling. »Die Beysiber oder vielmehr der Setmur-Clan sind echte Seeleute, und sie verstehen auch viel vom Fischen ... Aber über die Küste um Freistatt wissen sie nicht alles. Beispielsweise dürften sie keine Ahnung von dem Tunnel haben, der durch die östliche Landspitze der Bucht führt, die sie ausgewählt haben – für was immer auch.« Hort rang sich ein schwaches Lächeln ab. Schweiß perlte auf seiner Stirn. Das Risiko, das er einging, indem er sich mit dem Fremden einließ, war keine Einbildung, obgleich er noch weniger als Samlor ahnte, welche Gefahren ihn erwarten mochten. »Ein Tunneleingang befindet sich unter dem Überhang der Landspitze. Bei Flut könnt Ihr direkt hineinrudern. Wenn Ihr die Steinplatte am anderen Ende zur Seite hebt, gelangt Ihr geradewegs in den Tempel.«

Aus der Miene seines Zuhörers las Hort, daß seine Geschichte ihn auf fast ehrfürchtige Weise gefesselt hatte. Und was konnte man von einer Geschichte mehr verlangen? Der junge Einheimische stand auf. Die Hochachtung des kräftigen Fremden hatten ihm neuen Mut und neue Kraft geschenkt. »Mögen Eure Götter Euch beschützen und auf den richtigen Weg leiten, mein Herr.« Hort drückte dem Cirdonier fest die Hand. »Ich kann es kaum erwarten, Eure Geschichte zu hören.«

Er verbeugte sich, nickte den anderen Gästen zu und verließ die Schenke. Samlor schüttelte den Kopf. In einer Welt, die voll von Haien und Stockfischen zu sein schien, waren Horts Mut und Hilfsbereitschaft ebenso bewundernswert wie selten.

Zu sagen, daß Samlor sich wie ein Idiot vorkam, wäre noch eine Untertreibung gewesen. Doch es war ihm in der Eile kein anderer Plan eingefallen, den er allein hätte durchführen können. Und der Cirdonier hatte, jedenfalls im Augenblick, nicht vor, andere mit hineinzuziehen.

Er hatte sich einen Karren mit Maultieren gemietet. Damit würde er bei einer Erkundung der Bucht weniger auffallen als mit einem Pferd. Mit dem Karren hatte er auch das winzige Boot zur bestmöglichen Uferstelle in der Nähe der Landzunge gebracht, die er auf die schnelle hatte finden können.

Das Land, auf dem man Freistatt errichtete, war zum größten Teil von Sümpfen umgeben. Die Küste im Westen hatten Stürme zerklüftet. Der Kalksteinüberhang hob sich zwischen zehn und fünfzig Fuß über das Wasser, teilweise steil und stellenweise in sanfter Schrägung. Ein Ausguck am oberen Rand konnte an den meisten Stellen ein Schiff, das sich direkt unter ihm befand, nicht sehen. Das war von großem Vorteil für den Cirdonier. Doch das kleine Stakboot, das einzige, mit dem er umgehen konnte, wie er glaubte, war für die See völlig ungeeignet.

Die Not aber macht erfinderisch. Samlor stemmte die Stakstange gegen die Klippenwand, statt auf dem schräg abfallenden Grund staken zu wollen. Gischt brach sich an dem Felsen. Er kämpfte gegen die Brandung, die drohte, das Boot mitzureißen. Fast zwanzig Fuß stieß er sich vorwärts. Dann kam die Brandung erneut. Seine Muskeln spannten sich, als er mit den Händen die zehn Fuß lange Stake umklammerte, um sich wieder abzustoßen.

Bei Sonnenuntergang hatte Samlor das Boot ins Wasser gesetzt. Er hatte keine Ahnung, wieviel Zeit inzwischen vergangen war oder welche Entfernung er noch bis zu seinem flüchtig erspähten Ziel zurücklegen mußte. Er hatte ein Paar kurze Paddel an die Ruderbank gebunden, aber sie hätten ihm nicht helfen können, das Boot der felsigen Küste fernzuhalten. Samlor war ein starker Mann und entschlossen. Doch die See war stärker, und der brennende Schmerz in seinen Schultern ließ ihn allmählich fast befürchten, daß sie ihn auch an Entschlossenheit übertraf.

Statt gegen ihn zurückzubranden, schäumte die nächste Welle zwischen die Felsen hinein und wurde zu einer langen Zunge, die von Myriaden von Meereslebewesen schimmerte. Samlor hatte endlich den Tunneleingang erreicht, doch wurde er sich in seiner Erschöpfung dieser Tatsache kaum bewußt.

Aber selbst hier durfte er sich noch nicht ausruhen. Die Wände wiesen scharfe Kanten auf, die das kleine Boot aufschlitzen konnten, wenn es ihnen zu nahe kam. Von der nächsten Flutwelle ließ Samlor sich bis zur Länge seiner Stake hineintragen. Das Phosphoreszieren zeigte ihm eine Reihe bronzener Klammern im Stein. Der Cirdonier legte die Stange ins Boot und griff mit beiden Händen nach einer Klammer. Drei schmerzhafte Atemzüge lang hielt er sich daran fest, ehe er die Kraft fand, das Boot ganz an Land und etwas tiefer in den Tunnel zu ziehen.

Der Tunnel war dunkel. Selbst das Plankton, das der Gischt hochgeworfen hatte, erhellte kaum mehr als die Wandfläche, die es bedeckte. Samlor benutzte die ersten paar Minuten auf festem Boden, einen Span anzuzünden, indem er mit Feuerstein und Stahl – die er mit dem Span in einer mit Wachs verschlossenen Röhre aufbewahrt hatte – Funken schlug. Anfangs waren seine Finger fast so gefühllos wie die Holzstange, die sie so krampfhaft umklammert hatten. Doch seine Willenskraft brachte ihnen das Feingefühl zurück, das sie später in der Nacht brauchen würden.

Bis der Span, nach mehrmaligem Erlöschen, endlich richtig brannte, war auch Samlors Verstand wieder hellwach. Seine Schultern schmerzten noch, doch sein Blut rang bereits das lähmende Gift der Erschöpfung nieder. Er war nicht zum erstenmal so müde gewesen, und die kurze Erholung vom Kampf gegen die Wellen ließ ihn neue Kräfte schöpfen.

Samlor zündete mit dem Span die Kerze in seiner dunklen Laterne an. Dann klemmte er sich das Zehngallonenfaß unter einen Arm und machte sich, mit der Laterne in der anderen Hand, auf den Weg, den schräg ansteigenden Tunnel hinauf.

Der Tunnel war nicht sehr hoch, aber ein Mann mittlerer Größe wie Samlor brauchte nur ganz leicht den Kopf einzuziehen, um ungehindert voranzukommen. Er konnte sich nicht vorstellen, wer diesen Gang durch den massiven Felsen gehauen hatte. Doch die offenbar unterwegs verlorenen Gegenstände wie eine Gürtelschnalle, ein gebrochenes Messer, ja sogar ein Stiefel, die verstreut auf dem Boden lagen, deuteten darauf hin, daß Schmuggler ihn benutzt hatten. Warum sie aber ihre Sachen trotz der gefährlichen Brandung hierhergebracht hatten, statt in die geschütztere Bucht, war ihm auch nicht ganz klar. Nun ja, der Tunnel mochte ein geschütztes Versteck und Lager abgeben. Gebaut hatten die Schmuggler ihn jedenfalls ganz sicher nicht und wahrscheinlich kannten sie seinen ursprünglichen Zweck genausowenig wie er oder Hort.

Etwa in halber Höhe, wie er schätzte, setzte er das Faß ab. In der Enge des Ganges war es eine leidige Last und zu schwer, um es weiter als unbedingt nötig zu schleppen. Doch da er dazu Muskeln auf eine Weise einsetzen mußte, die Boot und Stakstange nicht gefordert hatten, empfand Samlor die etwa hundert Meter, die er es bereits getragen hatte, fast als entspannend.

Das einzige, was er über die Flucht mit Sicherheit wußte, die er in ein paar Stunden zu bewerkstelligen hoffte, war, daß er sehr wenig Zeit haben würde. Er richtete das Faß nun auf und zog sein Kampfmesser. Die Klinge hatte zwei Schneiden und war einen Fuß lang. Unmittelbar unter der Parierstange war sie fest genug, einen Schwerthieb abzufangen, und sie war so geschliffen, daß man sich damit zwar nicht den Bart schaben, aber sogar Bronze schneiden könnte.

Samlor setzte die Klingenspitze in der Mitte einer der Dauben an und hielt das Messer mit der Linken aufrecht. Der Knauf war aus Bronze mit völlig flachem Kopf, so daß Samlor mit dem Ballen der Rechten darauf hämmern konnte. Die Klinge summte. Das Buchenholz bekam einen Riß und schien von der Spitze zurückzuweichen. Samlor zog das Messer heraus und hämmerte es auch in die Enden der vier restlichen Dauben. Diese Perforierung machte das Faß nicht undicht, würde ihm jedoch gestatten, den Deckel mit der Faust einzuschlagen, wenn es soweit war.

Während er den Rest des Tunnels zurücklegte, wurde ihm mehr als zuvor bewußt, wie heiß die Schildpattwände der Laterne waren. Als er das Ende des Tunnels erreichte, hörte er, daß sich jemand über ihm befand. Alles mögliche hätte das Schleifen verursachen können, windbewegte Zweige ebensogut wie die Stiefel eines Wächters. Doch ein verräterischeres Geräusch war nun ebenfalls zu hören: ein Speer oder ein Bogen, den der Jemand dort oben aufsetzte, als er stehenblieb. Der Stein leitete den Schall sehr gut, so gut, daß Samlor nicht zu sagen vermochte, wo sich der Wächter, von der Falltüre aus gesehen, genau befand. Und der Karawanenmeister hatte auch nicht die geringste Ahnung, wie gut die nach oben aufschwingende Tür vor dessen Blicken verborgen lag. Es war nicht ausgeschlossen, daß sie sich in der Mitte des Raums oder gar unmittelbar vor den Füßen des Wächters öffnete.

Beruhigend war dagegen, daß keine Stimmen laut wurden. Das konnte bedeuten, daß der Wächter allein war. Oder sie sich, falls es sich um mehrere handelte, ruhiger verhielten, als das unregelmäßige Herumstapfen schließen ließ.

Samlor mußte mehr erfahren, als er im Tunnel herausbringen konnte. Und eine bessere Zeit als jetzt würde nicht kommen. Er schloß die Klappe seiner Laterne und zog den abgegriffenen Bronzeriegel zurück. Zum Hochsteigen ragten ein paar Steine aus der Wand. Samlor setzte den rechten Fuß auf den mittleren, wo das Bein gerade genügend abgewinkelt war, ihm den größtmöglichen Schwung zu geben. Seine Rechte hielt den Dolch, die Linke legte er, zum Hochdrücken bereit, auf die Tür. Dann schoß er hoch wie ein Schachtelmännchen.

Die Tür öffnete sich zu einem Alkoven, doch den Vorhang, der sie einst vor Blicken geschützt haben mochte, gab es längst nicht mehr Samlor aber hatte keine Zeit, sich den Raum genauer anzusehen. Der Beysiber schoß herum. Vor Schrecken hatten sich die Membranen vor seine Augen geschoben. Er versuchte, den Bogen zu heben, doch er wäre nicht einmal dazu gekommen, ihn mit dem Knüppel abzuwehren, geschweige denn, einen Pfeil an die Sehne zu legen. Samlor stieß dem Fischäugigen die Faust in die Magengrube und das Messer zwischen die Rippen.

Der Beysiber stürzte auf den Rücken, und Samlor zog sofort sein Messer zurück, um den Angriff eines zweiten Gegners abwehren zu können. Doch der Beysiber war offenbar allein gewesen. Die Membranen über den Augen des Fischmannes zitterten. Bei besserem Licht hätten sie in Farben geschillert wie die Haut eines sterbenden Thunfischs. Der Hieb hatte die Lunge des Mannes gelähmt, so war der einzige Laut von ihm, ehe er starb, das Kratzen seiner Nägel auf dem Boden.

Samlor stieß die Leiche durch die Falltür. Er hoffte, daß der Mann keiner von Horts Freunden gewesen war. Er verstand völlig, daß einfache Leute Trost fern von hohen Herren wie Lord Tuhaliya suchten. Aber sie hatten sich in die Nesseln gesetzt, als sie ein Kind aus dem Geschlecht der Kodrix entführten.

Der Tempel hatte nur aus einem runden Raum bestanden. Jetzt war er ohne Dach, und die kannelierten Säulen, die im Kreis gestanden hatten, waren eingestürzt. Doch die Verbindungswand stand noch gut schulterhoch. Sie war nur in einem Dreiviertelkreis errichtet worden. Ein Neunziggradbogen lag offen vor dem Wasser der Bucht, das bis fast zu den Grundmauern des Bauwerks spülte.

An der Einfahrt der Bucht war ein großes Fischerboot zu

sehen, dessen Ruder es langsam näherbrachten. Das Segel war festgemacht, denn da das Land sich schneller abkühlte als das Meer, kam eine Brise auf, die es zurückgetrieben hätte.

Von außerhalb des Tempels drangen Geräusche. Mäuse, vielleicht, oder Hunde; möglicherweise auch Landstreicher, die für die Nacht Unterschlupf suchten.

Doch, was Hort gesagt hatte, ließ darauf schließen, daß die für heute nacht geplante Zeremonie auf die Besatzung des Schiffes beschränkt sein würde, das Stern zum Totenhafen gebracht hatte. Vermutlich würden nicht alle Setmur kommen, aber gewiß zumindest noch einige der großen Gemeinschaft. Der Tunnel war ein gutes Versteck. Und da man eine Wache im Tempel postiert hatte, konnte man annehmen, daß Stern hierhergeschafft werden würde.

Samlor schlich den Weg zurück, den er gekommen war. Er schob ein Ende des beysibischen Bogens zwischen Falltür und Rahmen. Dadurch blieb sie einen Spalt offen, durch den Samlor sehen und besser hören konnte. Allerdings könnte auch er dadurch bemerkt werden. Aber das Licht war so schwach, daß er nicht damit rechnete. Obendrein bot ja auch der Alkoven selbst ein wenig Schutz. Dann wartete Samlor mit der Geduld eines Reptils.

Jene, die als erste kamen, waren nur verschwommene Schatten, die weder Fackeln noch Kerzen mitbrachten. Schals und enge Beinkleider, wie der Wächter sie getragen hatte, kamen in Samlors Blickfeld. Die Anwesenden redeten leise, doch hin und wieder hob einer die Stimme und rief »Shaushga!« Vielleicht war das der Name des Toten.

Wenig später scharrte der Schiffsrumpf über den Sand. Weitere Stimmen waren zu hören. Wasser platschte, als mindestens ein Dutzend Personen vom Schandeck hinuntersprangen. Dann kratzten hornharte Sohlen barfüßiger Fischer über den Tempelboden. Eine winzige Öllampe erschien lichthungrigen Augen wie eine Sonne.

In der Mitte des offenen Raums stellte ein Beysiber in roter Robe die Last ab, die er getragen hatte. Es war Stern. Es mußte Stern sein! Auch sie war ganz in rot gekleidet. Ihr

Haar hatte man zu kurzen abstehenden Zöpfen geflochten, die an Tentakel erinnerten. Es sah aus, als habe der Stern über ihrer Stirn acht weiße Fangarme.

»Ich will *nicht!*« rief das Kind. »Ich will ins *Bett!*« Es weigerte sich, sich auf den Füßen zu halten. Als der Mann es auf den Boden setzte, legte es sich hin und kuschelte sich zusammen.

Der Mann in Rot und eine Frau, die so farblos wie alle andern war, mit braun-schwarzem Schal bekleidet, beugten sich über das Kind. Sie sprachen eindringlich und sowohl auf beysibisch wie in einer Mischung einheimischer Dialekte. Doch selbst letztere konnte Samlor, aufgrund der fremdartigen Betonung und auch der schlechten Akustik, nicht verstehen. Der Mann in Rot hielt Stern an den Schultern. Aber er wendete keine Gewalt an, sondern versuchte offenbar, ihr gut zuzureden.

Das Fischerboot war weiter in die Bucht gerudert oder gezogen worden, so daß Samlor es nicht mehr sehen konnte. Er war jetzt jederzeit bereit einzugreifen. Doch war er nicht mehr ganz so angespannt wie kurz vor dem Angriff auf den Wächter. Er würde wieder töten müssen, daran bestand kein Zweifel. Doch im Augenblick wartete Samlor noch. Im Tempel hielten sich nun etwa zwanzig Beysiber auf. Einige befanden sich zwischen Stern und der Falltür. Das würde Samlor zwar nicht davon abhalten, zuzuschlagen, wenn es soweit war, doch es war durchaus möglich, daß die, die jetzt noch herumwanderten, sich irgendwoanders postieren würden, sobald die Zeremonie begann.

Stern hatte sich doch überreden lassen und erhob sich. Während des flüchtigen Moments, in dem ihr Gesicht ihm zugewandt war, erkannte Samlor, daß sie schmollte. Er verstand nicht, daß irgend jemand sie für die Tochter der Magd hatte halten können. Selbst der Zug um ihre Lippen war ein Spiegelbild von Samlanes. Die Beysiber verstummten. Rasch stellten sie sich zu beiden Seiten des Tempeleingangs auf, ähnlich wie Samlor es gehofft hatte. Stern streckte die Arme aus, mit den Handflächen auf die Bucht gerichtet. Der Mann in Rot war noch bei ihr, doch die Frau hatte sich zu den andern vor dem Tempel gesellt. Stern begann mit gelangweilter Stimme etwas aufzusagen. Sie benutzte eine Sprache, die Samlor nicht kannte. Aus der Regelmäßigkeit der Töne und Silben schloß er, daß es sich möglicherweise um keine Sprache handelte, sondern die Laute lediglich dazu dienen sollten, die Teile des Gehirns in Konzentration zu versetzen, die nicht auf Sprache reagierten.

Samlor spannte sich. Er hatte sich bereits entschieden, wo sein Dolch den Rotgewandeten durchbohren sollte.

Plötzlich stürmten Lord Tudhaliyas Soldaten mit Triumphgebrüll herbei.

Die Sicherheitstruppen hatten möglicherweis nur vorgehabt, Gefangene zu machen, doch als Samlor aus seinem Versteck schoß, sah er, wie eine Frau in zwei Hälften gehauen wurde. Der Krieger, der sie tötete, führte ein Schwert mit einer fast vier Fuß langen Klinge.

Die Soldaten hatten ihre Pferde irgendwo zurückgelassen und sich herangeschlichen. Für Kavalleristen bewiesen sie darin eine erstaunliche Geschicklichkeit. Es war unmöglich zu sagen, um wie viele es sich bei ihnen handelte. Aber zweifellos um mehr als die Abteilung, die am Vormittag die Verhaftung vorgenommen hatte. Lichter begannen aufzuleuchten, dunkle Laternen wie die Samlors, die noch unten im Tunnel brannte.

Der rotgewandete Beysiber schrie entsetzt auf und preßte Stern an sich, als könnte er sich damit vor dem heranstürmenden Tod schützen. Samlor schmetterte den Beysiber mit dem Dolchgriff zu Boden, nicht aus Mitleid, sondern weil die Klinge hätte steckenbleiben können und es wertvolle Augenblicke gekostet hätte, sie zu befreien – Zeit, die er nicht besaß. Samlor packte das schreiende Kind an der Schulter und lief auf das Gangende zu.

Ein beysibischer Kavallerist sprang von der Mauer und zielte mit dem Stiefel nach Samlors Kopf.

Der Angriff war unerwartet, doch zu viele Kamele hatten bereits nach dem Karawanenmeister getreten, als daß ein

Fuß ihn noch unvorbereitet hätte treffen können. Der Stiefel sauste an seinem Ohr vorbei, als Samlor herumwirbelte. Der Schwung der langen Klinge riß den Beysiber vorwärts direkt in den Dolch des Cirdoniers. Samlor ließ den Griff los, als die Waffe einsank. Er stieß Stern zur Falltür und schob sie hindurch, während er selbst sprang.

Als Samlor die Steintür schließen wollte, stieß eine beysibische Klinge durch den Spalt. Blitzschnell sprang Samlor durch die Öffnung. Bevor der beysibische Soldat sein Schwert wieder als Waffe gebrauchen konnte, stach ihm der Cirdonier sein Stiefelmesser in die Kehle.

Das Schwert fiel in den Tunnel, und Samlor schloß den Riegel der Falltür. Das letzte, was der Karawanenmeister sah, bevor der Stein knirschend zufiel, war das wutverzerrte und blutbespritzte Gesicht Lord Tudhaliyas, der seinem sterbenden Soldaten zu Hilfe kam. Seine vorgestreckte Klinge klirrte gegen den Stein, als der Riegel einrastete.

»Ich bin dein Onkel, Stern! Wir müssen weiter!« rief er und ergriff sie mit der Linken. Es war im Augenblick nicht so wichtig, ob sie gehorchte und ob sie begriff. Er konnte nicht warten.

Die Klinge des Beysibers ließ er liegen, denn er brauchte seine rechte Hand für die Laterne, deren unabgeschirmtes Licht in der Enge erschreckend grell war. Er klemmte das Kind unter den rechten Arm und lief gebückt.

Schon nach den ersten Schritten hörte er hinter sich die Bronzehalterungen der Falltür bersten, als Schwerter darauf einhieben. Eine Einheit Beysiber mit Lampen und Schwertern in den Fäusten sprang hinter Lord Tudhaliya in den Gang.

Samlors Plan war auf der Voraussetzung aufgebaut, daß sein plötzliches Erscheinen die versammelten Fischer ausreichend verwirren würde, um ihm den Vorsprung zu verschaffen, den er brauchte, den Fluchtweg hinter sich zu blockieren. Diese Schutztruppe war so gut ausgebildet wie jede andere Einheit, mit der der Cirdonier je zu tun gehabt hatte. Vermutlich dachte Tudhaliya, daß er hinter flüchtigen Fischern her wäre, aber das machte keinen Unterschied, weder für ihn noch für Samlor.

Der Cirdonier schlug das Faß auf und stieß es um. Das Naphta ergoß sich gurgelnd über den Stein und floß dunkel zurück in die Richtung, in die Samlor floh. Er wagte nicht, es zu entzünden, bevor er genügend Abstand hatte. Er tat zwei große Schritte, wobei die Schulter des Kindes über die Wand streifte. Stern begann lauthals zu schreien. Der Cirdonier hatte keine Zeit für ein tröstendes Wort. Er wandte sich um und warf seine Laterne in das Naphta. Lord Tudhaliya stürmte heran und schlug sie mit der flachen Klinge zu den beiden Fliehenden zurück.

Dann stolperte einer seiner Männer über das Faß und schmetterte seine eigene Lampe in das Naphta. Ein Vorhang von Feuer loderte hoch und versengte Samlors Augenbrauen, obgleich Tudhaliya wie ein Schild vor ihm stand.

Der beysibische Edle taumelte vorwärts. Samlor rannte zum Boot. Er hielt das Kind nun mit beiden Armen. Die lodernden Flammen warfen ihre tanzenden Schatten weit voraus.

Samlor setzte Stern im Heckteil des Bootes ab und schob es ins Wasser zurück. Der Wasserstand war gesunken, seit er es an Land gezogen hatte. Während Samlor sich gegen das Boot stemmte, blickte er über die Schulter zurück. Das brennende Petroleum floß den Gang entlang. Vor ihm her stolperte Lord Tudhaliya mit brennenden Kleidern und einem Schwert in jeder Hand. Haar und Fleisch des Mannes brannten, aber es gab Wesen, die selbst die größte Qual nicht von einem Vorhaben abzubringen vermag. Samlor sah die grimmige Entschlossenheit in den Zügen des Beysibers.

Der Cirdonier hatte noch einen schmalklingigen Dolch am linken Handgelenk, doch der taugte so wenig gegen diesen Gegner wie die Messer, mit denen er im Tempel gekämpft hatte. Samlor griff nach der Stakstange. Als Tudhaliya mit dem Schwert in seiner Linken angriff, stieß Samlor die Stange gegen die Brust des Beysibers.

Wäre genug Platz gewesen, hätte Tudhaliya dem plumpen Stoß leicht ausweichen können. In der Enge aber prallte er gegen die Wand und fiel in die sich ausbreitenden Flammen.

Der Beysiber erhob sich wieder. Samlor zielte mit seiner Stange auf dessen Unterleib, verfehlte ihn, traf ihn jedoch in der Rippengegend stark genug, um ihn wieder auf den Boden zu werfen. Tudhaliyas Klingen zuckten von beiden Seiten heran und hackten in das Holz – nur wenige Zoll von Samlors Fingern entfernt. Späne flogen, doch die Stange war aus abgelagertem Eschenholz und so dick wie das Handgelenk eines Mannes. Samlor stieß sich ab, und der Beysiber fiel mit dem Rücken ins Feuer.

Ein heftiger Windstoß fuhr durch den Tunnel und gab den Flammen neue Nahrung. Sie umspielten Tudhaliyas Gesicht und drangen tief in seine Brust, als er nach Atem rang für einen Schrei.

»Mein süßes Mädchen, mein kleiner Liebling«, flüsterte Samlor, als er sich dem Kind zuwandte. »Ich bringe dich jetzt nach Hause.« Der flache Boden des Bootes glitt so leicht über den felsigen Boden, als hätte der Tod des Henkers die Kräfte des Befreiers verdoppelt.

»Bringst du mich zurück zu Mama Reia?« fragte Stern. Mit großen Augen hatte sie zugesehen, wie Tudhaliya starb. Nun blickte sie Samlor an.

Er schob das Boot ins aufspritzende Wasser und setzte sich zu dem Kind. Mit der ganzen Länge der Stange schob er das Boot vorwärts. Nun da die Flut zurückgegangen war, bedeuteten die Felsen keine Gefahr mehr. Als sie dreißig Fuß weit auf See waren, setzte er die Stange ab und machte sich daran, mit dem Messer die Verschnürung der Ruder zu lösen. »Stern«, sagte er, nun da genug Zeit für Fragen und Antworten war, »vielleicht holen wir Reia zu uns. Aber wir kehren zurück in dein wirkliches Zuhause – Cirdon. Erinnerst du dich an Cirdon?«

Unbeholfen mühte sich der Karawanenmeister ab, die Ruderschäfte in die Seilschlingen zu schieben, die als Ruderdollen dienten.

Stern nickte mit wachsender Begeisterung. »Bist du wirklich mein Onkel?« fragte sie.

Die Blasen an den Händen vom Staken waren aufgebrochen. Die salzverkrusteten Rudergriffe brannten wie Feuer, als er mit dem ganz und gar ungewohnten Rudern begann. »Ja«, erwiderte er. »Ich habe es deiner Mutter versprochen – deiner wirklichen Mutter, Stern, meiner Schwester – ich versprach ihr ...«, und das stimmte, auch wenn Samlane bereits zwei Jahre tot war, als ihr Bruder die Worte zum Himmel rief, »... daß ich mich um dich – o Mutter Heqt, wir hatten es doch fast geschafft.«

Lord Tudhaliya hatte sich nicht nur auf seine Männer an Land verlassen. Ein Schiff lag vor der Küste. Jemand dort hatte den Mann und das Kind entdeckt. Es war ein Wachschiff mit zehn Rudern, das rasch näherkam.

Ein Bogenschütze stand hochaufgerichtet am Bug. Sein erster Schuß flog ein gutes Stück zu kurz. Er legte einen neuen Pfeil an die Sehne, während das Schiff den Abstand rasch verringerte.

Samlor ließ die Ruder fallen. Er sank auf die Knie und hob die Arme. Er wagte nicht aufzustehen in dem schwankenden Boot. »Stern«, sagte er, »ich fürchte, daß wir diesen Männern nun doch nicht mehr entkommen. Wenn ich zu fliehen versuche, bringe ich nur dein Leben in Gefahr. Und es sind zu viele, um Widerstand zu leisten. Ich kann nichts gegen sie ausrichten.«

Stern blickte über seine Schulter hinweg auf das beysibische Wachschiff und dann wieder zu ihm. »Ich will nicht zu diesen Männern, Onkel«, sagte sie trotzig. »Ich will mit dir nach Cirdon gehen. Ich möchte in dem großen Haus spielen.«

»Mein Liebling«, sagte Samlor, »meine Kleine – es tut mir so leid. Wir können es nun nicht mehr, weil dieses Schiff dort zu schnell für uns ist.« Und zu schwer, um es zum Kentern zu bringen, dachte er. Aber vielleicht, überlegte der Karawanenmeister, wenn er mit seinem Dolch in der Faust an Bord sprang und in der allgemeinen Verwirrung ...

Der beysibische Bogenschütze kippte nach vorn ins Wasser.

Erst nach einem Augenblick begriff Samlor den Grund dafür: Das Schiff hatte abrupt angehalten. Der weiße Buggischt fiel in sich zusammen.

»Können wir jetzt weiter nach Cirdon fahren, Onkel?« fragte das Mädchen. Sie ließ die Hände sinken, die sie in die Richtung des beysibischen Schiffes gestreckt hatte. Klang wahrhaftig die Stimme des Kindes eine Oktave tiefer, oder war es nur die plötzliche Furcht, die den Verstand des Karawanenmeisters zu Eis werden ließ? Die weißen Strähnen in Sterns Haar leuchteten und schienen sich zu winden.

Der Bug des Schiffes hob sich hoch aus dem Wasser. Mit dem Heck voran verschwand es in der Tiefe, begleitet von Rauschen und Tosen und den Schreien der Mannschaft. Ein riesiger, mit Saugnäpfen bewehrter Tentakel entrollte sich hundert Fuß in den Himmel und tauchte zurück in die schimmernde See.

Samlors Hände tasteten nach den Rudern. Eis war in seinem Verstand und in seinem Körper. »Ja, Stern«, hörte er sich sagen. »Jetzt können wir nach Cirdon zurückkehren.«

Originaltitel: Votary

Deutsch von Hubert Straßl

Gilla

Spiegelbild

Diana L. Paxson

Der große Spiegel an der Wand schimmerte unheilverheißend, herausfordernd.

Selbst von der gegenüberliegenden Seite des Raumes sah Lalo sein Spiegelbild – einen kleinen Mann mit lichtem, ingwerfarbenem Haar, dessen dünne Beine einen sich allmählich rundenden Leib trugen, einen Mann mit gehetztem Blick und Farbflecken an den Händen. Lalo fürchtete nicht sein Gegenüber im Spiegel. Was ihm Angst einjagte, war sein Abbild auf der Leinwand, sollte er je den Mund aufbringen, dem Spiegel mit einem Pinsel in der Hand gegenüberzutreten.

Ein Schrei von der Straße riß ihn aus seinen Gedanken, und er ging zum Fenster. Dort aber wurde lediglich ein Beutelschneider verfolgt, der die Sackgasse mit einer Abkürzung zwischen der Glibbergasse und dem Basar verwechselt hatte. Seit der Beysiberinvasion oder Heimsuchung oder wie immer man diese Sache nennen wollte, die das Leben in Freistatt auf seltsame Weise verändert hatte, haftete einem kleinen Taschendiebstahl etwas geradezu Nostalgisches an.

Lalo blickte aus dem Fenster über den Wirrwarr von Dächern hinweg, wo der Hafen blau schimmerte und gelegentlich einer der goldbeschlagenen Schiffsmasten der Beysiber im Sonnenlicht aufblitzte. Bei Ils, die prächtigen Beysiber besaßen Juwelen genug, daß selbst die Augen des Prinzen Kadakithis glänzten, aber nicht einer von ihnen hatte sich je von Lalo porträtieren lassen. Auch auf andere Aufträge wartete er zur Zeit vergebens. Ehe die guten Leute von Freistatt keinen Weg fanden, einen Teil des Reichtums ihrer neuen Nachbarn in ihre eigenen Truhen wandern zu lassen, hatte niemand die Mittel oder den Wunsch, seine Wände vom einzigen einheimischen Künstler Freistatts bemalen zu lassen. Lalo fragte sich, ob die Gabe, die Enas Yorl ihm einst verliehen hatte, auch bei den Beysibern wirken würde. *Hatten* die Fischäugigen Seelen, die man enthüllen konnte?

Lalo bemerkte, daß er sich, ohne es zu wollen, wieder dem Spiegel zuwandte.

»Lalo!«

Gillas Stimme brach den Zauber.

Die Tür stand offen, und Gilla füllte, nahezu lückenlos, den Türrahmen. Sie runzelte die Stirn, und Lalo, der sich ertappt fühlte, stieg die Röte ins Gesicht. Seine Versunkenheit in den Spiegel machte ihr Sorgen, aber sie wäre mehr als besorgt gewesen, hätte sie gewußt, warum er ihn so beschäftigte.

»Ich gehe einkaufen«, eröffnete sie. »Soll ich dir etwas mitbringen?«

Er schüttelte den Kopf. »Soll ich auf den Kleinen aufpassen, während du fort bist?«

Alfi drückte sich an Gillas fließenden Röcken vorbei und sah seinen Vater mit strahlenden Augen an.

»Ich drei Jahre alt«, stellte Alfi fest. »Ich jetzt groß bin!«

Lalo lachte, er bückte sich und fuhr mit der Hand über den blonden Lockenkopf. »Natürlich bist du das.«

Gila überragte ihn wie die Statue Shipris, der Allmutter im alten Tempel. »Ich nehme ihn mit«, sagte sie. »Es ist zur Zeit ruhig in den Straßen, und er braucht Bewegung.«

Lalo nickte, während er sich aufrichtete. Gilla streichelte seine Wange; er verstand, was sie ihm zeigen wollte, aber so selten in Worte kleiden konnte, und lächelte sie an.

»Laß dich nicht von den Fischaugen auffressen!« riet er ihr.

Gilla schnaubte. »Am hellichten Tag? Das möchte ich sehen! Außerdem sagt unsere Vanda, daß sie trotz ihres seltsamen Äußeren Leute wie wir sind, und da sie der Lady Kurrekai dient muß sie es ja wissen. Schenkst du vielleicht den Basargeschichten mehr Glauben als deiner eigenen Tochter?« Sie hob den Kleinen auf die breite Hüfte, packte den Einkaufskorb und ging.

Das Haus bebte unter Gillas schweren Schritten, als sie die Treppe hinunterstieg. Lalo ging ans Fenster, um sie unten auf der Straße zu sehen. Das gleißende Sonnenlicht vergoldete ihr blasser werdendes Haar, bis es so strahlend leuchtete wie das des Kindes.

Dann sah er sie nicht mehr und war wieder allein mit dem Spiegel und mit seiner Angst.

Ein Mann namens Zanderei hatte ihn einst gefragt, ob er je ein Selbstporträt gemalt hatte, ob es ihm gelungen sei, mit der Gabe Enas Yorls, nämlich das wahre Selbst eines Menschen zu malen, ein Porträt seiner eigenen Seele zu erstellen. Lalo hatte Zanderei dafür das Leben geschenkt, und zunächst war er so glücklich darüber, selbst am Leben zu sein, daß er an Zandereis Worte keinen Gedanken verschwendete. Dann war die Beysiberflotte aufgetaucht mit ihren geschnitzten Bugen und den vergoldeten Mastspitzen, auf denen die Sonne Flammen zauberte, und niemand besaß mehr die Muße, sich über andere Dinge Gedanken zu machen. Nun jedoch war alles wieder ruhig. Lalo hatte keinen Auftrag, und seine Augen klebten geradezu am Spiegel an der Wand.

Lalo hörte einen Hund auf der Straße bellen, und im Hof stritten sich zwei Frauen; entfernt klang das Treiben des Basars in der Luft, hier im Zimmer aber war es sehr ruhig. Staffelei und Leinwand standen bereit. Er wollte an diesem Morgen ein Bild entwerfen, das eine Szene der Heirat zwischen Ils und Shipri darstellte. Aber jetzt war keiner sonst im Haus – niemand, der zur Tür hereinschauen und ihn fragen konnte, was er dachte, was er tat –, niemand, der ihm zusah.

Einem Schlafwandler gleich nahm Lalo die Staffelei und stellte sie neben den Spiegel, dann setzte er sich so, daß ihm das Licht durch das Fenster direkt aufs Gesicht fiel.

Endlich, einem Liebenden gleich, der sich zum ersten Mal ganz in den Körper seiner Geliebten verlor, oder wie ein unterlegener Schwertkämpfer, der die Deckung fallen ließ, bereit für den letzten Hieb des Gegners, begann Lalo zu malen, was er sah.

Gilla wuchtete den Korb mit ihren Einkäufen auf den Tisch; sie brachte den Mehlsack vor Alfis neugierigen Fingern in Sicherheit und leerte den Inhalt in die Mehlschütte, dann fand sie einen hölzernen Löffel für Alfi, setzte den Kleinen auf den Boden, wo er mit dem Spielzeug vergnügt und heftig lärmte. Vom Treppensteigen ein wenig außer Atem, gönnte sich Gilla einen Augenblick Ruhe, bis sie ihre anderen Einkäufe verstaute.

Das dauerte nicht lange. Es gab weniger zu kaufen, seit die Beysiber angekommen waren; ihr Reichtum war der Grund für die hohen Preise. Gilla hatte zwar einiges an Silber gespart, aber keiner wußte, wann Lalo wieder mit Aufträgen rechnen konnte. Also aß die Familie wieder Reis und Bohnen und gelegentlich ein wenig Fisch im Eintopf. Jetzt, da viele neue Schiffe zur Flotte hinzugekommen waren, gab es zumindest keinen Mangel an Fisch.

Gilla seufzte. Sie hatte ihren Wohlstand genossen – es bereitete ihr Vergnügen, Fleisch auf den Tisch zu bringen und mit den Gewürzen zu experimentieren, die aus dem Norden kamen. Aber sie hatten auch lange Jahre ein kärgliches Dasein gefristet, und sie verstand sich wohl darauf, ihre Familie mit wenig Brot, aber vielen guten Worten zu ernähren. Sie würden die Beysiber überleben, wie sie auch alles andere überlebt hatten.

Alfi stapfte auf seinen kurzen Beinchen entschlossen auf die Tür zu, hinter der Lalos Arbeitszimmer lag. Gilla hob ihn hoch und küßte ihren zappelnden Sohn auf eine der Pausbacken.

»Nein, mein Süßer. Papa arbeitet dort, und wir dürfen ihn nicht stören.«

Es schien ihr jedoch seltsam, daß Lalo ihnen nicht einmal einen Gruß zugerufen hatte, als sie hereingekommen waren. Wenn er an einem Porträt arbeitete, konnte Vashanka das Haus um ihn zu Trümmern schlagen, ohne daß er es bemerkte, aber Lalo hatte schon lange keinen Auftrag mehr, und wenn er zum Vergnügen malte, war er gewöhnlich alles andere als böse über eine kleine Störung und eine Tasse Tee. Sie rief Latilla, die ihren kleinen Bruder ins Kinderzimmer brachte, dann entfachte sie ein Feuer im Herd und stellte den Kessel auf.

Von Lalo war noch immer nichts zu hören.

»Lalo, Liebster, ich koche Wasser, möchtest du eine Tasse Tee?« Sie runzelte die Stirn, stemmte die Hände in die Hüfte und blickte auf die geschlossene Tür. Dann ging sie hin und öffnete sie.

»Warum antwortest du mir nicht?« Gilla hielt inne. Lalo stand nicht an seiner Staffelei. Einen Augenblick lang meinte sie, er sei nicht da, aber die Tür war unverschlossen. Irgend etwas war anders, der Raum schien ihr merkwürdig verändert. Lalo stand an der gegenüberliegenden Wand, er glich einem Möbelstück. Nach einer Weile erkannte sie, daß er sich, seit sie ins Zimmer getreten war, nicht bewegt hatte. Noch nicht einmal sein Gesicht hatte er ihr zugewandt.

Rasch ging sie auf ihn zu. Er wirkte, als wäre er Schritt für Schritt zurückgegangen, bis die Wand ihn aufgehalten hatte. Seine Hand umklammerte noch immer den Pinsel. Sie entwand ihn seinen Fingern und legte ihn nieder. Lalo bewegte sich noch immer nicht. Seine Augen starrten auf die Staffelei an der gegenüberliegenden Wand. Sie warf einen Blick darauf und sah nur das Gesicht eines Mannes; aus dieser Entfernung fiel ihr nichts Ungewöhnliches auf, dann wandte sie sich wieder Lalo zu.

»Lalo, bist du in Ordnung? Hörst du mich? Allmutter sei gnädig – Lalo, was ist denn los?« Sie umklammerte seinen Arm und schüttelte ihn, aber er gab keine Antwort; ein übles Gefühl von Furcht stahl sich ihr ins Herz und breitete sich dort aus.

Gilla nahm ihn in die Arme und drückte ihn an sich. Sein Körper war warm, sie fühlte sein Herz langsam schlagen, aber mit schrecklicher Gewißheit wußte sie, daß er nicht mehr da war. Sie biß sich auf die Lippe und führte ihn zum Strohlager, auf das sie ihn legte, wie eines der Kinder eine Puppe betten würde.

Kalte Furcht kroch ihr bis in die Fingerspitzen. Sie blieb vor Lalos Lager knien und rieb seine Hände, weniger um seinetwillen als um ihrer selbst. Seine Pupillen waren erweitert, dunkel und blicklos. Als sie den Raum betrat, hatte er nicht auf das Bild gesehen, obwohl sein Gesicht in diese Richtung gewandt gewesen war. Diese Augen waren auf etwas gerichtet, das jenseits dieser Wände lag, vielleicht sogar jenseits von Freistatt, in eine innere Finsternis, in der ein Mensch für immer versinken konnte, ohne je Ruhe zu finden.

Fröstelnd versuchte Gilla seine Augen zu schließen, aber die Lider öffneten sich wieder und enthüllten erneut diesen furchtbar leeren Blick. Sie fühlte, wie ein Schrei sich in ihre Brust stahl und darauf wartete, daß sie sich dem Entsetzen ergab und losbrüllte, aber sie biß die Zähne zusammen und erhob sich.

Hysterie würde ihnen beiden nun nicht helfen. Es war noch Zeit genug, dem Schmerz, der in ihr wuchs, freien Lauf zu lassen, wenn – falls – es für ihn keine Hoffnung mehr geben sollte. Vielleicht war es nur ein seltsamer Anfall, der bald vorüberging, oder eine neue Krankheit, die durch ihre fürsorgliche Pflege bald geheilt sein würde. Oder vielleicht – ein dunkler Gedanke keimte auf, und sie versuchte ihn sogleich – vielleicht war es Zauberei.

»Lalo«, flüsterte sie, als könne ihre Stimme ihn doch irgendwie erreichen. »Lalo, mein Liebster, alles wird gut. Ich hole dir einen Arzt. Ich sorge dafür, daß du wieder gesund wirst!« Sie dachte bereits darüber nach, was als nächstes zu tun sei. Sollte er am nächsten Tag nicht von selbst erwachen, mußte sie einen Arzt finden – Alten Stulwig vielleicht, von seinen Tränken sagte man, daß sie öfter Heilung brachten als jene, die sie schluckten, ins Jenseits zu befördern.

Der Teekessel heulte auf, und sie eilte aus dem Raum, wobei sie mit der Hüfte die Staffelei umriß. Ohne langes Zögern hob sie sie auf und stellte sie in die Ecke – mit dem Bild gegen die Wand.

Lalo blinzelte unsicher durch die düsteren Wolken, die um ihn wogten, ähnlich dem Zauberwind, der im vergangenen Jahr Freistatt verwüstet hatte. Leben war noch in ihm, obwohl der Gestank hier eigentlich den letzten Atem aus der Lunge hätte treiben müssen. Einen Augenblick meinte er, in den Kloaken des Labyrinths zu sein, aber dafür war es hier viel zu hell.

Also wohin im Namen Shalpas, des Schattengottes, hatte es ihn verschlagen?

Er machte ein, zwei Schritte vorwärts; seine Füße fanden selbst ihren Weg über den unebenen Grund. Die Farben der Wolken verursachten ihm Übelkeit – Schwefelgelb, das in ein fahles Rosa überging, einer unverheilten alten Wunde gleich, dann in eine andere, unnennbare Farbe tauchte, die den Augen Schmerzen bereitete, so daß er wegsehen mußte.

Vielleicht bin ich tot, dachte er dann. *Gilla, die Ärmste, wird um mich trauern, aber sie hat ja die Kinder, und die größeren verdienen bereits ihren eigenen Unterhalt. Ihr wird es besser ohne mich gehen als mir, hätte sie mich allein gelassen.*

Der Gedanke war bitter, und er stellte fest, daß er weinte, als er weiterstolperte. Aber die Tränen waren ohne Substanz und nach einer kurzen Weile schon wieder fort. Er hing weiter seinen Gedanken nach.

Keiner der Priester hat recht, weder diejenigen, die sagen, daß die Seelen der Verstorbenen in ein Paradies wandern, noch jene, die ihnen den Weg in die Hölle prophezeien. Vielleicht aber taugt meine Seele weder für das eine noch das andere, und die Götter haben mich deshalb verdammt, hier zu bleiben!

Sein halbes Leben hatte Lalo davon geträumt, wegzukommen von Freistatt. Jetzt, da er es verloren hatte, überraschte ihn sein Verlangen, es wiederzusehen.

Irgend etwas eilte tribbelnd an ihm vorbei, so daß er hastig zur Seite sprang. Gab es hier Ratten? Und nun konnte er das Steinpflaster zu seinen Füßen erkennen. Zitternd sah Lalo zu, wie sich Formen aus dem Nebel lösten – Wände mit Torbögen vielleicht und Dächer, die sich zum gespenstisch fahlen Himmel erhoben. Dort – das war doch die breite Front von Jubals Anwesen, aber das konnte nicht sein: die Stiefsöhne hatten es niedergebrannt! Und dann wußte er, daß etwas nicht stimmte, denn daneben erblickte er das vertraute schiefe Zeichen des Wilden Einhorns, aber die Augen des Einhorns glänzten böse, und Blut tropfte von dem gedrehten Horn.

Unvermittelt wurde ihm bewußt, daß er Geräusche hörte: das Lachen Betrunkener, das erscholl, wenn sie zusahen, wie ein Grobian einem Jungen das Gesicht zerschlug, oder wenn sie, einer nach dem anderen, eine Frau schändeten; die Schreie, die er vernommen hatte, wenn er an Kurds Werkstatt vorbeigeeilt war, und das erstickte Röcheln derer, die am Vashanka-Platz ihr Leben am Galgen aushauchten.

All diese Geräusche kannte er aus Freistatt, und er konnte sich vor ihnen verschließen, aber dem Schluchzen, das von irgendwo vor ihm erklang, vermochte er sich nicht zu entziehen; es war das stille, hilflose Wimmern eines mißhandelten Kindes.

Ich habe mich geirrt, dachte er, *ich bin doch in der Hölle!*

Lalo begann zu laufen und fand sich unvermittelt von Gestalten umgeben. Falkenmasken und Stiefsöhne prügelten aufeinander ein, abgehauene Gliedmaßen fielen wie geschnittener Weizen, und Bluttropfen schlugen auf das Steinpflaster wie schwerer Regen. Ein Mann stolperte an ihm vorbei, und Lalo meinte, es sei Zanderei, dann wandte sich die Gestalt ihm zu, und Lalo fuhr zurück, denn sein Gegenüber besaß überhaupt kein Gesicht.

Ein anderer kam ihm entgegen – Sjekso Kinsan, mit dem er so manches Mal im Wilden Einhorn einen Becher geleert hatte, und hinter ihm sah er eine Frau mit langem, bernsteinfarbenem Haar, Lord Reglis Frau, Samlane, die Lalo vor langer Zeit gemalt hatte, ehe er Enas Yorls Gabe besaß und ehe die Frau gestorben war. Er meinte auch noch andere zu erkennen, Diebe, deren verzerrte Gesichter er an den Galgen gesehen hatte, Höllenhunde und Söldner, die durch die Straßen Freistatts gezogen waren, um dann nirgendwo mehr aufzutauchen.

Sie sahen ihn an und kamen näher. Lalo begann zu laufen, sich durch das Labyrinth zu graben wie eine Made in einem verwesenden Körper auf der Suche nach einer ungewissen Sicherheit.

»Frau, Ihr habt Glück, daß ich überhaupt mit Euch hierherkam!« sagte Alten Stulwig steif. »Meine Patienten kommen zu mir, und es gehört gewiß nicht zu meinen Gepflogenheiten, diesen Teil der Stadt aufzusuchen!«

»Ihr wißt sicherlich, daß mein Mann einflußreiche Freunde hat, die es Euch verübelten, wenn Ihr ihrem Lieblingskünstler nicht zur Hilfe kämt!« konterte Gilla boshaft. »Und nun hört auf, meinem Blick auszuweichen wie eine Hure, die ihrem ersten Kunden nicht in die Augen sehen kann, und sagt mir, was mit ihm los ist!« Sie hob einen Arm, der gewiß so kräftig war wie Stulwigs Oberschenkel; er schluckte und blickte nervös hinab auf das Strohlager und den Mann, der dort lag.

»Das ist ein schwieriger Fall; es hätte keinen Sinn, Euch mit medizinischen Fachausdrücken zu verwirren.« Er räusperte sich. »Ich fürchte ...«

»Na, das will ich Euch gerne glauben.« Gilla packte seine Tasche und drückte sie an ihre breite Brust.

»Was tut Ihr? Gebt das zurück!«

»Ich brauche das Gewäsch von euch Blutsaugern nicht, und weicht mir nicht aus, *Meister* Alten. Greift in Eure Tasche und holt etwas heraus, das meinen Mann gesund macht!« Sie schob ihm die Tasche hin; er zuckte mit den Schultern, seufzte und öffnete sie.

»Das ist ein anregendes Mittel, *dograya.* Ihr müßt es in den Tee geben und es ihm viermal am Tag einflößen. Es wird sein Herz stärken, und, wer weiß, vielleicht bringt es ihn wieder zu sich.«

Er ließ das kleine Päckchen auf das Bett fallen, kramte noch einmal in der Tasche und brachte einige gelbliche, kleine Kegelchen hervor, die in Tuch gewickelt waren. »Ihr könnt versuchen, diese zu verbrennen – wenn der Geruch ihn nicht wieder zu sich bringt, dann weiß ich nicht, was sonst noch helfen könnte.« Er richtete sich auf und hielt ihr die Hand hin. »Zwei *Sheboozim* – goldene.«

»Alten, Ihr überrascht mich; wollt Ihr mich nicht fragen, ob ich das Bett mit Euch teile?« Gillas Lachen überspielte die Bitterkeit, die zu fühlen sie sich so lange versagt hatte. Alten erbleichte und wandte den Blick ab. Zwischen ihren Brüsten zog sie einen dünnen Gamslederbeutel hervor, in dem sie ihr Gold aufbewahrte. Sie besaß noch mehr, geschickt zwischen den Bodenbrettern verborgen – nicht einmal Lalo wußte, wo es war –, aber ein Haus konnte abbrennen. Für alle Fälle war es besser, einen Teil mit sich zu führen.

Sie drückte ihm die Münzen in die feuchte Hand und sah mit düsterem Blick zu, wie er seine Tasche nahm und den Stab, den er an die Tür gelehnt hatte.

»Der Segen Heqts über die Heilung ...«, murmelte er.

»Und über die Hände des Heilers«, erwiderte Gilla automatisch, aber sie dachte: *Ich habe mein Geld verschwendet. Auch er glaubt nicht, daß seine armseligen Kräuter helfen werden.* Sie lauschte Stulwigs raschen Schritten auf der Treppe, als er sich eilte, noch vor Einbruch der Dunkelheit sein Haus zu erreichen. Ihre Augen jedoch ruhten auf Lalos starrem Gesicht.

Plötzlich schien es ihr, als atmete er tiefer, auch meinte sie ein leichtes Stirnrunzeln festzustellen. Sie hielt die Luft an; ein vager Hoffnungsschimmer keimte in ihr auf, aber schließlich entspannten sich seine Züge wieder. Sie dachte an die großen Wellen, die manchmal gegen die Hafenmauer schlugen, obwohl der Himmel klar war. Die Fischersleute sagten, das seien die letzten Ausläufer eines großen Sturmes draußen auf dem Meer.

Oh, mein Geliebter, dachte sie voll Verzweiflung, *welch bittere Stürme toben an den Gestaden, an denen du nun weilst?*

Die Kinder erwarteten sie, als sie aus dem Arbeitszimmer kam, alle außer ihrem Ältesten, Wedemir, der stellvertretender Meister bei den Karawanen war. Vanda, die Tochter, war von der Beysiberlady, der sie diente, beurlaubt worden, als Gilla nach ihr sandte. Auf ihrem Schoß saß Alfi, und der Blick, den sie ihrer Mutter schenkte, war dem ausdruckslosen Starren der Beysiber nicht unähnlich. Selbst Gillas zweiter Junge, Ganner, der bei Herewick, dem Juwelier, in die Lehre ging, hatte die Erlaubnis erhalten, seine Mutter zu besuchen. Nur die achtjährige Latilla, die auf dem Boden mit ihrer Puppe spielte, schien nichts zu bemerken von der Spannung, die im Raum herrschte.

Gilla erwiderte die Blicke der Kinder. Sie wußte, daß ihre Auseinandersetzung mit Alten Stulwig gewiß nicht überhört worden war. Was erwarteten sie von ihr? Was sollte sie ihnen sagen?

»Nun?« rief sie. »Hört auf mich anzustarren wie Fische im Netz! Und stellt den Teekessel aufs Feuer!«

Lalo folgte dem Geruch, der ihm vertraut war wie der seiner eigenen Ausscheidung, dem Gestank, der Zauberei begleitete. Selbst ein Farbenkleckser, der die Magie lediglich in den Fingerspitzen hatte, wußte, daß es hier nach Zauberei roch. Lalo war in seinem anderen Leben Zauberern mit Vorsicht begegnet, aber anscheinend doch nicht vorsichtig genug, und deshalb hatte es ihn wohl hierher verschlagen.

Da! Einen Herzschlag lang fühlte er die grelle Gegenwart der Magiergilde, eine Ansammlung von Gerüchen, von den blassen Aromen der kleinen Hexer bis hin zu den exotischen Ausdünstungen der Vollblutmagier, die deren Meister waren – ein Geruchs-Potpourri mit all der Faszination, die auch die Müllhalde des Prinzen Kittycat ausstrahlte. Hier hing auch der fremdartige Geruch, der die Beysiberrituale begleitete, in der Luft und die muffigen Dünste, welche die kleinen Taschenzauberer und Hexen hervorbrachten, und die flüchtigen Aromen der Tempeldiener.

Was er suchte, kam jedoch nicht aus den Tempeln, sondern entsprang einem Ort in unmittelbarer Nähe, einem Haus, dessen Fundamente selbst Zauberei waren. Jemand wob dort in diesem Augenblick einen Zauber, elegante Magie, die Spiralen der Macht in die trübe Luft entsandte. Lalo war dieses Aroma vertraut, obwohl er es früher nicht hätte bestimmen können, es handelte sich um die einzigartige Aura, die Enas Yorl umgab.

Lalo kniff die Augen zusammen und erkannte, daß das, was er als Farbe empfand, mehrere Lichtfäden waren, die sich überkreuzten, um ein Netz um jeden Geist zu fangen, den es dorthin verschlüge. Und Lalo fühlte die Gegenwart dieser anderen, weniger greifbar als jene Geister, vor denen er floh, aber aktiver und aufmerksamer.

Ein Symbol flackerte auf im Zentrum der Lichtknoten. Das fahle Pulsieren, Farbe, Form und Geruch waren aufeinander abgestimmt, ein Opfer anzulocken. Lalo schauderte, als etwas an ihm vorbeiwischte. Die glühenden Fäden verschwammen, und das Symbol in ihrer Mitte löste sich auf, dann erschien es erneut und umgab eine trübe, sich windende Energie und zwang sie in eine Gestalt, die menschliche Augen, wenn auch unwillig, zu sehen vermochten.

Aber der Weg, der für dieses Wesen entstanden war, blieb noch bestehen, und Lalo, voll Verlangen nach Gesellschaft, zwängte sich hindurch.

»Ehas, barbarishti, azgeldui m'hai tsi! Du, der du um die Geheimnisse von Leben und Tod weißt, komm zu mir! *Yevoi! Yevad!«* Die Worte versiegelten den Weg, und das gefangene Wesen wirbelte in einem Funkenregen, der nach Nitrat und Schwefel stank.

Lalo krümmte sich wie eine erschreckte Schlange, um die Berührung mit dem Licht und dem Klang der Stimme zu vermeiden. Es handelte sich um die Sprache jener Ebene, aus der das Wesen gekommen war. Lalos augenblicklicher Zustand ermöglichte es ihm, sie zu verstehen, und er erkannte, daß es schlimmere Orte geben mußte als den, an dem er sich befand.

»Evgolod, sheremin, shinaz, shinaz, tiserra-neh, yevoi!« Die Stimme fuhr fort, das Wesen zu beschwören und ihm das Geheimnis zu entlocken, wie die Seele von einem Körper,

in den sie durch Zauberei so obszön und untrennbar gekettet war, befreit werden konnte, und sei der Preis, eine solche Seele zu befreien, auch deren Vernichtung. Lalo schreckte zurück vor dem Wissen, das niemals für seine Ohren bestimmt war.

Aber plötzlich verstummte die Stimme, und die Echos erstarben. Lalo wagte einen Blick auf die substanzlose Gestalt zu werfen, die in ihrem eigenen schimmernden Kreis jenseits des Dreiecks stand, in dem Lalo und der Dämon gemeinsam gefangen waren. Es war Enas Yorl – er mußte es sein – ja, diese glühenden Augen würde er immer und überall erkennen.

Im gleichen Augenblick schien es, als bemerkte Enas Yorl, daß seine Beschwörung erfolgreicher gewesen sein mußte als geplant. Ein Zauberstab erhob sich, Macht wirbelte und brauste durch die ruhige Luft.

»Entweiche, o unerwünschter Geist, in deine eigene Ebene und warte dort, bis ich dich rufe!«

Lalo fühlte sich von der Wucht eines magischen Sturms erfaßt und geschüttelt. Einen Augenblick lang hoffte er, daß dieser magische Hausputz Enas Yorls ihn wieder heimschicken würde. Aber wo war nun dieses Zuhause?

Als die Macht verebbte, setzte Lalo sich auf und fand sich noch immer in dem Dreieck gefangen. Der Dämon neben ihm spuckte und griff mit seinen Flammenklauen nach ihm.

»O Geist, der du meiner Beschwörung folgtest, ich befehle dir, nenne deinen Namen!« Seine erste fehlgeschlagene Vertreibung schien Enas Yorl nicht sonderlich aus der Ruhe gebracht zu haben. Lalo erkannte, daß eine Menge guter Nerven und viel Geduld nötig waren, wenn es um Magie ging.

Er erhob sich und ging, so weit er es wagte, an den Rand des Dreiecks. »Ich bin es, Lalo der Maler. Erkennt ihr mich nicht, Enas Yorl?«

Als er auf eine Antwort Enas Yorls wartete, wunderte sich Lalo, daß er den Zauberer erkannte, schließlich lastete auf diesem der Fluch, daß die Gestalt, in der er sich befand, nie lange Zeit diesselbe war. Fasziniert und gleichermaßen entsetzt blickte er ins wahre Gesicht Enas Yorls.

Dort sah er Leidenschaften und Abgründe, machtvoller als er es jemals hätte begreifen können – und gepeinigte Liebe. In diesem Gesicht war alles Große und Furchtbare vereint in einem ewigen Konflikt, den nur der stete Lauf der Jahre jemals lösen mochte. Und dieser Jahre waren es nun schon so viele. Die Hand der Macht hatte dieses Gesicht geformt, und eine geduldige, schmerzende Verzweiflung fraß an ihm. Schließlich verstand Lalo, warum Enas Yorl ihn nicht sein Porträt hatte malen lassen, und er fragte sich, welche Seite davon der Zauberer wohl am meisten fürchtete.

»Enas Yorl, ich kenne *Euch*, aber ich weiß nicht, was *ich* jetzt bin oder warum ich hier bin!«

Der Zauberer sah ihn nun an und lachte. »Ihr seid nicht tot, falls es das ist, was Euch Sorgen macht, und nach Magie stinkt Ihr auch nicht. Lagt Ihr im Fieber, oder hat der Fleischberg, mit dem Ihr verheiratet seid, Euch schließlich doch niedergeschlagen?«

Lalo murmelte rasch, daß beides nicht zuträfe, und versuchte sich zu erinnern. »Es war gar nichts – ich malte, ich war allein und ...«

Der Zauberer wurde ernst. »Ihr habt gemalt? Euch selbst vielleicht? Nun verstehe ich. Armer kleiner Fisch, Ihr habt eine verbotene Schleuse geöffnet und seid ins große Meer gespült worden. Jene, die Ihr maltet, konnten die Wahrheit in Euren Bildern leugnen, aber Euch war das nicht möglich, ohne Euch selbst in Frage zu stellen!«

Lalo schwieg und suchte nach seinen Erinnerungen. Er hatte ein Bild gemalt, und dann war er von der Leinwand zurückgetreten, und dort sah er ...

Plötzlich begann er zu verstehen, und diese Erkenntnis machte ihn ganz benommen. Er blickte in Tiefen und weite Quellen von Licht und Dunkelheit, die beide ihn gleichermaßen zu ertränken vermochten – ein Universum der Macht, eingefangen hinter der Fassade, die das Selbst war, das er bisher kannte.

»Und so seid Ihr also geflohen vor der Wahrheit und ihrem Abbild, und Euer Körper liegt irgendwo verlassen. Ich vermag wohl, Euch dorthin zurückzuversetzen, wenn Ihr es wirklich wünscht – aber versteht Ihr denn nicht? Ihr seid jetzt frei! Wißt Ihr, was ich dafür gäbe, das zu erreichen, was Euch versehentlich widerfuhr.« Der Magier hielt inne. »Aber ich vergaß, Euer Körper ist gesund und jung ...«

Lalo hörte ihn kaum. Sein erster Blick in dieses unermeßliche Innerste hatte ihm genügt, sich voller Entsetzen in die Schattenwelt zurückzuziehen. Aber wohin konnte er von hier aus fliehen? Er vermochte die Bedeutung dieser Vision nur zu erfahren, sie ängstigte und peinigte ihn und schlug, mächtigen Schwingen gleich, gegen sein Bewußtsein.

Und dann waren diese Schwingen gleichermaßen in ihm als auch um ihn herum. Der gefangene Dämon wirbelte davon inmitten von Feuerrädern, deren faule Funken wie verbrannte Wolle stanken, und das Netz aus Macht, das Enas Yorl gewoben hatte, wurde zerfetzt. Ein Riß zwischen den Welten tat sich auf, durch den, scharfen Schwertern gleich, dunkle Schwingen schnitten.

Schmerz durchfuhr Lalo, und sein Bewußtsein wirbelte davon, gelockt vom fruchtlosen Ruf des Magiers ...

»Sikkintair, sikkintair!«

Gilla zog den Mantel enger um sich und eilte weiter über die abgetretenen Pflastersteine der Prytanisstraße. Sie hoffte, daß es nur trockene Blätter waren, die hinter ihr raschelten. Das Juwelierviertel war zwar zu Fuß sicherer zu durchqueren als der Basar, aber jeder, der Gilla kannte, wußte auch, daß es nicht lohnte, ihr nachzustellen.

Heute aber war das anders. Nervös fingerte sie an dem kleinen Lederbeutel, den sie an einem Band um den Hals trug, darin war alles Gold, das sie besaß. Die Dienste der Magier waren teuer. Gilla verfluchte sie alle, Alten Stulwig seiner Unfähigkeit wegen; Illyra, die Halb-S'danzo, die ihr nichts anderes sagen konnte, als daß Zauberei wohl irgendwie im Spiel war; Lalo, der sich in dieses Schlamassel gebracht hatte, und am meisten sich selbst wegen der Angst, die sie einfach nicht verlassen wollte.

Als das Rascheln hinter ihr bedrohlich näherkam, wirbelte Gilla herum. Die Furcht verlieh ihr zusätzliche Kraft, und als ihr massiger Arm den ersten Beutelschneider mit voller Wucht traf, fiel der wie ein nasser Sack zu Boden. Ein Messer blitzte auf und schlug mit metallischem Klirren gegen eine Hauswand. Gillas zweite Faust sauste auf den Kopf des Mannes herab, dann bearbeitete sie seinen Kumpan, ehe dieser noch verstand, warum sein Freund am Boden lag. Die schmutzigsten Verwünschungen, die das Leben am Rande des Labyrinths sie gelehrt hatten, prasselten auf den Mann herab, während sie mit aller Kraft auf ihn eindrosch. Das Blut rauschte ihr durch die Venen, und ihre Furcht war wie weggeblasen, als Gilla den Staub von ihrem Mantel klopfte und ihren Weg fortsetzte. Die beiden Schurken hinter ihr regten sich, stöhnten auf und sanken wieder zu Boden.

Der gewonnene Kampf hatte ihr Kraft gegeben. Zuversichtlich schritt sie vorbei an den Läden und begegnete den Blicken der Teppichhändler, die ihre Ware einrollten, als die Sonne unterging und die Stadt in feuriges Glühen tauchte. Das Hochgefühl verließ sie nicht mehr, bis sie vor der Tür Enas Yorls stand.

Dort aber hielt sie inne. Die ineinander verschlungenen ehernen Drachen, welche die Tür zierten, verwirrten das Auge. Gilla wagte nun kaum mehr den Griff vom Türklopfer zu lösen. All die Geschichten, die sie je über Magier gehört hatte, kamen ihr in den Sinn; sie dachte an die mahnenden Worte der Kinder, als sie ihnen eröffnete, was sie zu tun beabsichtigte.

Warum bin ich eigentlich hier? Wie komme ich dazu, mich mit Magiern einzulassen? Sie versuchte ruhig und vernünftig zu bleiben und dachte: *Lalo ist durch diese Tür gegangen und wieder zu mir heimgekommen. Wohin er gegangen ist, kann auch ich gehen.*

Gilla betätigte den Klopfer.

Leise schwang die Tür auf. Der blinde Diener, von dem sie bereits gehört hatte, stand vor ihr mit einer seidenen Augenbinde in der Hand. Gilla fuhr sich mit der Zunge über die plötzlich trockenen Lippen, dann band sie sich das Tuch vor die Augen und reichte dem Diener die Hand.

Sie wußte in etwa, was sie erwartete. Lalo hatte ihr von Darous, der Augenbinde und den seltsamen Wächtern in der Eingangshalle des Magiers erzählt. Aber das Schleifen der Schuppen über den Steinboden und das Gefühl, umzingelt zu sein von unzähligen gleitenden Körpern, war fast zuviel für sie, denn vor Schlangen fürchtete sie sich ganz besonders. *Das sind keine Schlangen!* dachte sie. *Das sind nur Basilisken!* Aber ihre Finger umklammerten die kühle Hand ihres Führers, und sie atmete schwer, als sie einen anderen Raum erreichten, in dem sich ein zarter Moschushauch mit übelkeiterregendem Schwefelgestank mischte.

Die Augenbinde wurde entfernt. Gilla sah sich seufzend um. Die Wände hier waren rußgeschwärzt, und auf dem Boden lag ein geschmolzenes Metallgebilde, das einmal eine Kohlenpfanne gewesen sein mußte. Eine Wandnische barg einen Diwan, auf dem, scheinbar achtlos hingeworfen, etliche kostbare Decken lagen. Es bedurfte einer Weile, ehe Gilla erkannte, daß unter den Decken eine Gestalt lag. Sie verschränkte die Arme unter den Brüsten und starrte auf das Bündel.

»Nach dem Stier die Kuh«, sagte Enas Yorl müde. »Ich hätte es mir denken können.«

»Lalo?« Gilla sah zu, wie die schmale Hand auf der Samtdecke zitterte und schließlich zu einer muskulösen Pranke wurde, deren Haut mit feinen bläulichen Schuppen überzogen war. Gilla schluckte und zwang sich, wegzusehen. »Lalo liegt seit zwei Wochen in einer Art Trance. Ich möchte, daß Ihr ihn wieder in seinen Körper zurückversetzt.« Sie griff nach dem Lederbeutel.

»Behaltet Euer Gold«, sagte der Magier verdrossen. »Euer Gemahl bat mich bereits darum, und ich sagte ihm auch zu. Schließlich wäre es interessant, in Freistatt einen

Mann zu haben, der seiner eigenen Seele gegenüberstand. Jetzt jedoch ist Lalo auch für mich unerreichbar.«

»Unerreichbar? Für Euch?« wiederholte Gilla verzweifelt. »Aber man nennt Euch den größten Magier im ganzen Reich!« Sie blickte in die rotglühenden Augen des Magiers, doch Enas Yorl sah weg.

»Ich bin weise genug, um die Grenzen meiner Macht zu kennen«, erwiderte er. Seine Stimme klang bitter. »Ich kenne zwar die Kräfte der Beysiber nicht, aber kein Magier Freistatts wird es wagen, sich in die Belange der Sikkintair einzumischen. Die Fliegenden Messer haben Euren Gemahl, Frau. Geht zum Ils-Tempel, vielleicht hört Gordonesh der Priester Euch an. Oder besser noch, geht nach Hause – Lalo ist in den Händen der Götter.«

Die Sikkintair verschlangen Lalos Fleisch und säuberten seine Knochen, bis der Wind ihm durch die Rippen strich und mit den langen Knochen seiner Schenkel Rhythmen klopfte. Seine Künstlerhände, nackt ohne die Muskeln, in denen die Magie steckte, glichen blattlosen Zweigen im Winter.

Als die Sikkintair fertig waren mit dem Skelett, ließen sie es fallen, und Mutter Erde umgab die Knochen mit neuem Fleisch. So lag er im Schoß der Erde eine Jahreszeit lang oder ein Jahrhundert, und als seine Zeit gekommen war, fand er sich auf einer Waldlichtung, wo Blumen wie Juwelen glitzerten. Sein neuer Körper war geschmeidig und stark wie eine Degenklinge.

Er sprang auf, ging über die Lichtung und genoß die Farben, die sanfte Luft und die vibrierende Kraft seines neuen Körpers. Dann hörte er Musik und ging auf die Klänge zu.

Wo der Eichenhain lichter wurde, erstreckte sich eine grüne Wiese hinunter zu einem Teich, den ein gurgelnder Wasserfall speiste. Dort stand ein Tisch, auf den ein karmesinrotes, goldumsäumtes Tuch gebreitet war. Auf diesem Tuch standen Kristallpokale, gefüllt mit dem Wein aus Caronne, Platten mit gebratenem Fleisch, weißes Brot und

Silberschalen mit Orangen aus Enlibar. *Ein Mahl für die Götter,* dachte Lalo. Und so war es auch – die Götter feierten hier.

»Wir haben Euch erwartet«, sagte eine Stimme. Eine Maid, lieblicher als die schönste Konkubine in Prinz Kadakithis' Harem, half ihm in ein blaues, mit goldenen Drachen besticktes Seidengewand und kniete dann nieder, um ihm in die goldenen Sandalen zu helfen. Die schwarzen Locken, die ihr bis auf die Hüften fielen, schimmerten blau im Sonnenlicht, und als sie zu ihm aufsah, erkannte er das Gesicht: es war Valira, die kleine Hure, die er als Eshi, Liebesgöttin, gemalt hatte. Er zitterte, als ihm bewußt wurde, wer ihm diente.

Sie führte ihn an einen Platz am Ende der Tafel, und er aß, dankbar, daß die anderen Götter weiter miteinander sprachen, ohne große Notiz von ihm zu nehmen. Der Gott neben Eshi mußte Anen sein, dachte Lalo. Er hatte den feisten Bauch und die rote Nase wie damals seine Saufkumpane, als er bei billigem Wein Vergessen suchte. Das Fett des Gottes verriet ein angenehmes Dasein, und das Glühen seiner geröteten Wangen wärmte auch das verzweifeltste Herz. Lalo gedachte früher erwiesener Gunst und prostete ihm zu.

Der Gott bemerkte es und sah ihn an. In den Augen des Gottes erkannte Lalo stummes Leid, da erinnerte er sich, daß dies der Gott war, der jährlich starb und wiedergeboren wurde. Dann lächelte Anen, und Freude strömte in Lalos Herz. Er sah, wie sein Kelch sich füllte mit einem Wein, dem Blut der Sterne gleich.

Der Wein gab ihm Mut, sich die anderen anzusehen – die sanfte Theba, die Friedensbringerin, schattengleich neben ihr, den flinkfüßigen Shalpa, dessen Gesicht Lalo an jemanden erinnerte, den er oftmals im Wilden Einhorn gesehen hatte, nur fiel ihm im Augenblick nicht ein, wer es war. Aber er sah das Gesicht jedes Söldners, der ihm je begegnete, im Antlitz von Ihm-den-wir-nicht-nennen, der selbst hier gerüstet und gewappnet saß. Den würzigen Humor der Frauen, die in den Färberläden über Tücher feilschten, bemerkte er im Gesicht der blonden Thilli, bis er schließlich entdeckte, daß er alle kannte und daß er sie alle gemalt und unter ihnen in Freistatt gelebt hatte, ohne es wahrzunehmen.

»Vater, du hast Vashanka fürs erste besiegt, aber die Priester Savankalas halten nach wie vor in Freistatt einen Ehrenplatz für ihn bereit!« Eshi sprach zu dem strahlenden Licht am Ende der Tafel, wohin Lalo noch nicht gewagt hatte zu schauen.

»Vashankas Macht ist gebrochen, bis ein neuer Körper, dessen er sich bedienen kann, heranreift.« Die Stimme sirrte in Lalos Ohren. »Es sind nicht die Götter Rankes, die mir Sorgen machen. Es ist diese neue Göttin, diese Bey, um die wir uns kümmern müssen.«

»Ihre Anbeter sind Flüchtlinge, und das Reich, aus dem sie flohen, sollte der Göttin erste Sorge sein. Wieviel Macht kann sie in Freistatt haben?« fragte Thilli. Einen Augenblick lang lehnte sich Thufir, ihr Gatte, vor, um zuzuhören, und Lalo erschrak, als dessen stechender Blick ihn streifte. Die Priester nannten Thufir den Freund der Sikkintair, wie sie Ils deren Meister nannten. Sie hatten ihn ihre Weitsicht gelehrt. Hatte er ihnen befohlen, Lalo hierherzubringen?

»Ich bin dieser Streitereien müde«, seufzte Shipri. »Als du die Rankanier in ihre Schranken verwiest, glaubte ich, wir bekämen wieder Frieden. Ich habe mich nun mit Sabellia geeinigt, und diese neue Göttin und ich werden wohl ebenso verfahren müssen. Schließlich ist sie eine Göttin und deshalb wohl auch vernünftiger als ein Gott.«

Lalo lehnte sich erleichtert zurück. Er hatte seine Frau als Sabellia gemalt, und während der letzten Minuten fürchtete er Shipris Eifersucht. Aber Gilla ähnelte der Scharfzüngigen schon lange nicht mehr, er meinte in ihr nun mehr das Bild der stillenden Mutter der Ilsig zu sehen.

Dann aber traf ihn der Glanz, den Ils' Gesicht ausstrahlte. Selbst in diesem neuen Körper vermochte Lalo nicht in dieses Licht zu blicken.

Er schrie auf und schloß die Augen.

»Sohn Ils', komm zu mir ...« Ein Klang, der Licht war,

drang schmerzbereitend durch Lalos geschlossene Lider. Er schüttelte den Kopf.

»Herr, ich diente in den Tempeln Eurer Feinde, und ich fürchte mich.«

»Aber ich habe diese Feinde besiegt. Steh auf und komm zu mir!«

Ich bin schon gestorben, dachte Lalo. *Was kann er mir denn noch antun?* Er öffnete die Augen. Thufir Weit-Seher stand bereit, ihn zu seinem Vater zu geleiten, der seinen Glanz hinter der Maske der großen Marmorstatue des Ils-Tempels verbarg.

»Ihr habt viele Porträts gemalt, seit der Magier Euch diese Gabe verlieh, Maler. Was habt Ihr gesehen?«

Lalo heftete den Blick auf die Silberkette, die unter dem Bart des Gottes glitzerte. »Tiere ...«, flüsterte er, »... und Dämonen und manchmal – Götter.«

»Und als du die Gabe des Magiers an dir selbst erprobtest?« fuhr die unerbittliche Stimme fort.

Lalo schauderte, aber Thufirs fester Griff hielt ihn in dieser Wirklichkeit. Er hatte eine Liebe zu Kleinlichkeiten gesehen, derer er sich schämte, und jenseits davon eine Zerstörungslust, die ihn entsetzte, und eine Fähigkeit zu lieben, die ihn noch viel tiefer erschütterte. Er hatte in die Tiefen seiner eigenen ungeahnten, kreativen Kraft geblickt.

»Wie du Enas Yorl und den Priestern Savankalas dientest, mein Sohn, so sollst du nun mir dienen«, sprach Ils' Stimme.

Vor sich sah Lalo eine weiße Leinwand und Pinsel, die seine eigenen in den Schatten stellten, wie ein Pferd von Trôs einen Esel der Abwinder, und eine Palette mit Farben, für deren Geheimnis die Händler von Freistatt ihre Seele gegeben hätten. Durch Lalos rechte Hand strömte eine Kraft, die stärker und stärker wurde. Er griff nach einem Pinsel und tauchte ihn in ein Scharlach, wie er noch keines gesehen hatte, tupfte es auf die Leinwand und fühlte sich von einer berauschenden Gewalt erfaßt, einem Liebesakt gleich.

Seine Hand huschte über die Leinwand und färbte sie

scharlach, dann folgte ein strahlendes Gold und schließlich eine schillernde Blauschattierung. Dann trat er einen Schritt zurück, und der Pinsel entglitt seinen Fingern. Das Ding auf der Leinwand bewegte sich, es streckte sich und erhob sich in die Luft.

Eshi lachte und klatschte in die weißen Hände, und Thufir lächelte sein ruhiges, geduldiges Lächeln. Lalo starrte dem winzigen Sikkintair, das unter seinen Händen lebendig geworden war, nach, als es durch die Bäume davonschwebte.

»Bisher vermochtest du die Wahrheit zu malen, die sich hinter der Wirklichkeit verbarg.« Das Flüstern Ils' hallte in Lalos innerster Seele. »Nun gibst du der Wahrheit, die du siehst, Gestalt. Verstehst du jetzt, wer du bist?«

O heilige Mutter allen Lebens,
Wir wandern auf verlornen Pfaden.
Bewahr uns vor Gefahr, und vergebend
Geleite uns heim in Deine Gnaden.

»Heilige Shipri, Allmutter, auch Du liebst Deinen Gemahl!« Gillas leises Flehen ging unter in den süßen Harmonien der Hymne. »Höre mich an und geleite meinen Mann zurück zu mir ...«

Hier in der Kapelle der Mutter warfen flackernde Kerzen unstetes Licht auf die mosaikverzierten Wände. Man sah kaum die schlichten Reparaturen an der Wand, die Vashankas Blitz gespalten hatte. Gilla kauerte im Schatten, während die blaugewandete Priesterin vor dem Marmorbild der Göttin auf und ab schritt und ihr Lied vortrug.

Du heilst, was zerstört durch Menschenhände
Ewignährendes, fruchtbares Weib
Du bist der Quell des Lebens – und an seinem Ende
Ruh'n wir in Deinem heilgen Leib

Ruht Lalo wohl schon sicher in Ihren Armen? fragte sich Gilla. *Vielleicht brauchten die Götter einen Hofmaler, und was hat Freistatt im Vergleich damit schon zu bieten?* Sie senkte den Kopf und wiegte sich vor und zurück, während der Gesang weiter ertönte und den ewigen Kreislauf von Leben, Geburt und Tod pries, und die so lang verwehrten Tränen fielen wie Regen auf den Marmorboden.

Die Priesterin hatte ihr Lied beendet. Es war still in der Kapelle, als Gilla Vandas Hand auf ihrer Schulter fühlte. Sie ließ sich von ihrer Tochter hinausführen ins grelle Sonnenlicht Freistatts.

»Nun sag bloß nicht«, begann Vanda, »daß Goronesh dich nicht einmal anhören wollte, und daß diese Heuchler, die Shipri dienen, dir erzählten, dies sei ein Teil der den Frauen auferlegten Bürde.«

Gilla sah zurück zur goldenen Kuppel des Tempels, die nach wie vor halb hinter dem Baugerüst verborgen lag. »Ist es selbstsüchtig, daß ich Lalo wiederhaben möchte? Ich meinte stets, die Starke sei ich, aber ich brauchte ihn!«

»Natürlich tust du das!« sagte Vanda resolut. »Und wir brauchen ihn auch!« Vandas Haar, das im Sonnenlicht glänzte, war von der selben Farbe wie Lalos in jüngeren Jahren, aber der Glanz ihrer grauen Augen war getrübt. Gilla schluckte die letzten Tränen hinunter und wischte sich entschlossen die Augen trocken.

»Du hast recht. Ich weiß gar nicht, was in mich gefahren ist!«

»Kommst du nun mit zur Lady Kurrekai?«

Zum erstenmal seit sie den Tempel verlassen hatte, nahm Gilla ihre Umgebung bewußt wahr und stellte fest, daß sie nicht die Tempelhalle hinunter auf die Stadt zugingen, sondern an der äußeren Mauer des Statthalterpalasts entlang. Sie seufzte. »Nun gut. Wir wollen sehen, ob die Fremden uns helfen können, denn hier in Freistatt erwartet uns keine Hilfe, weder von Magiern noch von den Göttern!«

Der Prinz hatte der Beysa und ihrem Hof großzügig Räume im Palast zur Verfügung gestellt, vielleicht mußte er aber auch nur aus der Not eine Tugend machen. Gilla fragte sich, wie alle hier Platz fanden. Der Palast schien geradezu überfüllt mit Beysiberfunktionären in ihrer Tracht aus seidenen Beinkleidern und weiten Wämsern oder bauschigen Röcken und hohen Kragen. Sie meinte, wesentlich mehr Beysiber zu sehen als Palastdiener mit den seidenen Schärpen, die mit auffällig zur Schau gestelltem Ernst ihren Pflichten nachgingen.

Gilla warf einen Blick auf ihre Tochter, die bereits Beysibermode nachahmte und ein Kleid trug, das aus einem alten Unterrock ihrer Herrin geschnitten war, in dessen Saum goldene Fäden glitzerten. Ob diese Frau der Beysiber nun helfen konnte oder nicht, so war es doch gewiß, daß Lalo ein gutes Werk getan hatte, als er seine Beziehungen zum Palast nutzte und Vanda hier unterbrachte.

Die Lady bewohnte einen Raum im ersten Stock des Palasts, nahe den geräumigeren Wohnungen unter dem Dachgarten, in denen die Beysa lebte. Wenn Gilla richtig verstanden hatte, was Vanda ihr über Beysiberpolitik erzählt hatte, so war Kurrekai eine Cousine der Königin Shupansea, nicht in direkter Linie zum verlorenen Thron, aber königlich genug, um eine der heiligen Schlangen zu besitzen und als Priesterin ausgebildet zu sein.

Gilla schauderte, als Sie an die Beynit dachte. Die Basilisken Enas Yorls waren schlimm genug gewesen, und nun mußte sie diesen sonderbaren Fischäugigen gegenübertreten. *Ich muß diesen Mann lieben*, dachte sie, *sonst würde ich heimrennen.*

Aber da hatten sie auch schon Kurrekais Gemach erreicht. Ihr blieb keine Wahl mehr. Hier roch es nach einer Art Weihrauch, bitterem Sandelholz ähnlich.

»Ah, die Mutter meiner kleinen Freundin. Seid willkommen.« Die Lady sprach mit tiefer Stimme und leichtem Akzent. Sie erhob sich. Neben der hochgewachsenen, kräftigen Frau fühlte sich selbst Gilla fast klein. Sie staunte über den prächtigen gesteppten Unterrock, dessen karmesinroter Brokat derart mit Goldstickerei beladen war, daß man das ursprüngliche Muster kaum mehr erkannte. Darüber teilte sich ein steifer Rock aus tiefblauen Samtstreifen und ein Korsett mit engen angesetzten Ärmeln aus dem selben Stoff. Da die Beysiberfrauen außerhalb der Palastmauern Mäntel trugen, war es Gilla bisher verborgen geblieben, daß sie ihre Brüste unbedeckt ließen. Kurrekais Brüste waren groß und fest, und die Brustwarzen mit kunstvollen roten und goldenen Mustern verziert.

»Nehmt Platz. Ich lasse Tee bringen.« Lady Kurrekai klatschte in die Hände und ließ sich wieder auf dem Diwan nieder. Vanda schob ihrer Mutter ein Sitzkissen unter, und Gilla, deren Knie immer weicher wurden, nahm dankbar Platz.

»Eure Tochter ist mir eine große Hilfe«, fuhr die Lady träge fort. »Sie ist flink und hat so wundervolles Haar.«

Vanda errötete, sie nahm das Tablett, das eine Beysiberfrau zur Tür brachte, entgegen und stellte es auf einem niederen Tischchen aus beschnitztem, dunkelrotem Holz ab. Dann goß sie Tee ein. Das Service war aus hauchdünnem Porzellan und schien fast durchsichtig. Gilla kam plötzlich in den Sinn, daß sie sich nicht mehr umgezogen hatte, seit Lalo krank geworden war, und daß auch ihr Haar dringend gewaschen werden mußte.

Sie wollte so rasch wie möglich auf den Grund des Besuchs zu sprechen kommen und dann wieder verschwinden, aber die Beysiberlady inhalierte den Duft des Tees, als wäre ihr im Augenblick nichts anderes wichtig. Vanda verharrte kniend vor ihr, bis Kurrekai nickte und schließlich den zeremoniellen Schluck tat. Dann goß Vanda Tee in die Tasse ihrer Mutter und in die eigene. Gilla probierte das Getränk mißtrauisch und stellte fest, daß es angenehm schmeckte.

Rasch leerte sie die Tasse und hielt sie dann unsicher in ihrer gefalteten Hand, während die Lady in ihr Getränk geradezu vertieft schien.

Dann schließlich seufzte Kurrekai und setzte die Tasse ab.

»Meine Lady«, sagte Vanda rasch. »Ich erzählte Euch von der seltsamen Krankheit meines Vaters. Niemand in der Stadt kann uns helfen, aber Euer Volk ist weiser, wollt Ihr uns beistehen?«

»Kind, deine Sorge ist auch die meine, aber was könnte ich tun?« Kurrekai drehte langsam den Kopf in dem steifen Kragen. Ihre Stimme klang teilnahmsvoll.

»Ich hörte«, Vanda schluckte, und ihre Stimme wurde ein wenig heller. »Ich hörte, daß das Gift der Beynit viele Kräfte besitzt ...«

»Ah, meine Gefährtin«, seufzte Kurrekai. Sie lehnte sich zurück, und aus einer Falte des Rocks erschien ein rotes, zuckendes Etwas, dem ein schlanker schwarzer Körper folgte. Die Schlange glitt langsam aus ihrem Versteck und rollte sich in einer Falte des Unterrocks zusammen. Gilla starrte fasziniert auf die zuckende rote Zunge und die juwelengleich glitzernden Augen.

»Es ist wahr, was du sagst. Das Gift kann ein mächtiges Stimulans sein, wenn man es auf die richtige Weise – umwandelt. Aber dein Vater ist nicht von meinem Volk, und für ihn wäre das Gift tödlich.«

»Aber es muß doch eine Möglichkeit geben!« All die Pein der vergangenen drei Wochen ballte sich in diesem Augenblick zusammen, und Gilla fand ihre Stimme wieder. Diese Frau *mußte* ihnen helfen!

»Ich habe nicht den Wunsch, einen Mann aus Freistatt zu töten.« Kurrekais Kopfbewegung hatte etwas Endgültiges.

Gilla stand auf, und während Vanda noch vor sich hinstarrte und die Beysiberfrau den Blick hob, ging Gilla auf die Lady zu. Als sie stehenblieb, war die Beynit nur noch wenige Handbreit von ihren ausgestreckten Fingern entfernt. Der rote Kopf schoß hoch und begann sich zu wiegen.

»Mutter, beweg dich nicht!« Vandas entsetztes Flüstern zischte durch den Raum.

Gilla hielt still, jetzt da sie ihr Ziel erreicht hatte, und zum erstenmal direkt in Lady Kurrekais runde Augen sah. »Und eine Frau aus Freistatt?« sagte sie heiser. »Warum nicht? Lalo wird ohnehin sterben und ich ebenfalls, weshalb nicht hier?«

Einen schier endlosen Augenblick hielt Gilla dem Blick der Lady stand. Dann zuckte Kurrekai mit den Schultern, und mit einer fast gleichgültig wirkenden Bewegung schob sie ihre Finger zwischen Gilla und dem roten Blitz, der nach deren Hand zuckte.

Gillas Magen verkrampfte sich, und sie sank nieder auf die Fersen. Etwa eine Minute verstrich, während die Beynit bewegungslos von Kurrekais Daumen hing. Dann begann sie sich zu winden, und die Beysiberfrau griff sie um die Mitte und befreite sie mit einem leichten Schütteln. Dann ließ sie sie zurück in den Rock gleiten.

»Im Namen Beys, der Großen Mutter, der Heiligen!« sagte Kurrekai unvermittelt mit kräftiger Stimme, dann verstummte sie und regte sich nicht mehr. Ihre Augen waren zwar geöffnet, schienen aber blicklos wie Lalos. Gilla beobachtete sie zitternd und malte sich aus, was wohl geschähe, wenn eine Frau der Beysiber hier stürbe. Vanda war zu ihr gekommen und hielt sich an ihr fest, wie sie es als kleines Mädchen getan hatte.

Schließlich bewegte sich die Lady, und ein lauter Seufzer ertönte, aber Gilla war sich nicht sicher, wer ihn ausgestoßen hatte. Ein großer Bluttropfen, einem Granatstein gleich, quoll aus Lady Kurrekais Daumen. Sie sah sich um und nickte Vanda zu.

»Bring mir die kleine Kristallviole aus dem Kabinett, die mit der Glaspipette für Parfüm.«

Gilla stand auf, um das Gewünschte zu besorgen. Kurrekai blickte Gilla wieder an. »Ich versuchte, das Gift zu wandeln, indem ich mein Blut veränderte, aber Ihr müßt es unmittelbar anwenden. Ritzt die Haut Eures Mannes, bis Blut kommt, und gebt einen Tropfen hiervon in die Wunde.«

Sie öffnete den Pipettenverschluß der Viole, die Vanda ihr entgegenhielt, nahm damit den Bluttropfen auf und ließ ihn in die Viole gleiten, dann drückte sie einen weiteren Bluttropfen aus der Wunde und noch einen dritten.

»Geht nun und tut, was ich Euch gesagt habe – rasch ...« Sie verschloß die Viole und reichte sie Gilla, dann leckte sie sich geziert das Blut vom Daumen. »Und denkt daran, ich warnte Euch, es könnte versagen.«

»Der Segen der Allmutter über Euch, Lady, und mögt Ihr frei sein von jeder Schuld.« Gilla war schon aufgesprungen. »Zumindest habt Ihr versucht, zu helfen.«

Sie eilten die Gänge des Palasts entlang. Vanda versuchte, mit ihrer Mutter Schritt zu halten und nicht allzu laut zu sprechen.

»Mutter, wie konntest du das tun? Ich war zu Tode erschrocken! Mutter, du hättest sterben können!«

Gilla eilte weiter, ohne zu antworten. Jeder, der ihr begegnete, sah zu, daß er ihr rasch Platz machte. Erst als sie das Westtor hinter sich gelassen und vertraute Straßen erreicht hatten, hielt sie inne, um Atem zu holen.

»Vanda, du bist nun eine Frau, alt genug, dich um die Jüngeren zu kümmern wenn es sein muß, und alt genug, zu verstehen. Wenn das hier helfen sollte, mußt du mir versprechen, deinem Vater nie zu erzählen, was ich für ihn getan habe.«

»Und wenn es nicht hilft?« Vandas Stimme klang nun sehr dünn.

Gilla blickte auf das pulsierende Leben um sich. Sonnenlicht fiel auf braungebrannte Gesichter. Streit und Gelächter und Gerüche verschiedenster Art erfüllten die Luft. Einen Herzschlag lang war ihr, als steckte sie nicht mehr in ihrer Haut, sondern wäre eins mit ihrer Umgebung.

»Ich habe sieben Kinder geboren und zwei sterben sehen, und ich lebe mit demselben Mann seit sechsundzwanzig Jahren«, begann Gilla ruhig. »Und gerade habe ich erkannt, daß ich die ganze Stadt opfern würde für eine Locke seines Haars. Wenn das Zeug hier ihn umbringen sollte«, sie schüttelte die Hand, in der sie die kleine Kristallviole hielt, »dann tut es mir leid, Vanda, aber ich würde ihm folgen.«

Lalo, der Gott, schuf eine Frau, eine Göttin, schön wie Eshi, füllig wie Shipri, weise wie Sabellia und ihm lieb wie jemand, an den er sich nicht zu erinnern vermochte, aber sein Pinsel malte Gold, sonnenlichtgleich in ihr Haar. Hier die reifen Brüste, an denen ein Dutzend Säuglinge satt würden, dort die geschwungenen Hüften und Schenkel, und die Haut zarter als Seide aus Sihan – Lalo lächelte, und der Pinsel malte wie von selbst und bedeckte die weiße Haut mit einem rosigen Schimmer, der Innenseite einer Muschel ähnlich.

Dann trat er von der Leinwand zurück und lächelte. Die Gestalt, die er gemalt hatte, wandte sich ihm zu und nahm ihn bei der Hand.

Er hatte das erwartet und griff mit der anderen Hand nach ihr, aber sie fuhr fort, sich in seinem Griff zu drehen, zog ihn mit sich, schneller und schneller, bis die grüne Wiese um ihn verschwamm.

»Warte! Wohin gehen wir? Am Fluß ist ein schattiger Platz, dort können wir liegen und ...« Verdammt, wenn sie nur stillstünde und ihn einen Augenblick ansähe, dann wüßte er ihren Namen.

Wolken zogen auf. Es donnerte. Oben und unten verloren ihre Bedeutung, und der Pinsel entglitt seinen Fingern.

»Wer bist du?« brüllte er. »Wohin bringst du mich?«

Dann driftete er durch Winde, die an seinem Bewußtsein zerrten, bis es nichts mehr gab als den Griff um seine Hand. Die Welt war zu Schmerz und Finsternis geworden, aber durch die Wolken, die um ihn wirbelten, sah er flüchtig Bilder: eine prunkvolle große Stadt, wo das Banner eines Belagerers wehte; Armeen, die wie Ameisen über Ebenen krochen; Berge, die erbebten, als Menschen und Magier sich befehdeten; und hier und dort Flecken tiefster Finsternis, wo Kräfte, dunkler als die Menschheit, nach Macht strebten.

Wenig später tauchte ein ihm bekannter Hafen auf und einige Häuser, eine mattglänzende Kuppel – dann hüllte Schmerz ihn ein, und er fiel.

Lalo hatte einen Geschmack auf den Lippen, als habe er das Spülwasser des Wilden Einhorns getrunken, und in seinem Kopf schienen die Stiefsöhne Manöver abzuhalten. Abgesehen von einem lästigen Pochen im Arm war sein Körper nahezu gefühllos.

Gilla rief ihn.

Heiliger Anen, bestraf mich, wenn ich noch einmal diesen Wein anrühre! dachte er benommen, konnte sich aber nicht recht entsinnen, welcher Wein es gewesen sein mochte. Auch an eine Sauftour am Abend zuvor fehlte ihm jede Erinnerung, und das gab ihm zu denken. Gilla war gewiß wütend, wenn sie ihn hatte heimschleppen müssen, und nach dem Geschmack in seinem Mund zu urteilen, war ihm auch schlecht gewesen. Er stöhnte und wünschte sich nichts sehnlicher, als wieder ohnmächtig zu werden.

»Lalo, Schatz, du mußt aufwachen. Du verdammter Kerl, ich hab' dich gehört, mach die Augen auf und schau mich an!«

Etwas Kaltes lief ihm den Hals hinunter, und jemand unterdrückte ein Schluchzen. Gilla? Gilla? Sie weinte doch nicht um ihn, wenn er vom Saufen nach Hause kam. Ein Eimer kaltes Wasser mochte ihn erwarten, aber gewiß keine Tränen. Wie lange war er wohl ohnmächtig gewesen?

Ihm war, als entriegle er ein altes Schloß mit einem rostigen Schlüssel, als er die Augen öffnete.

Er lag auf dem Strohbett im Arbeitszimmer. Alfi und Latilla kauerten dort am Fußende und starrten ihn mit großen Augen an. Neben ihnen saß Vanda; sie machte den Eindruck, als wäre eine große Sorge von ihr gewichen. Dann bewegte er die Augen – den Kopf ließ er vorsichtshalber noch ruhen – und sah Gilla neben dem Bett. Ihr Gesicht war verquollen und die Augen rot vom Weinen, und als sich ihre Augen trafen, entdeckte er Tränen.

Ohne nachzudenken hob er die Hand und wischte sie fort. Dann starrte er auf diese Hand, die bleich war, blaugeädert und *dünn*. Und jetzt fiel ihm auch auf, wie leicht sich sein ganzer Körper anfühlte und daß seine andere

Hand das Laken umklammert hielt, als müsse er sich festhalten.

»Gilla, war ich krank?«

»Krank! So kann man das wohl nennen – was sollte man auch sonst dazu sagen ...«, brauste Gilla auf. Vanda erhob sich.

»Vater, du hast etwa drei Wochen lang in einer Art Trance gelegen.«

Drei Wochen? Aber am Nachmittag hatte er doch noch gemalt. Er war zum Spiegel gegangen und dann ... Lalo fing an zu zittern, als die Erinnerung zurückkehrte. Die Augen füllten sich mit Tränen, und er dachte an die Schönheit dieser anderen Welt. Aber Gillas Hände packten ihn an den Schultern und rüttelten ihn in die Wirklichkeit zurück.

Lalo starrte sie an. Durch den Schleier ihrer tränenverquollenen Gesichtszüge erkannte er das Gesicht der Göttin, die ihn nach Hause gebracht hatte. Den Blick ein wenig nach innen gerichtet, entdeckte er in den Zügen seiner Tochter ein weiteres, ihm bekanntes Gesicht voller Fröhlichkeit. Nur die beiden jüngeren Kinder blieben so, wie sie waren.

So, dachte er, *vielleicht brauche ich nun keinen Pinsel mehr, um die Wahrheit zu sehen.* Er lehnte sich zurück und versuchte, was mit ihm geschehen war, in die Erinnerung des Mannes, der er war, aufzunehmen.

»Wie fühlst du dich? Brauchst du etwas?« Gilla hatte sich die Augen trockengewischt und schneuzte sich kräftig die Nase am Saum ihrer Schürze.

Lalo lächelte. »Nun, ich habe seit drei Wochen nichts mehr gegessen ...«

»Vanda, auf dem Herd steht Suppe«, sagte Gilla befehlsgewohnt. »Mach sie warm. Und ihr Kleinen geht mit ihr. Ihr habt Vater gesehen, er braucht euch jetzt nicht. Alles wird wieder gut ...«

Gilla lief nervös im Zimmer umher, sie klopfte Kissen auf und legte sie so, daß Lalo bequem sitzen konnte, dann schob sie einen Stuhl wieder an die Wand. Lalo streckte die Finger und fühlte, wie sie prickelten, als das Blut wieder zirkulierte. Er wunderte sich, wie er zu dem Kratzer am Arm gekommen war.

Neben dem Strohbett lagen einige Bögen Papier und ein Stück Holzkohle. *Kann ich noch zeichnen?* fragte er sich. Als er sah, daß Gilla ihn nicht beobachtete, nahm er die Kohle und zeichnete ein paar Striche und Schattierungen, und auf dem Blatt entstand die Zeichnung einer ganz gewöhnlichen Freistätter Fliege. Er starrte darauf und hätte wohl nie gewagt die Frage, die er sich stellte, in Worte zu fassen. Aber nichts geschah, die Fliege auf dem Blatt war und blieb eine gezeichnete Fliege.

Lalo lächelte trocken und legte die Kohle weg. *Was hatte er auch erwartet – hier!*

Gilla kam mit einer Schüssel voll dampfender Suppe, setzte sich neben das Strohlager, tauchte den Löffel ein. Lalo blies sanft über die Zeichnung um den Kohlenstaub zu entfernen, dann legte er sie weg. Als Gilla ihm den Löffel an den Mund hielt, öffnete er brav die Lippen. *Ich könnte auch allein essen,* dachte er, aber er merkte, wie wichtig es für Gilla war, ihm diesen Dienst zu erweisen.

Die warme Suppe tat seiner ausgetrockneten Kehle gut, und sein Körper schien die Flüssigkeit aufzusaugen wie ein Schwamm.

»Das ist jetzt genug«, sagte Gilla und stellte die Schüssel weg.

»Es schmeckte sehr gut.« Lalo sah sie an und fragte sich, wie er in ihr jemals etwas anderes hatte sehen können als die Göttin. Dann runzelte er die Stirn. »Ich malte ein Bild, Gilla. Was ist damit geschehen?«

Sie deutete in Richtung Ecke. »Dort ist es. Möchtest du es sehen?« Ehe er sie zurückhalten konnte, war sie gegangen, es zu holen, dann lehnte sie es gegen die Wand.

Er starrte darauf und betrachtete es, wie zuvor Gillas Gesicht, mit dem Wissen, daß er die Reise, von der er zurückgekehrt war, nie mehr würde vergessen können. Es mochte eine Weile dauern, ehe er sich daran gewöhnte.

»Ein Selbstporträt«, stellte Gilla nachdenklich fest. »Ich hatte es mir noch nicht angesehen.«

Er räusperte sich nach einer Weile. Dieses Wissen gehörte nun ihnen beiden. »Nun?«

»Nun«, echote sie sanft. »Du sollst wissen, daß ich dich immer so sehe.«

Ihre Hand umschloß die seine, und er fühlte sich plötzlich so befreit und sank in die Kissen. Seine Ohren summten – nein, nur eine Fliege schwirrte im Zimmer umher.

Er überlegte einen Augenblick und fühlte sich etwas albern, dann blickte er auf das Stück Papier, das noch auf der Decke lag.

Es war leer. Lalo blickte rasch hoch und sah zu, wie die Fliege zum Spiegel flog, dort einen Augenblick schwebte und sich dann zielsicher durchs Fenster davonmachte.

Originaltitel: Mirror Image

Deutsch von Susi Grixa

Hakiem

Der schwarze und der weiße Vogel

Robert Lynn Asprin

In Freistatt sind die Vögel schwarz. Angefangen von den falkenähnlichen Räubern bis zu den kleinen Samenfressern sind die einheimischen Vögel schwarz wie das Herz eines Diebes.

Hakiem, einst der führende Geschichtenerzähler der Stadt, hatte sich bisher nie Gedanken über die Farbe der Vögel gemacht. In Stunden wie diesen jedoch, da am Hof der Beysa zwischen den beysibischen Clans in ihrer eigenen, unverständlichen Sprache verhandelt wurde, blieb dem einheimischen Ratgeber der Kaiserin wenig anderes zu tun, als ungeduldig herumzusitzen und seinen Gedanken nachzuhängen. Alter Gewohnheit zufolge – die als Gast im Wilden Einhorn auch ratsam gewesen war – saß er mit dem Rücken zur Wand und freiem Blick zur Tür; einen ebenso guten Blick hatte er zufällig auch durch ein Fenster auf den Innenhof. Das Treiben der Vögel erweckte seine Aufmerksamkeit. Außer ihrem Gold und ihren Schlangen hatten die Beysiber auch eine beachtliche Schar seßhafter Seevögel mitgebracht, die sie *Beyarl* nannten – so, wie sie ihre Schlangen *Beynit* nannten, ihre Blumen *Beyosa* und ihre Göttin Mutter Bey. Tag für Tag warfen sie für ihre gefiederten Freunde Brotreste und Tischabfälle auf den Innenhof. Die Freistätter Vögel, die keinen Unterschied zwischen Palasthof und Hinterhof im Labyrinth machten, schwärmten zu diesem großzügigen Festmahl herbei und kämpften heftig untereinander – obwohl die Beysiber dafür sorgten, daß es genug für alle gab. Einige schwarze Vögel krächzten oder kreischten drohend, um Neuankömmlinge zu vertreiben, während andere habgierig Artgenossen verfolgten, wenn sie einen Leckerbissen davonschleppen wollten, der zu groß war, um ihn sofort zu verspeisen.

Zwei der weißen Beyarl – die Vögel, für die das Futter eigentlich bestimmt war – ließen sich in majestätischem Flug auf den Innenhof hinab. Sofort war jeglicher Streit unter den schwarzen Vögel vergessen; sie erhoben sich wie eine dunkle Wolke, um die Eindringlinge zu vertreiben. Nein, nicht alle, wie der Geschichtenerzähler bemerkte. Ein paar der klügeren blieben. Sie nutzten die Ablenkung ihrer Kameraden und Rivalen und verschlangen hastig die köstlichsten Brocken.

Hakiem lächelte. In Freistatt benahmen sich, von den Edelmännern bis den Dieben, alle gleich – sogar die Vögel.

Aus den Augenwinkeln fiel ihm etwas Weißes auf dem gegenüberliegenden Dach auf: Ein Beyarl hockte neben einem schwarzen Vogel, der gut um die Hälfte größer war als er. Hin und wieder flatterten die beiden mit den Flügeln, und des öfteren nickten sie mit den Köpfen, doch keiner der beiden flog weg. Der Geschichtenerzähler war kein Vogelkenner, aber es erschien ihm unwahrscheinlich, daß sich die beiden paaren konnten – doch ganz gewiß kämpften sie nicht. Vielleicht ...

»Hakiem!«

Er zuckte zusammen und bemerkte, daß die Beysiber gerade den Audienzsaal verließen. Shupansea, die Beysa des Beysibischen Reichs, hatte sich aus ihrer liegenden Position – in der sie traditionsgemäß ihre Amtshandlungen vornahm – auf einen Ellbogen gestützt und blickte ihn mit den bernsteinfarbenen starren Augen an. Sie war jung, Mitte Zwanzig, schlank, hellhäutig und hatte hüftlanges blondes Haar, das wie feinste Seide auf die Kissen fiel. Ihre Brüste waren nach beysibischer Sitte unbedeckt und so jugendprall, daß ihre Brustwarzen, selbst wenn sie sich rührte, so unbewegt auf ihn gerichtet waren wie ihr Blick.

Hakiem war allerdings in einem Alter, daß er über so etwas hinwegsah – beinahe zumindest.

»Ja, o Kaiserin?«

Er verbeugte sich knapp und zwang seine Gedanken sowie seinen Blick in eine andere Richtung. Als berufsmäßiger Geschichtenerzähler war er immer zu allen höflich gewesen, die ihm für seine Unterhaltung ein paar Kupferstücke schenkten. Bei der hohen Bezahlung, die er nun in Gold erhielt, benahm er sich als wahres Muster an Höflichkeit.

»Kommt, stellt Euch neben Uns«, forderte sie ihn mit ausgestreckter Hand auf. »Wir glauben, daß wir in diesem nächsten Fall nicht ohne Euren Rat auskommen werden.«

Wieder verbeugte sich Hakiem und trat mit würdevoller Gelassenheit zu ihr.

Insgeheim genoß er die neidischen Blicke der anderen Höflinge. In der kurzen Zeit, die er am Hof war, hatte sich zwischen Kaiserin und Geschichtenerzähler gegenseitiger Respekt entwickelt, und, was noch wichtiger war, sie empfanden Sympathie füreinander. Hakiem vermutete jedoch, daß er seine hohe Stellung mehr dem Umstand verdankte, daß die Beysa auf diese Weise ihre eigenen Leute unter Kontrolle hielt.

Die nächsten Bittsteller wurden hereingerufen, und pflichtbewußt wandte Hakiem seine Aufmerksamkeit den vorliegenden Problemen zu. Er kannte die drei Beysiber in der Gruppe nicht, wußte jedoch, daß sie keine Edlen des Burek-Clans waren und deshalb Setmur-Fischer sein mußten. Die drei Freistätter waren die Säulen der hiesigen Fischergemeinde: Terci, Omat und der Alte Mann, wie er allgemein genannt wurde. Gewöhnlich kamen Freistätter in Begleitung von Beysibern zur Audienz, wenn die eine oder andere Gruppe eine ernste Beschwerde vorzubringen hatte. Den Mienen nach zu schließen, war das bei dieser Gruppe jedoch nicht der Fall.

»Seid gegrüßt, Clan-Oberhaupt Monkel Setmur«, sagte Shupansea in dem Singsangkauderwelsch, das die Hochsprache Rankene als Grundlage hatte und zum verbreiteten Dialekt in der Stadt geworden war. »Zu lange habt Ihr Euch nicht mehr bei Uns sehen lassen. Was führt Euch zu Uns?«

Der kleinste und vielleicht jüngste Beysiber trat nervös näher. »Seid gegrüßt, o Kaiserin. Wir – wir sind an diesem Glück verheißenden Tag gekommen, um Eure Gunst und Euren Segen für ein Vorhaben zu erbitten.«

Die Beysa nickte nachdenklich, doch Hakiem bemerkte, daß sie etwas verwirrt war. »Sprecht, Clan-Oberhaupt!«

»Es ist wohlbekannt, daß es durch die Ankunft unserer Flotte zu großen Problemen in der Versorgung gekommen ist«, sagte der junge Beysiber bedachtsam; offenbar hatte er seine Rede einstudiert. »Da die landwirtschaftlichen Betriebe bereits überfordert waren, fiel es uns Fischern zu, nicht nur unsere eigenen Leute zu versorgen, sondern auch die Einheimischen ...«

»Ja, ja«, unterbrach ihn Shupansea. »Sprecht von eurem Vorhaben!«

Monkel blickte seine Begleiter hilfesuchend an, dann straffte er die Schultern. »Wir – der Setmur-Clan und die Fischer von Freistatt – ersuchen um Erlaubnis und bitten um die nötigen Mittel für den Bau eines Bootes.«

»Ein Boot?« Die Beysa setzte sich auf. »Wir haben über fünfzig Schiffe im Hafen, die allmählich zu verrotten drohen. Nehmt eines davon!«

Das Clan-Oberhaupt nickte, er hatte eine derartige Antwort erwartet. »O Beysa, unsere Schiffe wurden für lange Seereisen gebaut und zur sicheren Beförderung von Passagieren und Ladung, sie sind jedoch nicht zur Verfolgung von Fischschwärmen geeignet. Seit Monaten begleiten wir diese einheimischen Fischer in unseren Erkundungsbooten aufs Meer und haben dabei Erfahrungen gesammelt. Unsere Freunde hier können mit ihren kiellosen Kuttern die Fische nicht in tieferes Gewässer verfolgen, wo sie in großen Scharen zusammenkommen, während unsere Erkundungsboote zwar keine Schwierigkeiten in tieferem Wasser haben, dafür aber über keinen Laderaum für größere Mengen Fisch verfügen. Wir möchten eine neue Art von Boot bauen – so groß wie ein Fischkutter der Freistätter und so seetüchtig wie unsere Erkundungsboote. Wir erbitten Eure Erlaubnis ... und – ah – Eure Unterstützung.«

»Aber weshalb können die Schiffe nicht ...?«

Hakiem räusperte sich laut. Shupansea hielt inne und forderte ihren Berater mit einem Blick zum Sprechen auf.

»Die Beysa wird sich euer Vorhaben durch den Kopf gehen lassen und sich mit Prinz Kadakithis besprechen, ehe sie eine Entscheidung trifft. Kommt morgen wieder, um sie zu erfahren.«

Monkel blickte seine Beysa mit glasigen Augen an. Es schockierte ihn, daß ein Fremder für die irdische Verkörperung der Mutter Bey sprach. Doch sie nickte und entließ die Gruppe mit unmißverständlicher Geste. »Habt Dank, o Kaiserin«, stammelte er rasch, verbeugte sich und ging mit den anderen rückwärts zur Tür.

Als Shupansea nach einer Weile auch alle anderen Höflinge außer ihm entlassen hatte, bedeutete sie Hakiem, sich auf eine Ecke des Diwans zu ihr zu setzen. »Sagt mir, o Weiser, was haltet Ihr von dieser Entschlossenheit des Setmurs, ein neues Boot zu bauen?«

Der Geschichtenerzähler ließ sich schwer in die Kissen sinken. Alle Förmlichkeit war vergessen, wie üblich, wenn sie allein waren. »In meinem Alter lernt man den Wert der Zeit zu schätzen. Es ist einer der wenigen Vorteile, die einer Kaiserin vergönnt sind, daß sie sich für ihre Entscheidungen Zeit lassen darf. Kurz gesagt, ich befürchtete, Ihr würdet in Eurer Eile festzustellen, ob das Boot zum Fischen wirklich benötigt wird, nicht auf die größeren Probleme achten, die damit verbunden sind.«

»Ihr sprecht in Rätseln«, rügte die Beysa. »Wir waren immer offen zueinander. Ist dieses Boot wirklich erforderlich?«

»Das weiß ich nicht, aber ich glaube, ich würde mich auf die Meinung der Fischer verlassen. Ich finde, daß dieses Boot gebaut werden sollte, ob es nun benötigt wird oder nicht, wenn Ihr anfangen wollt, Eure größeren Probleme zu lösen.«

»Zum zweiten Mal weist Ihr auf größere Probleme hin! Nach einem anstrengenden Tag mit Unseren Höflingen und Untertanen fehlt Uns die Geduld für Rätsel.«

Hakiem stand auf und begann hin und her zu gehen. »Das größte Problem sind die Reibereien zwischen unseren Völkern. Es wird zuviel gehaßt und zuviel getötet. Von Tag zu Tag wird es schlimmer statt besser. Wenn wir miteinander in Freistatt leben wollen, ohne die Stadt und uns selbst zu zerstören, muß Friede zwischen uns herrschen, und dieser Friede muß irgendwo beginnen!«

Shupansea lehnte sich zurück und blickte ihn durchdringend an; ihre Augen wirkten alt, viel älter als sie waren. Einen Moment war sie wieder die Beysar, der Avatar der Göttin Bey, und nicht eine junge Frau. »Wir erwarteten nicht, mit Girlanden und Festzügen aufgenommen zu werden«, sagte sie müde. »Die Setmur haben ein Sprichwort: ›Neue Fische werden mit Blut bezahlt‹. Wir wußten, daß Schwierigkeiten, ja Tod uns erwarteten, wo immer wir uns niederließen. Beysiber ändern sich nur langsam, und noch langsamer finden sie sich mit unerwünschten Veränderungen ab. Deshalb zögerten Wir auch mit Vergeltungsmaßnahmen, wenn Unsere Leute niedergemetzelt wurden. Wir hatten gehofft, Gold würde genügen, doch wenn sie unser Blut wollen, so sei es denn – dann wird auch ihres fließen!«

Hakiem räusperte sich und spuckte auf den gewachsten Boden. Die Beysa drohte nicht oft – und auch nicht geschickt. »Auch wir haben ein Sprichtwort«, entgegnete er. »›Bezahl nie den verlangten Preis, auch wenn du ihn dir leisten kannst‹. Verschließt Euch nicht dem ersten positiven Zeichen, das Euch hier zuteil ward. Habt Ihr Euch diese Abordnung nicht angesehen? Beysiber, Ilsiger und Rankaner planen ein gemeinsames Vorhaben, das nichts mit Blutvergießen zu tun hat! Was spielt es da schon für eine Rolle, ob das Boot nötig ist oder nicht! Gestattet ihnen den Bau!«

Der wohlgeformte Busen hob sich in einem Seufzen. »Ah, Wir sehen, was Ihr meint. Ja, das Boot soll gebaut werden, egal, ob es gebraucht wird und was es kostet!«

»Unsinn!« Hakiem schmunzelte. »›Bezahl *nie* den verlangten Preis!‹ Fordert einen Kostenvoranschlag und genaue Abrechnung von ihnen. Stellt jede Planke und jeden Nagel in Frage! Sie werden Euch trotzdem übers Ohr hauen, aber es wäre nicht gut, wenn sie glaubten, Geld sei für Euch unwichtig, denn für sie ist es sehr wichtig. Aber Ihr solltet das Ganze wirklich mit dem Prinzen besprechen.«

»Warum?« Ihre Frage klang ehrlich und schmerzte Hakiem nur um so mehr.

»Holz ist rar in Freistatt, und der Bau eines neuen Bootes kostet viele Bäume. Seit Generationen ist der Statthalter der Schutzherr unseres kleinen Waldes. Wenn Ihr wahrhaftig Kadakithis' Stellung als Statthalter anerkennt, muß *er* den Erlaß zum Fällen der nötigen Bäume ausstellen – oder Ihr dürft nicht vorgeben, daß er Statthalter ist.«

Die Beysa lächelte und bedeutete mit einem Nicken, daß sie verstand. Sie wollte noch etwas sagen, als der Prinz in den Saal trat.

»Shupansea, hast du Lust ... Oh, hallo, Geschichtenerzähler.«

»Eure Hoheit.« Hakiem verbeugte sich so tief vor ihm wie vor der Kaiserin.

Der Prinz und seine Gefolge wohnten jetzt im Sommerpalast – einem halbfertigen Bau außerhalb von Abwind –, nachdem er der Beysa, zwei Tage nach Ankunft der Flotte, den Statthalterpalast abgetreten hatte. Hakiem bemühte sich, seine für Gerüchte so aufgeschlossenen Augen und Ohren der zunehmenden Vertrautheit zwischen dem Prinzen und der Beysa zu verschließen, doch das war so gut wie unmöglich.

Der Prinz hielt sich kaum im Sommerpalast auf und war der Kaiserin selten mehr als ein paar Augenblicke fern. Seine Kurtisanen hatte er in die Hauptstadt zurückgeschickt, und Molin Fackelhalter, der eigentlich über diesen Dingen stehen sollte, schien diese heikle Affäre auch noch zu unterstützen.

»Eine Kleinigkeit noch, dann bin ich mit meinen Staatsgeschäften für heute zu Ende«, sagte die Kaiserin mit strahlendem Lächeln zu Kadakithis. »Es macht dir doch nichts aus, ein paar Bäume zu opfern, wenn es dazu beiträgt, daß die Freistätter und meine Leute zusammenarbeiten?«

»Wenn Bäume alles sind, was du möchtest, dann nimm

sie alle«, antwortete der Prinz mit einem Schulterzucken und nicht weniger strahlendem Lächeln.

»Gestattet, daß ich mich zurückziehe, o Kaiserin«, bat Hakiem. »Die Angelegenheit scheint ja geklärt zu sein.«

Der Geschichtenerzähler blieb auf dem Korridor kurz stehen und bemühte sich, der Gereiztheit Herr zu werden und auch der Besorgnis, die ihn bei diesem Gespräch beschlichen hatten. Betörten den Prinzen die offensichtlichen Reize Shupanseas so sehr, daß er selbst sein bißchen Urteilsvermögen und seinen freien Willen verloren hatte? War Freistatt jetzt völlig und rückhaltlos den Beysibern ausgeliefert? Hakiem mochte die Beysa und beriet sie immer ehrlich, aber er war Freistatts stolzester Bürger. Es grämte ihn zutiefst, daß er zusehen mußte, was man mit seiner Stadt anstellte!

Plötzlich wurde ihm bewußt, daß es im Audienzsaal ganz still geworden war. Die Liebenden hatten sich zurückgezogen. Er hob die Brauen und kniff die Lippen zusammen. Vielleicht konnten sich der schwarze und der weiße Vogel doch miteinander paaren? Wenn ja, was wurde dann aus all den übrigen Vögeln?

Ischade

Alle Macht den Frauen

Chris und Janet Morris

Ohne einen Blick auf die verwegen aufgetürmten Abfallhaufen, die von einem Dutzend fetten, halbzahmen Ratten bewacht wurden, tauchte erst ein Ilsigerkopf, dann ein zweiter und dritter aus den Tunnels in den Mondschein. Der Todestrupp machte Jagd auf Beysiber im Labyrinth.

›Zip‹ nannten sie ihren Anführer, wenn sie ihn überhaupt bei einem Namen riefen, da er Vertraulichkeiten nicht sonderlich schätzte.

Er war immer ein Einzelgänger gewesen, ein Mann der Straße, ohne Familie oder Freunde. Schon bevor die Beysiber gekommen waren und die Welle der Hinrichtungen begonnen hatte, waren die Straßenjungen und die Bewohner des Labyrinths diesem Jungen mit dem allzu flinken Messer aus dem Weg gegangen. In seinen Adern floß zur Hälfte Ilsigerblut und zur andern die einer offenbar viel hellhäutigeren Rasse. Für ein paar Kupferstücke ließen er und sein Messer sich von jedem im Labyrinth oder im Abwind anheuern; und man erzählte sich von ihm, daß er ein Auge, eine Zunge oder eine Leber von jedem, den er ermordete, auf Vashankas halbvergessenen Altar am Ufer des Schimmelfohlenflusses legte.

Zip wußte, daß selbst sein Todestrupp Angst vor ihm hatte. Das war ihm ganz recht, denn hin und wieder wurde der eine oder andere von den rankanischen oder den beysibischen Unterdrückern gefangengenommen, und je weniger diese idealistischen Revolutionäre über ihn wußten, desto weniger konnte ihnen durch Folter oder gewisse Überredungskünste entlockt werden. Einmal hatte er einen Freund oder zumindest einen sehr guten Bekannten gehabt – einen Ilsiger Dieb namens Hanse. Doch Hanse war trotz all seiner blitzenden Klingen und seines prahlerischen Auftretens den Weg gegangen, den viele in Freistatt seit der

Ankunft der beysibischen Schiffe genommen hatten: ins Nichts und zur Hölle.

Zip richtete sich kurz in der Dunkelheit auf, um sich zurechtzufinden, da hörte er Gelächter und sah jemanden um eine Ecke biegen. Mit leisem Zischen wich er zurück und winkte seinen Männern zu, die von Nisibisi-Rebellen ausgebildet worden waren und dieses Spiel so gut kannten wie er.

Der Mondschein war nicht hell genug, die Farbe der beysibischen Pantalons des um die Ecke biegenden Männleins – für Zip waren die Beysiber keine Menschen, infolgedessen auch keine Männer – zu erkennen; aber er war bereit zu wetten, daß es sich um weinroten Samt oder purpurne Seide handelte. Beysiber zu töten war etwa so aufregend, wie Ameisen zu töten, und fruchtete ebensowenig. Es gab einfach viel zu viele von ihnen.

Die drei, die auf seinen Trupp zukamen, waren so besoffen wie Rankaner und so schlapp wie jeder, der mit leerem Beutel aus der Straße der Roten Laternen kam.

Fast konnte er ihre Fischaugen hervorstehen sehen; er konnte ihren Schmuck klappern hören. Für verweichlichte Söhne von Schlangenfrauen waren diese drei erstaunlich laut und überdurchschnittlich groß; sie beherrschten das Straßenrankene besser als die meisten. Jedenfalls erklangen unter den glitzernden, mit Schleier drapierten Hüten Obszönitäten, an denen sich selbst die rankanischen Höllenhunde noch ein Beispiel hätten nehmen können.

Zwischen den beiden Gruppen befand sich fast noch die ganze Straße der Roten Laternen. »Auf die Posten!« flüsterte Zip, und seine beiden jungen Kumpane schlichen davon.

Seit dem Erntemond taten sie jede Nacht das gleiche, doch das einzige Ergebnis war eine zweite, dann eine dritte Welle beysibischer ritueller Hinrichtungen gewesen. Da es sich aber bei diesen feierlich Exekutierten um verhaßte rankanische Edle oder sonstige hohe Herren handelte sowie um Ilsiger, die den Rankanern und den Beysibern dienten, erregte es die Revolutionäre nicht sonderlich.

Außerdem mußte dringend etwas unternommen werden. Kadakithis war ein strenger Herrscher gewesen, aber seit die Beysiber gekommen waren, sprach man fast sehnsüchtig und mit einem Anflug von Zuneigung von dem rankanischen Barbaren. Denn dieses Matriarchat mit seinen Söldnerinnen, Assassininnen und Zauberinnen war viel skrupelloser, als Männer es je sein konnten. Das hatte Zip in die Reihen der Revolutionäre getrieben – seine Männlichkeit war etwas, wofür er freudig kämpfte. Es gehörte schon mehr dazu als ein paar entblößte Fischvolktitten, daß er sich beugte und seine alten Rechte aufgab!

Gleich würde er ein paar beysibische Lustknaben töten und ihr Freudenwerkzeug auf Vashankas Altar darbieten. Vielleicht stachelte eine solche Opferung den rankanischen Mördergott endlich zum Eingreifen an. Der Tod wußte, daß die Ilsigergötter hilflos waren gegenüber diesen Despotinnen, deren Speichel so giftig war wie die Schlangen, die sie sich als Haustiere hielten.

Die Revolution konnte das Aufsehen brauchen und Zip das Geld, das er für den Schmuck bekam, sobald Marc ihn eingeschmolzen hatte.

Die Beysiberknabenhuren stolzierten die Straße entlang und lachten mit tieferer Stimme, als Beysibermännchen es gewöhnlich wagten. Zip konnte bereits einige Worte verstehen. »... schweinigeln durch die Stadt auf ihren schweinischen Händen und Knien, mit dem Arsch in der Höhe, während diese Säue ...«

Eine andere Stimme unterbrach: »Gayle! ich habe dir schon einmal gesagt, daß du dir das Maul auswaschen sollst! Jetzt ist es ein Befehl! Beysiber sprechen nicht ...«

Ohne Warnung sprangen Zips Kameraden in dem Augenblick aus ihren Verstecken, als die drei Beysiber vorübergingen.

Zip griff nach seinen Wurfmessern. Sobald ihm die Beysiber entgegengetrieben wurden, waren sie so gut wie tot. Er machte größere Schritte und spürte, wie sein Puls zu hämmern begann.

Aber diese Beysiber rannten nicht davon. Plötzlich zogen

sie Waffen – ob aus ihren Umhängen oder Beinkleidern konnte Zip nicht sehen, aber er hörte das Scharren von Metall, als die Degen ihre Scheiden verließen, und die Schreie seiner bestürzten Kameraden, als sie versuchten sich mit rostigen Dolchen und spitzen Holzstöcken gegen die Schwertkämpfer zu wehren.

Zip trug für den Notfall eine Schleuder. Er hatte eigentlich nicht vorgehabt, sie zu benutzen, denn er dachte, daß es besser sei, sich nicht einzumischen, da es sich bei diesen Kämpfern bestimmt um keine üblichen Beysiber handelte – falls es überhaupt Beysiber waren. Außerdem war er den Todestruppleuten zu nichts verpflichtet. Deshalb staunte er selbst, als seine Rechte die Schleuder wie von allein wirbelte und er dem ersten Stein gleich einen zweiten folgen ließ, während er laut brüllend auf die Kämpfenden zustürmte. Eines seiner Geschosse fand sein Ziel: Mit einem Aufschrei sackte eine der Gestalten in Pantalons in die Knie. Eine andere drehte den Kopf und fluchte wie ein Soldat. Etwas zischte an Zips Ohr vorbei.

Dann wurde ihm bewußt, daß keiner seiner beiden Kameraden mehr stand. Er hörte zu rennen auf und ging mit keuchendem Atem langsam weiter, dabei bemühte er sich zu erkennen, ob die beiden sich rührten. Es sah aus, als lebte zumindest einer noch, der andere aber lag reglos da.

Seine Gegner, wer immer sie waren, wollten den Kampf offenbar fortsetzen. Die beiden Unverletzten kamen nebeneinander, mit dem Schwert in der Hand, auf ihn zu: weit genug von den Häusern entfernt, um von niemandem überrascht zu werden, der in irgendeinem Eingang lauerte, und weit genug von einander entfernt, um sich nicht gegenseitig zu behindern. Keiner sprach, sie schienen gut aufeinander eingespielt zu sein und sich auf den Kampf zu freuen. Das gab Zip zu denken.

Es war die Taktik von Berufskämpfern. Früher, als es in Freistatt zumindest noch ein bißchen ruhiger zugegangen war, hatte ein alter Recke namens Tempus eine Sondereinheit aus Stiefsöhnen zusammengestellt und Ilsiger mit Mut und Kampfgeist eingeladen, sich von ihnen für eine Bürgermilz ausbilden zu lassen. Zip hatte sich diese Gelegenheit nicht entgehen lassen, soviel wie möglich über den rankanischen Feind zu erfahren. So hatte er auf dieselbe Weise ›Straßenkontrolle‹ gelernt, wie offenbar die zwei, die auf ihn zukamen.

Gegen zwei Berufssoldaten hatte er keine Chance.

Er hob die Hände, als wolle er sich ergeben.

Die beiden verkleideten Soldaten flüsterten in einer Sprache, die sich wie Hofrankene anhörte.

Bevor sie sich für das Naheliegendste entscheiden konnten – ihn gefangenzunehmen und die Nacht damit zu verbringen, ihm Fragen zu stellen und mit allerlei peinvollen Methoden nachzuhelfen, wenn die Antworten unbefriedigen waren –, reagierte Zip: Er warf ein Messer, das er in der Hand verborgen gehalten hatte, und ließ blitzschnell eines seiner gezackten Schleudergeschosse folgen.

Beide trafen genau wie berechnet – nicht die zweifellos gepanzerte Brust der beiden Schwertkämpfer (der dritte war inzwischen wieder auf den Beinen und folgte ihnen, genau wie es ihm in der Ausbildung eingebleut worden war), sondern in Hals und Brust von Zips eigenen Männern. Kein Aufständischer durfte lebend gefaßt werden, denn jeder wußte zuviel; alle hatten schwören müssen, sich im Ernstfall selbst den Tod zu geben; in diesem Fall hielt Zip es für besser nachzuhelfen, denn rankanische Verhöre konnten allzu leicht die Zunge lösen.

Als der hintere Mann brüllte: »Packt den Hundesohn«, und die beiden vorderen auf ihn zustürmten, wirbelte Zip herum und sprang zwischen Abfallhaufen und Ratten hindurch zum Tunnelloch, das er rasch mit dem Deckel – er war zur Tarnung mit Kopfsteinen besetzt – verschloß, um sodann den schweren Riegel vorzuschieben.

Zwei Tage später saß Hakiem auf einer Bank im Park des Himmlischen Versprechens, was eigentlich nicht seine bevorzugte Gegend war.

Er sah sich als neutraler Beobachter in diesem Krieg zwischen Ranke und den Harka Bey um die Herrschaft über Freistatt. So ganz gelang es ihm jedoch nicht, unparteiisch zu sein, denn tief in seinem Herzen stand er zu den Ilsigern, die dieses Land einst besessen hatten und deren Sorgen er jetzt teilte. Darum war er doch ein *wenig* in die Revolution verwickelt.

Diese Lage war für Hakiem nicht neu: Er war ein *wenig* in die Angelegenheiten Jubals, des ehemaligen Sklavenhändlers, verwickelt gewesen; ein *wenig* in das Treiben der Höllenhunde von Prinz-Statthalter Kadakithis ... und um ehrlich zu sein, ein *wenig* in alles, was mit seiner geliebten Stadt zusammenhing.

Jedesmal, wenn er sich irgendwo einmischte, wo er es lieber nicht sollte, entschuldigte er es damit, daß er dadurch zu einer großartigen Geschichte kommen mochte. Die Revolution, die vielleicht die allergrößte sein würde, die Freistatt ihm zu bieten hatte, war zweifellos auch die gefährlichste. Darin verwickelt waren Rankaner und Ilsiger, die miteinander – obgleich einige das nicht wußten und andere es nicht zugaben – gegen das verhaßte Matriarchat der Beysiber kämpften.

Doch während Hakiem auf seinen Verbindungsmann wartete, sagte er sich, daß er nicht so alt geworden wäre, wenn er sich hätte von Torheit leiten lassen. Und nun begann er, der stets ein sicherer und anerkanntermaßen unparteiischer Beobachter gewesen war, selbst die Hitze der revolutionären Glut zu spüren. Nur zu gut wußte er, daß Politik das Spiel alter Männer war: Sie schickten junge Männer in den Kampf für ihre Prinzipien. Er mußte darauf achten, daß er nicht den Boden der Tatsachen unter den Füßen verlor wie jene, gegen die die Ilsiger sich auflehnten: die Beysiber, die Rankaner, die Nisibisi und wer sonst noch versuchen mochte, diesem unbedeutenden Sandhügel der Stadt seinen Stempel aufzudrücken.

Er hatte eine Botschaft erhalten: *Hakiem, wenn Ihr an der erzählenswerten Geschichte dieser Zeit interessiert seid, dann erwartet mich übermorgen um Mittag auf der Bank unter der*

Schirmtanne im Park zum Himmlischen Versprechen. Wer immer diese Zeilen geschickt hatte, war bereit, ein großes Risiko einzugehen, denn selbst am hellichten Tag verbaten die Beysiber öffentliche Versammlungen. Und heutzutage galt es bereits als Versammlung, wenn zwei sich trafen.

Es war das erste Mal, daß die Rebellen versuchten mit ihm in Verbindung zu treten. Hakiem fand, es hätte ihnen schon eher klar sein müssen, wie wichtig er für sie war, denn ohne Gerüchte, ohne die geeigneten Geschichten über Heldentum und Sieg, ohne eine große Vision waren kaum Anhänger für einen größeren Aufstand zu gewinnen.

Zwei blonde Beysiberinnen mit entblößtem Busen, verschleiertem Gesicht und keusch gesenktem Blick schritten vorbei; ihre beysibischen Begleiter stolzierten hinter ihnen, und Ilsigerknaben folgten mit Sonnenschirmen.

Hakiem atmete auf, als sie vorüber waren. Es war nur eine Annahme, daß die Botschaft von den Aufständischen stammte, genausogut mochte eine der Fischäugigen mit ihren dressierten Schlangen die Botschaft geschickt haben.

Hakiem fuhr sich müde übers Gesicht. Diese letzte Demütigung des vergewaltigten Freistatt war fast mehr, als er ertragen konnte. Täglich wuchsen die Abfallhaufen, täglich wurden weitere Personen vermißt. Die Zahl der Waisen war bereits höher als die der Kinder, die noch Eltern hatten, und Kinderbanden, die so gefährlich waren wie die von den Nisibisern unterstützten Todestrupps, streiften des Nachts durch die Stadt, obschon die Beysiber eine Ausgangssperre verhängt hatten (im Labyrinth wurde sie überhaupt nicht eingehalten, denn selbst mit Gewalt ließ sich dort nichts durchsetzen).

Früher einmal hatte man Freistatt als Anus des Reichs angesehen – aber zumindest war es damals Teil von etwas Begreifbarem gewesen: dem rankanischen Reich; so unerfreulich diese Tatsache auch sein mochte, war es zumindest von Menschen geschaffen worden, und Männer regierten es, nicht Frauen und Zauberei. Die Harka Bey und ihre Zauberinnen herrschten über Freistatt mit übernatürlichem

Grauen, das – darüber waren sich alle Priester einig, Ilsiger und Rankaner gleichermaßen – bald den Zorn der Alten Götter herabbringen würde.

Ein Ilsigerpriester, der seine verbotenen Andachten in den Alten Ruinen nördlich der Stadt hielt, hatte in einer flammenden Predigt gewarnt, daß die Götter Freistatt im Meer versinken lassen mochten, wenn die Bürger sich nicht zusammentaten, um die Beysiber zu vertreiben.

Einige hatten gehofft, daß sich Kadakithis letzte Nacht dort draußen blicken ließe; aber seit der Einnahme der Stadt hatte niemand mehr den armen Prinz-Statthalter aus der Nähe gesehen. Manchmal schaute jemand, den man für den Prinzen halten mochte, durch das hohe Fenster des Gerichtssaals, doch munkelte man, es sei nur ein durch Magie erschaffenes Ebenbild Kadakithis', der echte Prinz-Statthalter schmachte unter dem Zauber der Beysa Shupansea und sei bereits so gut wie tot.

Diese Gerüchte kamen der Wahrheit nahe, denn wahrlich schmachtete der Prinz unter einem Zauber – doch dem der Liebe.

Die Lage war nun viel schlimmer als zu der Zeit, da die Nisibisihexen aus dem Norden die Befreiung Ilsigs predigten und den großen Umsturz prophezeiten. Träte nun die schrecklichste von ihnen – Roxane, die Königin des Todes – vor Hakiem und verlangte seine Seele als Bezahlung für eine Geschichte über ein freies Freistatt, er würde sie ihr gerne geben.

So schrecklich bedrückend war alles, daß er manchmal am liebsten geweint hätte.

Als er sich die Augen wischte und die Hände wieder herabnahm, sah er eine Frau vor sich stehen.

Erschrocken schnappte er nach Luft und duckte sich unwillkürlich. War sie etwa eine Hexe? Vielleicht gar die gefürchtete Roxane, die aus dem Krieg im Norden zurückgekehrt war? Roxane, die fast das Ende der Stiefsöhne herbeigeführt hatte und untote Sklaven aus ihren Gefangenen machte? Hatte er soeben etwa gar einen Pakt mit einer Hexe geschlossen? Lediglich durch einen flüchtigen Gedanken? Aber gewiß konnte man eine Seele nicht so beiläufig verlieren ...?

Die Frau war hochgewachsen und breitschultrig, ihr Kinn wirkte so herausfordernd wie die klaren schmalen Augen unter dem rabenschwarzen Haar; die unauffällige Kleidung war von bequemem Schnitt, der ihr Bewegungsfreiheit gestattete: der Kittel wies Schlitze auf, das pludrige Ilsigerbeinkleid steckte in wadenhohen Schnürstiefeln.

»Hakiem? Ich bin Kama. Machen wir einen Spaziergang?«

»Spaziergang? Ich – warte auf jemanden – meinen Gesellen«, log er unbeholfen. War sie eine beysibische Söldnerin? Er wußte nicht, ob sie den Busen bedeckten und Beinkleider trugen. Sollte er verhaftet werden? Das gäbe eine Geschichte! »In einer beysibischen Verhörzelle« – falls er lange genug am Leben blieb, sie zu erzählen!

»Ja, ein Spaziergang.« Die Stimme der Frau klang heiser, und ein Lachen schwang mit. »Das ist für diese Art von Treffen sicherer. Und ich bin – hoffentlich – der Jemand, auf den Ihr wartet.« Sie lächelte; ihre Augen wirkten vertraut, als blicke ein alter Bekannter ihn an. Sie hielt ihm die Hand entgegen, als sei er ein Greis, den man stützen müsse! Wahrhaftig, das Selbstbewußtsein der Frauen wurde immer unerträglicher!

Unwirsch schob er ihre Hand zur Seite und stand steif auf; er hoffte, sie bemerkte seine Unbeholfenheit nicht.

»... Euer Geselle?« sagte sie wie beiläufig. »Das ist keine schlechte Idee. Ich wäre bestimmt geeignet, immerhin habe ich beim letzten Fest der Krieger den ersten Preis bekommen.«

»Den ersten Preis? Beim Fest der Krieger?« wiederholte Hakiem verblüfft. »Wie sagtet Ihr, lautet Euer Name?« Das Fest der Krieger wurde alle vier Jahre weit im Norden abgehalten. Es handelte sich um Wettkämpfe für Könige und Soldaten: Strategische Spiele fanden statt und sportliche Veranstaltungen, ein Dichterwettbewerb für Armeehistoriker und Erzähler heroischer Geschichten. Diesen Wettbewerb zu gewinnen war der Traum eines jeden Geschichtenerzählers. Doch allein, um teilnehmen zu dürfen, mußte man von einem König vorgeschlagen werden, von einer ganzen Kampftruppe oder von einem einflußreichen Lord. Wer *war* diese Frau? Sie hatte ihren Namen erwähnt, aber in seiner Niedergeschlagenheit, hatte er nicht darauf geachtet – *nein, gib es doch zu, du wirst alt, das ist es!*

»Kann ich Euch trauen, Alter? Oder habe ich nichts zu befürchten, weil Ihr bereits vergessen habt, was ich sagte?« Ihre Lippen verzogen sich zu einem Grinsen, das ihn an irgend jemand anders erinnerte. Aber an wen?

»Ihr könnt mir vertrauen«, erwiderte Hakiem bedächtig, »wenn Ihr das Herz auf dem rechten Fleck habt, Candy.« Das war der Name, den sie genannt hatte. Zumindest glaubte er, er klinge ähnlich genug, daß sie ihn berichtigen würde, wenn er nicht ganz stimmte.

Sie blickte auf ihre Stiefel und scharrte mit einem Fuß, so daß ein wenig des herbstlichen Staubes aufwirbelte. Dann hob sie den Kopf und schaute ihn an. »Ich bin Kama, vom 3. Rankanischen Kommando. Und wenn Ihr *Euer* Herz auf dem rechten Fleck habt, werdet Ihr mir helfen, Verbindung zu den Rebellen aufzunehmen. Wenn nicht«, sie zuckte mit den Schultern, »wird es bei euch eine Menge toter Kämpfer geben, und eure Revolution wird scheitern, noch ehe sie begonnen hat!«

»Was? Wovon sprecht Ihr? Rebellen? Ich weiß nichts von Rebellen ...«

»Wundervoll! Mir gefällt Eure Einstellung, alter Mann! Ihr seid die Ohren dieser Stadt – und ihr Mund, wie manche meinen. Laßt alle *die* wissen, die Ihr *nicht* kennt, daß ich in Marcs Waffengeschäft zu finden bin, und zwar eine Stunde vor Ausgangssperre und die ganze Nacht hindurch. Ich möchte sichergehen, daß es nicht erneut zu so einem kleinen Problem kommt, wie wir es vorgestern nacht in der Straße der Roten Laternen hatten. Wenn wir mit den Beysibern aufräumen wollen, brauchen wir jeden Mann, den wir haben!«

Hakiem hatte das unbestimmte Gefühl, daß diese Kama vom 3. Rankanischen Kommando vergessen hatte, daß sie eine Frau war. »Ich kann nichts versprechen«, sagte er vorsichtig. »Ich weiß ja nur von Euch ...«

»Tut es einfach, Alter, und spart Eure Worte für jene, die Euch zuhören. Kommt auch Ihr heute abend, dann werdet Ihr einige spannende Geschichten zu hören bekommen. Doch selbst, wenn Ihr Euch nicht sehen laßt, werde *ich* jedem sagen, den ich treffe, daß ich Euer Geselle bin – und bemüht Euch, meinen Namen zu behalten.«

Sie beschleunigte ihren Schritt und ließ ihn hinter sich zurück, als ob er stehengeblieben wäre.

Als Hakiem sah, wie schnell sie war, gab er es auf, sie einholen zu wollen. Zu viele Beysiber waren in der Nähe. Außerdem konnte er sie ja bei Marc wiedersehen.

Er war nicht sicher, ob er das überhaupt wollte, aber es sah ganz so aus, als würde er in die Sache verwickelt werden, selbst wenn er nicht hinging. Natürlich war ihr – *Kama* – das klar. Ihre Erwähnung des Festes der Krieger und ihre Haltung hatten ihn so beeindruckt, daß er noch gar nicht über ihre Worter nachgedacht hatte.

Während er zum Labyrinth ging, um sich im Wilden Einhorn einen oder auch mehrere Drinks zu gönnen, ließ er sich alles noch einmal durch den Kopf gehen. Das 3. Rankanische Kommando war eine Kampftruppe von sehr schlechtem Ruf; seit die echten Stiefsöhne ihre Reihen mit Einheimischen aufgefüllt und die Stadt verlassen hatten, um in den Hexerkriegen im Norden zu kämpfen, hatte es auf der Seite des Reichs keine Truppe gegeben, der man sich hätte anschließen wollen. Wenn das 3. Kommando wirklich hier war, konnte das nur bedeuten, daß das Reich Freistatt nicht aufgegeben hatte und infolgedessen noch nicht alles verloren und Widerstand tatsächlich möglich war.

Wenn allerdings die Geschichten über die Brutalität und Herkunft des 3. Kommandos stimmten – es war vor längerer Zeit von Tempus aufgestellt worden, um eben solche Aufstände zu unterdrücken, wie sie sich möglicherweise in Freistatt zusammenbrauten –, dann mochte sich die Kur als schlimmer denn das Leiden erweisen.

Straton war gar nicht sicher, ob die Sache funktionieren würde. Er hatte die Vampirfrau Ischade, die am Schimmelfohlenfluß wohnte, das letztemal vor Beginn des Krieges am Hexenwall gesehen, als er diensthabender Stiefsohn gewesen war, mit dem ganzen Kader hinter sich und Critias an seiner Seite. Ärger hatte es in Freistatt damals nur mit Zauberei, mit hartnäckigen Todestrupps und gelegentlichen Anschlägen gegeben.

Strat wünschte sich, Crit wäre hier. Von Ischades eigenartig düsterem Haus rutschte er mit schußbereiter Armbrust von seinem kräftigen Braunen und band ihn fest. Auch Crit würde irgendwann in diesen Tagen eintreffen. Einzeln oder paarweise trudelte allmählich die ganze Einheit ein. Gemeinsam mit Syncs 3. Kommando hatten sie eine gute Chance, hier alles ins reine zu bringen – wenn sie sich nur schlüssig wären, was ›rein‹ bedeutete. Sync war der Ansicht, daß alle Beysiber in der Stadt zu einem großen Scheiterhaufen gestapelt und den Göttern geopfert gehörten.

Straton nahm von Sync keine Befehle entgegen. Da Crit noch im Norden und Niko mit Tempus unterwegs war, hatte Straton den Befehl über die Stiefsöhne – die im Augenblick allzu versessen darauf waren, jeden Idioten umzubringen, der das Wort Stiefsohn hier zum Schandfleck gemacht hatte, während sie fort gewesen waren.

Aber Kama hatte Strat dazu überredet, sich um den Beistand der Vampirfrau zu bemühen. Kama war Tempus' Tochter, deshalb achtete er sie – nicht wegen irgend etwas, das sie getan oder erreicht hatte, sondern allein, weil das Blut seines Befehlshabers in ihr floß.

Also war er nun hier, trotz der Tatsache, daß Ischade gefährlicher war als eine ganze Schlafstube voll Harka Bey, um sie zu der kleinen Gesellschaft ›einzuladen‹, die Sync und er bei Marc gaben.

Wahrscheinlich wäre er auch so gekommen, sagte er sich. Eben weil sie gefährlich war, war Ischade interessant. Sie war eine Frau von der Art, die man nie mehr vergaß, wenn man ihr einmal in die Augen geblickt hatte. Und er hatte in ihre Augen gesehen; tiefen, lockenden Höhlen glichen sie. Er hatte sich gefragt, wie der Tod war, den ihre Opfer starben.

Aber jetzt mußte er endlich an die verdammte Tür klopfen und die Sache hinter sich bringen.

Er schlüpfte in sein Lederwams und stapfte den Weg zur Haustür hinauf. In diesem Augenblick flackerte das Licht im Haus und verdüsterte sich gespenstisch. Als er das letztemal hier gewesen war, hatten seine Augen ihm einen Streich gespielt. Dank eines hilfreichen Zaubers während des Krieges im Norden würde ihm so etwas jetzt nicht mehr passieren.

Diesmal würde er sie richtig sehen.

An der Schwelle zögerte er. Er murmelte ein Gebet, das seine Seele dem entsprechenden Gott empfahl, falls er hier starb, dann klopfte er.

Er hörte leichte Schritte im Haus, dann nichts mehr.

Er klopfte noch einmal.

Die Schritte kamen näher, und das Licht hinter den vorderen Fenstern ging aus.

»Ischade!« rief er rauh. Er zog einen Dolch, um damit das Schloß aufzubrechen oder um mit dem Griff auf das Holz der Tür zu hämmern. »Macht auf! Ich bin es, ich ...«

Die Tür schien zu verschwinden. Fast verlor er das Gleichgewicht, weil er gerade heftig mit dem Dolchgriff klopfen wollte. Er stolperte einen Schritt vorwärts.

»Ich weiß.« Die samtweiche Stimme kam aus einem geisterhaften Gesicht, das in Dunkelheit gehüllt war. »Ich weiß, wer Ihr seid. Ich erinnere mich an Euch. Seid Ihr es leid, den Tod zu bringen? Oder habt Ihr wieder ein Geschenk bei Euch?« Ihre Augen hoben sich zu seinen, ihre Kapuze rutschte nach hinten, und trotzdem blieb ihr Gesicht im Dunkeln.

Ihre Augen jedoch nicht.

Straton vergaß den Grund seines Besuchs. Er war kein kleiner Junge, der sich leicht beeinflussen ließ, und kein Mann, den eine Frau um ihren kleinen Finger zu wickeln vermochte, aber Ischades Blick war wie ein Zauber, der die

Welt verbannte. Er wollte nichts anderes, als sie ansehen, sie berühren, der Gefahr trotzen, die sie darstellte, und etwas mit ihr tun, das keines dieser Schafe fertiggebracht hatte, die ihre Opfer geworden waren; dessen war er fast sicher.

»Bittet mich hinein«, sagte er.

»Ich habe einen Besucher«, entgegnete sie.

»Könnt Ihr ihn nicht loswerden?«

Sie lächelte. »Genau das war meine Absicht. Wartet Ihr hier?«

Er nickte. »Beeilt Euch.«

Als sie wieder hinter der Tür verschwand, war ihm, als wären Fesseln zersprungen oder als hätte die Wirkung einer starken Droge plötzlich nachgelassen.

Ihn fröstelte, dabei war es im herbstlichen Freistatt bei weitem nicht so kalt wie am Hexenwall. Trotz der Kälte, die seine Hände beben ließ, bildeten sich Schweißtropfen auf seiner Oberlippe. Er wischte sie ab und bedauerte, daß er sich für dieses Unternehmen den Bart abrasiert hatte.

Entweder hatte er Glück, und ihr teuflischer Hunger war durch ihren gegenwärtigen Besucher gestillt, so daß er mit ihr reden, sie überzeugen und eine Abmachung mit ihr treffen konnte, oder aber er würde in ernste Schwierigkeiten geraten, aus denen ihm weder Crit noch irgendeiner seines Trupps heraushelfen konnte.

Als er sich gerade sagte, daß niemand es ihm übelnähme, wenn er jetzt umkehrte und behauptete, Ischade sei nicht zu Hause gewesen, öffnete sich die Tür wieder, und eine feine weiße Hand streckte sich ihm entgegen.

»Tretet ein, Straton«, forderte die Vampirfrau ihn auf. »Es ist lange her, seit einer wie Ihr zu mir kam.«

Sync hatte den berüchtigten Gewaltlord Jubal für sich aufgehoben. Die Veteranen, die Freistatt kannten, hatten ihn vor dem grauenvollen Gestank von Abwind gewarnt, aber er hatte ihnen nicht geglaubt.

Jetzt tat er es, aber er verließ sich auf seinen guten rechten Arm und das verlockende Angebot, das er machen konnte.

Dieser Jubal war schwarz und stämmig wie ein knorriger Baum, dazu viel älter, als Sync aus den Erzählungen geschlossen hatte; er trug eine blaue Falkenmaske, die Sync viel mehr Kopfzerbrechen bereitet hätte, wenn die Lakaien um den ehemaligen Sklavenhändler die Identität Jubals nicht mit jeder unterwürfigen Geste bestätigt hätten.

Der oberste Speichellecker unter ihnen hieß Saliman. War man eingetreten, sah man, daß die Elendshütte verhältnismäßig geräumig war, aber die Schar vorgeblicher Bettler hier würden Sync einen anstrengenden Nachmittag bescheren, falls er sich einen Weg durch sie hindurchkämpfen mußte, um wieder hinauszugelangen. Vorsichtshalber hatte er sein Pferd nicht angebunden: Wenn er pfiff, würden ihm zwölfhundert rankanische Pfund beschlagene Hufe und schnappende Kiefer zur Hilfe kommen. Seine Ausbildung im 3. Kommando sagte ihm, daß er nicht mehr brauchte. Ein Mann wie er, ein Pferd wie seines, und die Hölle war los.

Sync war kein Politiker, er war ein Befehlshaber. Doch er war nicht in diese Abwinderhütte gekommen, um zu kämpfen, sondern um zu verhandeln.

In wallenden Federgewändern setzte Jubal sich auf einen Stuhl, der einem Thron sehr nahe kam. Durch die Maske klang seine Stimme gedämpft, als er sagte: »Sprecht, Söldner!«

Sync erwiderte: »Nehmt Eure Maske ab und schickt Eure Spielgefährten weg, dann reden wir miteinander. Das ist eine Sache zwischen uns beiden, oder wir lassen es!«

»Sollte es dazu kommen, daß wir es lassen«, brummte Jubal, »dann hättet Ihr unsere Zeit vergeudet, und das mögen wir gar nicht. Nicht wahr?«

Zehn verwahrloste Freistätter knurrten drohend.

»Wir wollen eines klarstellen, Slumlord: Steht Ihr im Sold der Beysiber? Wenn nicht, wollen wir die Karten aufdecken. Ich bin nicht hierhergekommen, um Euren Leuten eine Lektion im Kämpfen zu erteilen. Wenn sie so was brauchen, habe ich meine Ausbilder im 3. Kommando, die aus Waschlappen verwegene Streiter machen können.«

Drei der zehn Gestalten kamen geduckt näher. Jubal hielt sie mit erhobener Hand auf. Aus der Maske erklang ein rasselnder Seufzer. »3. Kommando? Sollte mich das beeindrucken?«

»Ich weiß nicht, was Ihr in diesem lächerlichen Federumhang und der Maske darstellen wollt, Jubal«, höhnte Sync. »Ein Vorbild könnt Ihr damit sicher nicht sein.« Er verschränkte die Arme und dachte, daß er einen mit Freistatt vertrauten Veteranen hätte schicken sollten, um diesen Schwarzen an den Ohren zu ihm zu schleifen. Es kostete ihn große Beherrschung, diesen Jubal nicht einen Winder zu schimpfen. Es war eine verdammte Schande, daß man sich mit einem ehemaligen Feind verbinden mußte, den man vor Jahren völlig besiegt hatte. Der Krieg wechselte ständig sein Gesicht.

»Nicht allen«, erwiderte Jubal kalt und beugte sich vor.

Sein Ton verriet, daß er sich keine Unverschämtheit mehr gefallen ließe. Also änderte Sync die Taktik. »Wie beruhigend. Da Ihr Euch von Euren Leibwächtern nicht trennen wollt, obwohl Ihr meines Erachtens ganz gut allein zurechtkommen würdet, werde ich Euch eben in ihrer Anwesenheit den Grund meines Besuchs nennen. Dann können wir auch gleich abstimmen, wie hoch der Anteil am Profit für einen jeden sein soll, wieviel Ihr behalten dürft, was jeder zu tun hat und wer noch ...«

»Schon gut!« unterbrach ihn Jubal. »Saliman, verschwinde mit den andern und achte darauf, daß keiner zu lauschen versucht!«

»Aber, mein Lord ...«, protestierte Saliman.

»Tu, was ich gesagt habe!«

Die Männer verschwanden fast wie durch Zauberei.

»Also, worum geht es, Sink?«

»Ihr habt gewiß gehört, daß das 3. Kommando unabhängig vom Kaiser operiert – wir gehorchen nur unseren eigenen Gesetzen!«

»Ja?«

»Wir versuchen eine Koalition zusammenzustellen, um die Stadt von den Harka-Babies zu befreien und um einen Interimsherrscher einzusetzen – und um Freistatt zu einem unabhängigen Staat zu machen. Ich habe eine halbe Armee ohne eine Heimat!«

»Und Ihr möchtet Freistatt zu Eurer Heimat machen?«

»Das steht noch nicht fest. Aber wenn wir unseren Plan durchführen, möchten wir, daß Ihr mitmacht. Ohne Eure Zustimmung und Unterstützung kann niemand Freistatt übernehmen und halten, haben wir gehört.«

»Woher wollt Ihr wissen, daß die Beysiber das nicht ebenfalls gehört haben?« fragte Jubal.

Der alte Schwarze war schlau, aber Sync spürte, daß er ihm die Sache abkaufte, voll und ganz, die Verdrehungen eingeschlossen. »Weil sie schon von zu vielen – unerkannten – Seiten Schwierigkeiten haben.«

Jubal lachte, und die Falkenmaske verstärkte sein Lachen noch; so laut schallte es in dem Raum, daß sich die Vorhänge bewegten. »Mag sein. Aber nur mit Schmeichelei kommt Ihr nicht weit. Also heraus mit den Einzelheiten!« Der Ex-Gladiator streckte die Arme aus dem Umhang heraus. Die verfärbten Narben verrieten Sync, daß der Schwarze mindestens ebenso viele Kämpfe wie er selbst durchgestanden hatte.

»Ihr erwartet doch nicht wirklich, daß ich hier, wo Ihr so viele Ohren habt, darüber spreche?« entgegnete Sync. »Ich möchte, daß Ihr zu der kleinen Gesellschaft kommt, die wir heute abend in Marcs Waffenladen in der Straße der Schmiede geben. Vertreter einer jeden Gruppe, die meine Kundschafter für wichtig halten, werden anwesend sein. Ich möchte sie – mit Eurer Hilfe, selbstverständlich – zu einer gut aufeinander abgestimmten Einheit zusammenfügen.«

»Interessant.« Die Falkenmaske nickte bedächtig. »Und dann?«

»Dann machen wir diese Stadt zu dem, was sie sein sollte, zu dem, was sie war und was sie wieder sein möchte: eine Freistatt, eine Diebeswelt, eine sichere

Zuflucht, wo Männer wie Ihr und ich nicht die Ringe pomadiger Päderasten küssen müssen und wo Frauen tun, was Frauen am besten machen.«

Wieder lachte Jubal. Als er sich beruhigte, hob er die Maske – nicht hoch genug, daß Sync das Gesicht darunter hätte sehen können – und wischte sich die Augen. »Ihr, ich und welche Armee?«

»Ihr, ich, das 3. Kommando und Tempus' echte Stiefsöhne. Außerdem vielleicht die hiesigen Todestrupps und Revolutionäre, Eure Söldner, die geknechtete Ilsigerbevölkerung und der hiesige Standort – der Kommandant ist ein alter Freund. Genügt Euch das?«

»Mag sein, mag sein.« Jubal schmunzelte.

»Dann werdet Ihr heute abend kommen?«

»Ich werde da sein«, versprach Jubal.

Marcs Waffenladen hatte eine Falltür hinter dem Ladentisch, einen kleinen Übungsplatz hinter dem Haus, zwei Schaukästen mit Klingen und zwei Wände, die mit Armbrüsten versehen waren.

Im Keller lagen Waffen anderer Art verborgen: alchemistische Zünder, Schleudern, wie Zip sie benutzte, Gifte und Folterinstrumente.

Bis zum abendlichen Treffen blieb noch viel Zeit, als Marc und Zip sich in diesem Keller erregt unterhielten, während Marcs junge blonde Frau im Laden bediente.

»Das kannst du nicht von mir verlangen, Marc!« Zip kauerte angespannt in einer Ecke, seine Augen schossen von Schatten zu Schatten und suchten nach der Falle, von der er befürchtete, daß sie jeden Moment zuschnappen würde.

»Ich muß dich darum bitten, Junge, oder zusehen, wie du in den Tod gehst! Die Stiefsöhne haben dich ausgebildet; du weißt, daß sich allerhand ändern wird, nun, da sie nach und nach in die Stadt zurückkehren. Das letzte Mal, als sie hier waren, ist es dir gelungen, dich herauszuhalten, diesmal kannst du es nicht! Sie würden dein Fell gerben und als Satteldecke benutzen und mit deinen polierten

Zähnen den Kopfputz eines Pferdes schmücken. Ich möchte nicht, daß es dazu kommt!«

»Also hast du ihnen meinen *Namen* genannt? Ich habe dir vertraut! Ich bin in diese Sache hineingeschlittert! Ich will kein Rebellenführer sein! Ich will niemanden aufwiegeln und keine götterverdammten Revolutionen anfangen! Ich will nur mich selbst schützen. *Warum* hast du mir das angetan?«

»Sie sind schlau. Sie haben schon seit Wochen Kundschafter in der Stadt – sie *wußten* bereits von dir! Wenn du nicht für sie bist, werden sie annehmen, daß du gegen sie bist!«

»Wer? Die Arschficker? Die Hurensöhne? Wen schert das?«

»*Dich!* Wenn sie dich erst zwei Zoll strecken, ehe sie dich um sechs kürzer machen. Söldner sind ein sehr mißtrauischer Haufen. Ich kenne Strats Stiefsöhne, und ich traue ihnen. Sie *müssen* vertrauenswürdig sein – sie haben nur einander und ihr Wort. Strat meint, daß Tempus bald kommen wird. Das bedeutet, daß der Sturmgott – wenn du dir noch was aus Vashanka machst – heimkehrt! Ich verstehe mich nicht gut auf Worte ...« Marc rieb sich bedrückt das Kinn. Seine runden braunen Augen flehten den jungen Straßenkämpfer an, der sich in eine Ecke drückte, als hätte man ihn bereits gestellt. »Bitte bleib und hör dir ihren Vorschlag an! Ohne dich werden die Todestrupps dem Bündnis keine Chance geben!«

»Du mußt wirr im Kopf sein! Verhext! Die meisten sind durch die Nisibishexe Roxane zu den Todestrupps gekommen. Es ist eine Falle! Die Stiefsöhne und die Männer des 3. Kommandos sind auf Rache aus. Roxane war in ihrem Kampf gegen die Stiefsöhne nicht gerade zimperlich; sie haben viele Männer verloren, und Söldner haben ein gutes Gedächtnis!«

»Du mußt dableiben – wenn schon nicht deinetwegen, dann mir zuliebe! Sie sind auf dich aufmerksam geworden! Sie wissen, daß du hierherkommst, um Waffen zu besorgen, und daß du Leute triffst und die Tunnels benutzt.

Wenn du nicht wenigstens so tust, als würdest du dich ihnen anschließen, lebst du höchstens noch ein paar Tage!«

»Wenigstens bist du jetzt ehrlich.« Zip richtete sich auf und lehnte sich an die Wand. Er hatte Bartstoppeln im Gesicht und wirkte ein Jahrzehnt älter, als er war. Verzweifelt sagte er: »Ich nehme an, es würde wenig nutzen, wenn ich dich bitte, keine weiteren unserer Namen zu verraten?«

»Du meinst, wenn du drohst, mich zu töten? Dann töte mich lieber gleich. Und meine Frau. Und alle andern, die dir geholfen haben. Ich habe eine Menge Kämpfe erlebt und zu viele Kriege für meinen Geschmack, und ich sage dir: Die einzige Möglichkeit, mit heiler Haut aus dem herauszukommen, was sich in Freistatt zusammenbraut, ist, sich mit dem 3. Kommando zusammenzutun.«

»Na ja, solange es nicht die verdammte rankanische Armee ist – das kannst du mir doch versprechen, nicht wahr? *Nicht wahr?*«

Marc blickte auf die großen, knochigen Hände des verwahrlosten Jungen, der zum Waisen geworden war, als die Rankaner die Stadt einnahmen. Er erinnerte sich nicht mehr an seine Eltern. Er war rasch und auf die harte Weise erwachsen geworden, und er haßte die Rankaner aus tiefster Seele. Er hatte niemanden, keinen Mentor, keinen, der sich um ihn kümmerte. Marc kannte Zip seit Jahren und hatte nicht gewagt, etwas für ihn zu empfinden, denn seinesgleichen starb jung und meistens auf ziemlich unerfreuliche Weise.

Doch nun, aus Gründen, die nur die Götter kannten, machte Marc sich etwas aus ihm.

»Nein, Junge, das kann ich dir nicht versprechen. Vielleicht können *sie* es. *Ich* weiß nur, daß es weder dich, mich und meine Frau, noch diesen Laden am Morgen noch geben wird, wenn du dich bei diesem Treffen nicht sehen läßt! Sie werden das Haus dem Erdboden gleichmachen, und wir werden darunter begraben sein!«

»Danke, daß du keinen Druck auf mich ausübst!«

»Schon gut. Danke, daß du meinen Laden zu deinem Lieblingsaufenthalt machst!«

»Na schön! Also sag, wer alles kommen wird.«

Marcs Magen verkrampfte sich. Er spielte mit einem Shalpaamulett, in der Hoffnung, die Göttin würde den Jungen davon abhalten, durch das offene Loch neben ihm in die Tunnels zu tauchen und nie wieder hochzukommen. Er zählte auf: die Vampirfrau Ischade, der König der Unterwelt Jubal, der rankanische Führer des 3. Kommandos Sync, der Geschichtenerzähler Hakiem und der stellvertretende Standortkommandant Walegrin.

Während er das tat, entging ihm nicht, daß die ungläubig geweiteten Augen des Jungen eisig und feindselig wurden. Marc war nicht einmal selbst sicher, daß aus dem Treffen heute abend nicht ein Gemetzel wurde. Wer die Liste der Eingeladenen kannte, könnte sich auf einen Schlag aller Unruhestifter von Bedeutung in Freistatt entledigen – durch ein Feuer, vielleicht. Er hoffte nur, daß dieser Jemand nicht Strat war.

Auf seiner Liste fehlte lediglich ein Vertreter der Magier – ein Mitglied der Zaubergilde oder Enas Yorl oder irgendein Hexer der Hazardklasse: jemand, der durch Angst vor einem tödlichen Fluch für Ordnung sorgen konnte.

Wenn die Stiefsöhne nicht äußerst mißtrauisch den Magiern gegenüber gewesen wären, hätten sie bestimmt auch einen von ihnen eingeladen.

Als Sync zu dem Treffen kam, war die Luft bereits blau von Krrfrauch und der Boden feucht von verschüttetem Wein.

Kama hielt den Vorsitz über fünfunddreißig Personen, die einander unter anderen Umständen längst an den Hals gesprungen wären.

Der Geschichtenerzähler Hakiem war als einziger unbewaffnet, aber Sync wußte, daß in einer Situation wie dieser der Mund mächtiger war als das Schwert. Wenn die Sache hier schiefging, konnte man den Rest laufenlassen, Hakiem aber würde man töten müssen.

Walegrin, der heute keine Uniform trug, war von sechs, ebenfalls nicht uniformierten Offizieren umgeben. Selbst wenn sie sich nicht entschließen konnten, Sync tatkräftig zu unterstützen, würden sie ihm nicht schaden, denn allein, daß sie der Einladung gefolgt waren, würde gegen sie sprechen.

Straton saß auf einem Weinfaß in einer Ecke, allein mit einer Frau, die wohl Ischade sein mußte, da sich offenbar niemand in ihre nächste Nähe wagte. Nur gut, daß Critias nicht in der Stadt war, sonst hätte Strat die Vampirfrau bestimmt nicht geholt. Sync mußte sich beherrschen, daß er nicht zu auffällig auf Strats Hals nach Bißwunden suchte.

Der junge Untergrundkämpfer, mit dem Sync, Gayle und Strat auf der Straße der Roten Laternen zusammengestoßen waren – und der seine eigenen Leute getötet hatte, damit sie nicht in Gefangenschaft gerieten –, hockte in der gegenüberliegenden Ecke. Ein räudiger Köter kratzte sich neben ihm die Flöhe aus dem Fell. Sync nickte Zip zu und bahnte sich einen Weg zu ihm. Von all dem Gesindel hier war dieser verwahrloste Rebellenführer für ihn der wichtigste, wenn er einen taktischen Vorteil erlangen wollte. Aller Augen richteten sich auf sie, als Sync die Hand ausstreckte und sagte: »Das letzte Mal haben wir vergessen, uns vorzustellen. Ich bin Sync. Und du ...?«

»Zip genügt.« Der junge Mann blickte ihn mit zusammengekniffenen Augen an und schüttelte ihm schließlich die Hand.

»Ich bin sehr froh, daß du gekommen bist. Wenn das vorbei ist, lade ich dich zum Essen ein, und wir können unsere Aufzeichnungen vergleichen.«

Sync drehte sich um, und noch ehe Zip Zeit hatte zu fragen, welche Aufzeichnungen, oder seine Einladung abzulehnen, schritt er zu dem Tisch, den Marc am Eingang aufgestellt hatte.

Sync blieben neben Kama stehen und wartete, bis Jubal Platz genommen hatte. Jubal war der zweite, um den die Anwesenden einen Bogen machten. Er hatte draußen im Dunkeln verborgen in Begleitung seiner Lakaien auf Syncs Ankunft gewartet und erst nach ihm den Raum betreten.

»Nun, da wir alle hier sind«, Sync vergewisserte sich mit schweifendem Blick, daß das auch tatsächlich der Fall war, »erteile ich das Wort unserem hiesigen Fachmann für Tarnunternehmen, Geheimhaltung und Zauberei, Randal, unserem eigenen Ex-Hazard, ehemals von der tysianischen Magiergilde.«

Ein Raunen ging durch die Menge, die Männer und Frauen streckten die Hälse und schauten sich nach dem Zauberer in ihrer Mitte um.

Aus Ischades Ecke erklang ein melodisches Lachen. Während sich alle Blicke ihr zuwandten, stand der räudige Köter auf, der fast wie ein Wolf aussah, und verließ Zips Seite. Niesend und schnüffelnd tappte er scheinbar aufs Geratewohl zu dem Tisch, wo Kama sich nun niederkniete. Sie nahm ihren Umhang von den Schultern und drapierte ihn um den Hals des alten Hundes.

Lautlos erhob sich Zip, doch der Waffenhändler Marc streckte die Hand aus, um ihn zurückzuhalten.

Niemand bemerkte es.

Aller Aufmerksamkeit galt dem Hund, der vor ihren Augen zum Menschen wurde.

Es war eine saubere Verwandlung, besser, als sie Randal gewöhnlich gelang. Er mußte diesmal nicht einmal heftig niesen.

Als er sich schließlich aufrichtete, wirkte er durch den Umhang, den Rauch und die huschenden Schatten der flackernden Kerzen viel imposanter, als er eigentlich war.

Wie immer, wenn eine seiner Strategien zur Wirklichkeit wurde, spürte Sync eine angenehme Wärme in seiner Magengrube.

»Vielen Dank, Commander«, sagte Randal.

Sync murmelte: »Nichts zu danken«, und setzte sich.

»Guten Abend, meine sehr verehrten Damen und Herren«, begann Randal. »Ich übermittle euch Grüße von Tempus und all unseren Freunden am Hexenwall. Die schreckliche Lage, in die Freistatt geraten ist, seit die Stiefsöhne die Stadt verließen, ist uns zu Ohren gekommen. Mit eurer Hilfe wollen wir die Mißstände beheben, die Beysiber vertreiben und Freistatt wieder in seinem alten – ah – Glanz erstehen lassen.«

Zustimmendes Murmeln wurde laut.

Randal glückte sein gewinnendes, jungenhaftes Lächeln. Der schreckliche Zauberer, dessen langes Haar geschickt die zu großen Ohren und den zu dünnen Hals verbargen, verstand es wie keiner, seine Zuhörer mitzureißen. Als er heftig niesen mußte, entschuldigte er es mit ›momentanem Mangel an geeigneter Kleidung‹, und die Versammelten glaubten es ihm. Sie waren so erfreut über die Hilfe eines Zauberers im Kampf gegen die Beysiber, daß sie selbst dann respektvoll und dankbar zugehört hätten, wenn Randal in Gestalt eines Maultiers oder Salamanders zu ihnen gesprochen hätte.

Ein wenig ärgerte es Sync, daß vertrauenswürdige Kämpfer nicht genügten, dieses Gesindel zufriedenzustellen, ein einfacher Verwandlungstrick jedoch bewirkte, daß sich alle hier wie tapfere Eroberer fühlten. Das war zwar beabsichtigt gewesen, trotzdem störte es ihn, denn Soldaten mochten Zauberer nicht.

Wenn es in diesem Raum eine Person gab, die nicht verzaubert und überzeugt war von Randals Tricks (zu ihnen gehörte das plötzliche Erscheinen einer topographischen Karte von Freistatt), dann Zip.

Marc wußte es und Sync ebenfalls.

Als das Treffen zu Ende war, hielt Marc Zip so lange auf, bis Sync sie erreichte, der nur einen kurzen Umweg machte, um Strat betont zu fragen: »Hast du deine Seele noch?« Was mit einem knappen Nicken beantwortet wurde. Dann legte Sync die Hand auf den Arm des jungen Rebellführers und schlug vor, daß sie ›auf einen Drink und was immer‹ ins Wilde Einhorn gingen.

Zu Syncs Erleichterung schlug Zip die Einladung nicht aus, sondern erwiderte: »Wenn wir die Sache überhaupt angehen wollen, sollten wir es auch richtig machen!«

»Was ist ›richtig‹?« fragte Sync. Er wußte nicht, worauf sein Gegenüber hinauswollte.

»Richtig? Richtig wird es durch Eindaumens Hilfe, Soldat. Oder hast du Angst vor Nisibisimagie? Sie ist anders als die eures kleines Zauberers.« Abfällig deutete er auf Randal.

»Magie? Vor *deiner* Art von Magie habe ich Angst – in finsterer Nacht ein Messer im Rücken –, nicht vor ihrer«, spöttelte Sync. Er fragte sich, ob dieser Junge aus der Gosse nicht etwa klüger war, als er aussah. Kein Stiefsohn, keiner vom 3. Kommando und schon gar kein rankanischer Berufsoffizier wollte etwas mit den Nisibishexen zu tun haben.

Als Sync zu der Treppe unter der Falltür gehen wollte, die zu Marcs Laden führte, schlossen sich Zips Finger um einen Arm. »Doch nicht auf diesem Weg, Narr! Wenn du zum Einhorn willst, dann durch die Tunnels. In der Straße der Schmiede wird die Sperrstunde eingehalten, auch wenn sich im Labyrinth niemand darum kümmert. Und zwei Männer erregen in dieser Zeit immer Aufsehen. Also komm, außer du hast Angst, daß deine schönen Stiefeln naß werden.

Sync staunte, wie Zip sich in dieser dumpfigen und glitschigen Dunkelheit zurechtfand. Bis zu den Knien wateten sie in Abwasser, dann in saubererem Wasser durch dieses andere Labyrinth mit seiner phosphoreszierenden, dunkelgrünen Finsternis, das kein vernünftiger Kämpfer ohne Seile, Fackeln, Kreide und Verstärkung betreten hätte.

Zip fühlte sich hier offenbar zu Hause; zwar sah Sync sein Gesicht nicht, aber seine Stimme klang völlig entspannt. Wie der Junge ihm geraten hatte, hielt er sich an seiner Schulter fest und versuchte, nicht auf die Stimme zu hören, die ihm sagte, daß er es bereuen würde, sich der Gewalt dieses Kanallords ausgeliefert zu haben. Wenn Zip ihn hier allein ließ, würde er den Weg hinaus vielleicht nie mehr finden.

Doch es sah so aus, als hätte der Rebell tatsächlich keinen Verrat im Sinn, jedenfalls fragte er fast freundlich: »Du erwartest doch nicht wirklich, daß dieses Bündnis hält?«

»Nein«, antwortete Sync, »aber ehe es mit dem Kampf losgeht, möchten wir uns miteinander bekannt machen. Gute Manieren schaden nie, und vielleicht bringt es uns doch den einen oder anderen Verbündeten ein, auch wenn es zu keinem stadtweiten Zusammenschluß kommt.«

»In zwei Wochen«, sagte Zip mit spöttischer Bitterkeit, »wird es dank dir jede Menge kämpfender Gruppen geben: Armee, Todestrupps, idealistische Revolutionäre, beysibische Weiber, deine Kämpfer, falsche Stiefsöhne, echte Stiefsöhne – was soll alles das?«

»Es muß nicht dazu kommen.«

»Wenn man dir die Führung überläßt! Die Chance ist ebenso gering wie die, daß ich Roxane heirate und der herrschende Nisibisihexer werde!«

In diesem Augenblick fragte sich Sync, ob Zip ihn wirklich zum Wilden Einhorn brachte. Allein die Erwähnung von Roxanes Namen ließ ihm kalte Schauder den Rücken hinabrinnen. Er hatte genug von Hexenkriegen. Er hatte beschlossen, sein Winterquartier in Freistatt aufzuschlagen, weil es hier genug Unruhen gab, daß seine Männer nicht verweichlichen würden, und keine Zauberei, der sie nichts entgegensetzen konnten, sondern nur die Beysiber und die unbedeutenden Hexer von Freistatts drittklassiger Magiergilde.

»Du bist wohl gut mit Roxane befreundet?« wagte sich Sync vor.

»Sie ist ein Problem – aber das wirst du früher oder später selbst noch herausfinden. Sie ist der eine, sehr große Grund, daß ich mich nicht mit dir zusammentun kann. Der zweite ist, daß ich nicht für alle sprechen kann – ja kaum für irgend jemanden.«

»Nur für die von den Nisibisi ausgebildeten und bezahlten Todestrupps?«

»Stimmt. Wir biegen jetzt nach links ab, dann geht es steinerne Stufen hoch, die sehr glitschig sind. Es sind fünfzehn bis zu einem Absatz, dann kommen noch zehn.«

Im Dunkeln stiegen sie empor. Sync fragte weiter. »Ich habe gehört, daß du die Kontrolle über den größten Teil von Abwind hast, daß du ihn gegen die Beysiber gehalten hast und sie es inzwischen aufgegeben haben, ihn zurückerobern zu wollen.«

»Den *größten Teil!* Drei Blocks? Das ist alles, was ich habe, alles, was ich halten kann. Wir haben nicht gerade einen Überfluß an Waffen oder Kämpfern und erhalten nur eine geringe Unterstützung durch die Nisibisi. Ich zeig' dir gern mal mein Gebiet, aber beeindrucken wird es dich sicher nicht.«

»Wir werden sehen!« Sync hatte vergessen, die Stufen mitzuzählen, er hob den Fuß zur nächsten und trat ins Leere: Sie hatten den Treppenabsatz erreicht. Mit einem dumpfen Gefühl im Magen, das nichts damit zu tun hatte, daß sie sich unter der Erde befanden oder daß er einem jungen Rebellen ausgeliefert war, sagte er: »Ich möchte sie gern kennenlernen – diese Roxane. Kannst du das einrichten?«

»Ist dir das Leben zu eintönig? Kannst du es nicht erwarten, deine Seele zu verlieren? Hast du gehört, daß die Untoten mehr Spaß haben?«

»Ich meine es ernst!«

»Ich wünschte, ich nicht. Wenn du versprichst, daß du es mir nicht als Feindseligkeit anrechnest, mache ich dich noch heute mit ihr bekannt.«

»Dafür werde ich dir dankbar sein.«

»Das muß sich erst noch herausstellen. Vielleicht bist du danach gar nicht mehr in der Lage, für irgend etwas dankbar zu sein. Hast du irgendwelche Angehörige, die benachrichtigt werden sollten? Oder soll ich zumindest deinem kleinen Magier ausrichten, daß er dich rächt?«

Sync lachte, doch überzeugend klang sein Lachen nicht. »Randal wird sich heute nacht in Freistatt vorstellen. Wenn Roxane tatsächlich hier ist, braucht er nicht benachrichtigt zu werden. Sie sind einander bereits begegnet.«

»Wir sind da. Ich schiebe jetzt den Riegel zurück, dann klettern wir nacheinander, in einigem Abstand, hinaus – ich als erster. Und sie ist tatsächlich hier. Frag Eindaumen.«

Holz knarrte, ein blendend helles Rechteck wurde sichtbar, dann in seiner Mitte eine dunkle Silhouette, als Zip sich hochstemmte.

Sync, der ihm alsbald folgte, überlegte, daß dies kein so harmloses Alibi sein würde, wie er gehofft hatte; zumindest aber würde er im Wilden Einhorn gesehen werden, während etwa Hundert der herrschenden Beysiberinnen – so viele zumindest hatten die Einladung zur Eröffnung von ›Randals Vergnügungspalast‹ angenommen – zu Wachsfiguren in der Ausstellung ›Beysibische Kulturen‹ würden, welche die Hauptattraktionen der Beysiberfalle des Zauberers darstellte.

Dieser Sync begriff nicht, worauf er sich da einließ! dachte Zip. Er mußte es nur so deichseln, daß dieser Verrückte seinen Kopf durchsetzte, ohne daß ihm, Zip, das Verschwinden des Befehlshabers des 3. Kommandos in die Schuhe geschoben wurde!

Zip haßte Offiziere, Armeen, autoritäre Typen. Er haßte auch Roxane, wenn er es wagte – nicht sehr oft, sie war gefährlicher als alle vom 3. Kommando, und fast war er ihr hörig.

Für Sync wäre sie ihm dankbar, wenn er ihn ihr in die Hände liefern könnte. Er verstand nicht, weshalb er zögerte. Sync war schließlich nur ein Mörder mehr, einer von der schlimmsten Sorte zudem: ein Meuchler von Beruf, fähig und mit rankanischem Charisma. Je weniger Rankaner es in Zips Welt gab, desto besser. Trotzdem, wenn sich die Rankaner zusammentaten und mit den Beysibern aufräumten, würden die Nisibisianhänger später ihrerseits mit weniger Rankanern aufräumen müssen. Was gut für den von den Nisibisi unterstützten Aufstand war, konnte im Augenblick auch nur gut für Zip sein.

Also ging er einige Risiken ein. Er gestattete, daß Sync sah, wie er und seinesgleichen in der Stadt herumkamen, ohne bemerkt zu werden; ja, er zeigte ihm sogar, wo man die nach Kloake stinkende Kleidung in Eindaumens Weinkeller ablegte, wo man neue bekam, und wie man durch die Hintertür den Schankraum betrat und sich unter die Gäste mischte, als wäre man schon eine geraume Zeit da.

Eindaumen stand nicht hinter der Theke. Wahrscheinlich war er oben mit Roxane oder in seinem Landhaus; war letzteres der Fall, konnte Zip heute nacht nichts mehr unternehmen: Man brachte niemanden ungeladen zu Eindaumen – außer man wollte als Hundefutter enden!

Die Schankmaid gehörte zu Zips Leuten. Zwei Zeichen mit der Hand, von denen er hoffte, daß sie Sync nicht auffielen, brachten ihm die Antwort: Eindaumen hielt sich oben in seinem Geschäftsraum auf.

Da sich oben auch noch so allerlei anderes tat – ein bißchen Hurerei, ein bißchen Drogenhandel –, konnte sich Zip hinaufbegeben, ohne Aufmerksamkeit zu erwecken. Aber sein Begleiter erregte Aufsehen: Syncs Schwert war unverkennbar oft im Einsatz gewesen, seine sorgfältig gewählte Kleidung zu gut ausgesucht und zu unauffällig, als daß die Gäste des Einhorns nicht daraus schließen konnten, daß er ein Soldat war, der sich bemühte, nicht wie einer auszusehen.

So ruhten zu viele Augen auf ihnen, und es wurde zu ruhig in der Schankstube, als sie sich in einer Ecke niederließen. Das war ein weiteres Problem mit den Söldnern: Sie saßen immer mit dem Rücken zur Wand. Wenn Sync es über sich gebracht hätte, sich an einen Tisch irgendwo in der Mitte zu setzen, hätten die Anwesenden sich entspannt, und Zip wäre sich nicht wie auf dem Präsentierteller vorgekommen.

Aber genausogut hätte man ein Pferd auffordern können zu fliegen. Infolgedessen saßen sie in einer Ecke; zwei Taschendiebe, die den Tisch geräumt hatten, bedachten Zip nun mit bösen Blicken, weil er sich mit dem Feind eingelassen hatte. Aber er tat, als wäre alles wie immer. Die Schankmaid brachte ihnen ihr Bier und eine heimliche Botschaft: Eindaumen erwarte sie in der Hinterstube.

Gerade, als sie ihre Krüge geleert hatten und nach Münzen in ihren Beuteln fischten, schien vor dem Haus Vashankas Hölle loszubrechen.

Die Gäste drängten zur Tür und stürzten rasch zurück, als die gefürchteten Harka Bey – die beysibischen Söldnerinnen und Assassininnen in Uniform mit ihren verfluchten Schlangen auf den Armen –, gefolgt von Soldaten, hereinkamen und alle zwangen, sich an die Wand zu stellen.

»Was jetzt?« flüsterte Zip Sync zu, als die Frauen – die angeblich allein schon dadurch töten konnten, daß sie einen anspuckten – begannen, jeden einzeln zu entwaffnen und ihm die Daumen auf dem Rücken zusammenzubinden.

In der Mitte der Stube standen zehn Bey mit Armbrüsten. Zip beobachtete sie unter den Armen, die er, wie alle andern auch, über dem Kopf spreizen mußte.

Als Sync nicht antwortete, wisperte Zip erneut: »Na, was jetzt, Soldat? Wenn das die Folge von Randals Künsten ist, gehören wir jetzt wahrscheinlich der Gruppe an, die hingerichtet werden soll. Die Beysiber suchen die Schuldigen nicht, sie schnappen sich lediglich irgend jemanden auf gut Glück und metzeln ihn am Morgen nieder. Und das tun sie auf keineswegs angenehme Weise!«

Sync zuckte die Schultern, so gut sich das machen ließ, mit den Armen an der Wand und den Beinen gespreizt. »Ich bin bewaffnet. Wie sieht es mit dir aus?«

»Nicht anders. Ganz bestimmt will ich nicht, daß meine Leute sehen, daß ich wie ein Opferstier zum Schlachten geführt werde. Noch dazu, wo die Seele keine Ruhe findet, wenn man von einer Frau getötet wird.«

»Das wußte ich nicht«, spöttelte Sync.

»Dann weißt du es jetzt. Fertig? Sterben wir, solange wir noch Männer sind – das ist doch nicht zuviel verlangt!«

»Fertig«, hauchte Sync. »Bei drei versuchen wir, uns zu der Hintertür durchzukämpfen.« Er deutete mit dem Kopf nach rechts. »Aber dazu brauchen wir zwei dieser Beysiberinnen. Ich werde also erst zu zählen anfangen, wenn sie zu dir kommen: Sobald eine nach dir greift, packst du sie am Arm, drehst ihn um und ...«

»Ruhe!« rief eine tiefe, aber unverkennbar weibliche Stimme. Alle erstarrten.

Zip hielt es zunächst für eine beysibische Stimme, doch ihr folgte kein Giftbiß, keine Schlangenzähne, kein Armbrustbolzen durchschlug sein Rückgrat. Und in der ganzen Stube war es totenstill, nicht die geringste Bewegung war zu hören.

Plötzlich vernahm Zip ein Geräusch von der Treppe: das vertraute *Tapp-tapp-tapp* von Roxanes Absätzen; außerdem die schweren Schritte Eindaumens, als er neben ihr die Stufen herabstieg.

All das konnte er nur deshalb so gut hören, weil tatsächlich alle erstarrt waren, sogar die Beysiber standen mit stummen, offenen Mündern und kampfbereiten Waffen da, ihre Augen aber wirkten glasig. Die Gäste waren ebenfalls mitten in der Bewegung verharrt, und Tränen glitzerten in den Augen der Schankmaiden.

Im gesamten Erdgeschoß blieben nur Sync und Zip unberührt von Roxanes Zauber.

Sync löste sich bereits von der Wand; er hatte sein Schwert halb gezogen und hielt ein halbes Dutzend bandaranische Wurfsterne in der Linken. »Verdammt! Was geht hier vor? Wer, zum Teufel, ist sie?«

Zip richtete sich auf. »Danke, Roxane. Das hätte schlimm ausgehen können.« Ihre Schönheit hatte nicht mehr dieselbe Wirkung auf ihn wie früher. Ihre rötliche Haut und die tiefen dunklen Augen vermochten nicht mehr, ihn zu locken; aber Sync sollte nicht bemerken, daß Angst das Verlangen verdrängt hatte, das er früher für die Hexe empfand. Er nahm all seinen Mut zusammen und fuhr fort. »Das ist Sync. Er wollte dich kennenlernen, und Eindaumen ebenfalls. Er möchte sich an dem Aufstand beteiligen. Das ist doch richtig, Sync?«

»Völlig richtig.« Sync wirkte nur eine Spur eingeschüchtert. Aber Zip hatte häufig genug gesehen, wie Roxane einen Mann in ihren Bann schlug, und er wußte, daß Sync nicht dagegen gefeit war: Die Augen des Soldaten wichen nicht von ihren.

Er wollte es ja nicht anders, dachte Zip. Vielleicht werden wir doch noch Verbündete.

Langsam trat Roxane näher, nahm ihn und Sync bei der Hand und sagte: »Kommt, meine Herren. Ich möchte dieses Gesindel nicht noch länger in Bann halten. Eindaumen und ich bringen euch hinauf, dann mag das Gemetzel seinen Lauf nehmen.«

Sie leckte sich die Lippen: Sie lebte von der Furcht, von Tod und Leiden; wahrscheinlich schwelgte sie in einer anderen Welt, nur indem sie beobachtete, wie die Beysiber ihrer grausamen Arbeit nachgingen.

Das konnte ein Glück für ihn und Sync sein, denn so würde sie vielleicht nicht daran denken, sie heute eine ihrer schwierigeren Lektionen zu lehren, hoffte Zip.

»Zip, mein liebes kleines Ungeheuer, du hast dich heute abend selbst übertroffen.« Sie liebkoste sein Gesicht. Über ihre Schulter begegnete er Eindaumens mitfühlendem Blick.

»Das?« Zip deutete auf die Bey und ihre bedauernswerten Opfer. »Das hast du nicht mir zu verdanken, sondern ihm!« Zip wies auf Sync. »Er hat einen Zauberer in seiner Mannschaft, und sie haben sich diese kleine Überraschung für die beysibischen Oberen ausgedacht. Der Überfall hier ist vermutlich der Gegenschlag der Beysiber – doch wahrscheinlich nur der Anfang davon.«

»Es ist allerdings nur der Anfang!« Welches Blutvergießen heute abend ihr seelensaugendes Bedürfnis auch immer befriedigt hatte, sie war trunken davon. »Nicht weniger als ein halbes Dutzend der hochgestellten Beysiberinnen sind tot und stehen als Wachsfiguren in der Ausstellung eines tysianischen Zauberers.« Sie lächelte, und ihre Handbewegung umfaßte die ganze Schankstube. »Und diese Schafe werden bald den langsamen und gräßlichen Tod beysibischer Vergeltung sterben.«

Sie streichtel Syncs linke Hand, die die Sterne hielt. Er blickte sie an wie ein Verhungernder eine üppige Festtafel. »Da Zip mir versichert«, fuhr sie fort, »daß ich Euch und den Euren zu danken habe, werden wir uns eingehend über eine gemeinsame Zukunft unterhalten. Ich bin ganz sicher, Sync vom 3. Rankanischen Kommando, daß es eine für uns geben wird. Vielleicht schenke ich Euch sogar Randals Leben, als Geste, daß wir gut zusammenarbeiten können und werden, eine Art Einstandsgabe von mir an Euch.«

Als erwache er aus einem Traum, sagte Sync: »Das ist sehr freundlich von Euch, meine Lady. Ich bin Euer ergebener Diener.«

»Das bezweifle ich nicht«, erwiderte Roxane.

Zip wußte, daß Sync nicht ahnte, wie sehr er mit seinen Worten der Wahrheit nahegekommen war.

»Würde es Euch etwas ausmachen«, fragte Sync die Hexe, als sie zwischen den Erstarrten und Verdammten umhergingen, »wenn ich diesen Beysibern die Kehle durchschneide? Das ist so fair, wie die Chance, die die Bey diesen Unschuldigen gäben, wenn ich es nicht tue.« Die Augen des hochgewachsenen Soldaten suchten Zips.

»Es wird der Revolution Glaubwürdigkeit verleihen«, sagte Zip.

Roxane blieb stehen, zog einen Schmollmund, dann erhellte sich ihr Gesicht. »Tut Euch keinen Zwang an.«

Es dauerte nicht lange, die ahnungslosen Beysiber zu töten. Zip half Sync, während die Hexe und Eindaumen zuschauten. Als sie fertig waren, malten sie mit beysibischem Blut die Anfangsbuchstaben von Zips ›Volksfront für die Befreiung Freistatts‹ an die Wände des Wilden Einhorns.

Schon morgen würde die Kunde von diesem neuesten Erfolg der VFBF in aller Munde sein.

Nicht schlecht, dachte Zip, gar nicht schlecht für den Anfang.

Dann führte Roxane sie die Treppe hinauf und durch eine Tür, die sich wider alle Logik zum Zaubergemach in ihrem Haus am Schimmelfohlenfluß öffnete, denn ihr Hexenanwesen befand sich wahrhaftig mehr als nur die paar Schritte von Eindaumens Schenke im Labyrinth entfernt!

Drei Tage waren vergangen, seit die Revolutionäre, die sich selbst die VFBF nannten, die Beysiber im Wilden Einhorn niedergemetzelt hatten.

Jetzt erst wagten die Freistätter sich wieder vorsichtig ins Freie – bleich und gezeichnet von Furcht und Empörung. Als erstes die Meuchler und Betrunkenen, danach die Straßenhändler und Dirnen. Dann, als sich immer noch keine Beysibertrupps auf sie gestürzt hatten, folgten ihnen andere. Langsam kehrte die Stadt wieder zu ihrem normalen Tagesablauf zurück, mit den üblichen Geschäften und hin und wieder einer Messerstecherei an einer Straßenecke.

Hakiem war unten an der Uferpromenade und erzählte Geschichten. Aber sie brachten ihm nicht viel ein, denn sein Geselle oder vielmehr seine Gesellin Kama zog mit ihren mitreißenden Geschichten die sensationslüsternen Freistätter in großen Massen an. Sie erzählte auf unübertreffliche Weise von den mutigen Revolutionären und ihrem bewundernswerten Sieg über die gefürchteten Harka Bey im Einhorn. Dagegen waren Hakiems Geschichten über Riesenkraken und purpurne Spinnen weder aufregend noch neu genug, als daß sie sich in diesen Zeiten mit ihren hätten messen können.

Hakiem sagte sich, daß er wahrhaftig keinen Grund hatte sich zu beklagen: Er hatte bei dem Geheimtreffen unter Marcs Laden doppelt soviel Geld bekommen, wie er durch Kamas Konkurrenz verlieren mochte.

Außerdem überließ die Frau ihm von sich aus die Hälfte ihrer Einnahmen.

So hatte Hakiem es sich nun auf einem geborstenen Faß bequem gemacht. Er schälte die Hornhaut von einem Fußballen und sah zu, wie Kama ihre Zuhörer in Bann schlug. Plötzlich bahnte sich ein junger Mann einen Weg zu ihr; er war groß, hatte einen einwöchigen Bartansatz, so dunkel wie sein Haar, und trug ein schwarzes Stirnband.

Es war Zip. Nicht nur Hakiem erkannte ihn, sondern auch Gayle, ein Söldner mit losem Mundwerk, der sich den Stiefsöhnen im Norden angeschlossen hatte. Er lungerte scheinbar nur herum, aber Hakiem war längst aufgefallen, daß sich immer ein Stiefsohn in Kamas Nähe aufhielt.

Dem alten Geschichtenerzähler entging nicht, daß die junge Frau erbleichte, als sie den verwahrlosten Ilsiger erblickte. Sie verlor den Faden, ihre bisher so ausgefeilten Sätze wurden holprig, und sie beendete die Geschichte so abrupt, daß ihre Zuhörer murrten.

»Tut mir leid, Leute, aber für heute ist das alles. Ich muß gehen – ein natürliches Bedürfnis. Und da ich mich mit der Geschichte so beeilen mußte, braucht ihr dafür auch nicht zu bezahlen.« Kama sprang von den Kisten hinunter, auf denen sie gesessen hatte, ignorierte den Rebellenführer und ging geradewegs auf Hakiem zu, während sie sich nervös das Haar aus der Stirn strich.

Zip folgte ihr, und in einigem Abstand der Stiefsohn Gayle.

»Hakiem«, wisperte Kama, »ist er noch da? Kommt er näher?«

»Er? Beide kommen näher, Mädchen. Was soll das Ganze? Das ist doch keine Art und Weise, von einer Geschichte die Hälfte auszulassen und Geld zurückzugeben, ehe auch nur einer es verlangt hat …«

»Ihr versteht nicht … Sync ist verschwunden! Als wir ihn zum letztenmal sahen, war er mit diesem Abschaum aus der Gosse – Zip – beisammen!« Sie riß ihren klirrenden Beutel auf; ohne ihre Waffen entfernte sich diese Frau nie von ihrer Truppe.

Gerade, als sie sich darüber beugte, um etwas herauszuholen, legte Zip von hinten die Ellenbeuge um ihren Hals und zog sie zu einem Stapel Stoffballen, noch ehe Hakiem eine Warnung rufen oder der in der Nähe lauernde Stiefsohn einschreiten konnte.

»Keinen Widerstand, Lady«, knirschte Zip. »Haltet Euren Wachhund zurück!«

Kama wehrte sich und keuchte.

Gayle kam im Laufschritt herbei, blieb jedoch stirnrunzelnd stehen.

»Sagt ihm«, befahl Zip Kama, während er sie weiter festhielt, »daß er keinen Schritt näher kommen soll. Ich will Eurem Bettgefährten nur eine Nachricht übermitteln. *Sagt es ihm!*«

»Gayle!« Kamas Stimme war gepreßt, ihr Kinn auf Zips Ellbogen zitterte. »Du hast ihn gehört. Rühr dich nicht von der Stelle!«

Der Stiefsohn stieß eine Reihe von häßlichen Verwünschungen hervor, ging in Hockstellung und legte sein Schwert über die Knie.

»So ist es besser«, brummte Zip. »Jetzt hört mir gut zu, Ihr auch, Geschichtenerzähler: Sync ist in Roxanes Gewalt. Er hat mich gebeten, ihn mit ihr bekannt zu machen, und das habe ich getan. Was danach geschehen ist – dafür kann ich nichts. Aber es ist vielleicht noch nicht zu spät, seine Seele zu retten, wenn irgend jemand von euch das will.«

»Wo ... wo hält sie ihn fest?« krächzte Kama.

»Am Schimmelfohlenfluß – sie bewohnt dort ein Haus, südlich von Ischades. Eure Veteranen wissen, wo es liegt. Aber sagt ihnen, daß es nicht durch meine Schuld dazu gekommen ist! Und wenn sie ihn nicht schnell rausholen, ist es zu spät! Sie müssen das Haus bei Tageslicht stürmen, da bewachen es bloß ein paar Bewaffnete und einige Schlangen, aber wenigstens keine Untoten. Habt Ihr mich verstanden, Lady?«

Erneut verstärkte er den Druck seines Arms um ihren Hals, dann stieß er sie von sich, sprang hoch und griff nach den Stricken der Stoffballen hinter sich, schwang sich hinauf und darüber und verschwand.

Hakiem erreichte Kama als erste. Sie hustete heftig und zitterte.

Er versuchte sie zu stützen, doch sie schüttelte seine Hände ab und schnappte nach Luft. Da erst wurde ihm bewußt, daß der Stiefsohn Gayle ihr gar nicht zu Hilfe gekommen war.

Er schaute sich nach ihm um und sah, daß Gayle sich ebenfalls auf die Ballen geschwungen hatte und soeben ausholte, um Wurfsterne hinter Zip herzuschleudern.

Kama sah es ebenfalls und schrie heiser: »Nein! Gayle, nein! Er versucht doch uns zu helfen!«

»Beim Schwein!« fluchte Gayle, ehe auch er nicht mehr zu sehen war. »Ich habe ihn getroffen! Er wird nicht weit kommen – und wenn doch, hat das arme Schwein sowieso keine Chance mehr!«

»Keine Chance?« echote Hakiem benommen. »Was soll das heißen, Kama?«

»Die Sterne!« Kama ging in die Knie, ihre Miene verdüsterte sich. Als sie bemerkte, daß Hakiem nicht verstand, fügte sie hinzu: »Die Bandaraner nennen diese Sterne ›Blüten‹. Sie sind in Gift getaucht.« Sie stützte die Hände auf die Knie, beugte sich vor und übergab sich.

Hakiem begriff immer noch nicht ganz, als Kama sich aufrichtete, eine Handvoll scharfen Metalls aus ihrem Beutel zog und sich daran machte, ebenfalls die Ballen hochzuklettern.

»Was habt Ihr vor, Mädchen? Was ist mit der Botschaft?«

»Botschaft?« Kama blickte zu ihm hinunter. »Stimmt. Botschaft. Lauft zu Strat. Berichtet ihm alles! Er weiß, was zu tun ist!«

»Aber ...«

»Kein Aber, alter Mann. Der Junge stirbt, wenn ich Gayle nicht zügle und rechtzeitig einhole. Wir töten unsere Helfer nicht!«

Schon war sie verschwunden wie eine ausgelöschte Flamme.

Strat wäre überall lieber gewesen als im Gebüsch um Roxanes Haus; er hatte seine Erfahrung mit der Nisibisihexe!

Wenn er nicht gewußt hätte, daß Hakiem vertrauenswürdig war, daß Kama hinter dem Gossenhelden hergejagt war, der die Botschaft gebracht hatte, und daß der Erfolg der Mission der Stiefsöhne und des 3. Kommandos in Freistatt davon abhing, sich von Roxane keine Angst machen zu lassen – wenn all das nicht gewesen wäre, hätte er sich nicht für diesen Frontalangriff entschieden.

Doch so, wie die Dinge standen, hatte er keine andere Wahl.

Und die Chancen standen gut.

Er hatte Ischade gebeten mitzukommen – sie hatte ohnehin noch ein Hühnchen mit Roxane zu rupfen; außerdem verfügte er über genügend Sprengstoff aus Marcs Waffengeschäft, um ganz Freistatt in die Luft zu jagen. Das Problem war nur, Sync herauszukriegen, ehe das Hexenhaus in Flammen aufging. Randal, ihr tysianischer Zauberer, räumte gerade in Mungogestalt mit Roxanes Schlangen auf und erkundete den Besitz.

Sobald ein Habicht von rechts nach links darüber flog, sollten sie das hufeisenförmige Feuer anzünden, das sie vorbereitet hatten, und das Haus stürmen. Zwanzig Mann müßten es schaffen.

Den Pferden hatten sie angefeuchtete Säcke über die Köpfe gezogen, und die Männer trugen Darmbeutel mit Wasser bei sich, um damit ihre Tücher zu benässen, wenn der Rauch zu dick wurde.

Ischade kauerte abwesend neben ihm. Sie hatte nicht verraten, welchen Zauber sie einzusetzen gedachte, sondern wartete stumm ab.

Strat fand, daß sie unendlich zierlich und im Tageslicht fast zu bleich wirkte, dazu schutzbedürftig, so, wie sie das offensichtlich viel zu große weinfarbene Gewand um sich geschlungen hatte.

»Ihr könnt es Euch immer noch anders überlegen«, versicherte ihr Strat mit einer Ritterlichkeit, nach der ihm im Augenblick gar nicht zumute war. »Es ist nicht Euer Kampf!«

»Wirklich? Ist es Eurer?« Ischade erhob sich und wirkte plötzlich furchterregend, gar nicht mehr wie das niedliche, empfindsame Geschöpf, das er hierhergebracht hatte.

Ihre Augen brannten höllisch und schienen zu wachsen, so daß er fast befürchtete, er würde in sie gezogen werden. Er erinnerte sich an ihre erste Begegnung in einer dunklen Elendsgasse – er war damals mit Crit zusammen gewesen. Sie hatte sich über die Leiche eines jungen Burschen gebeugt, und ihre Augen hatten ausgesehen, als schwebten sie darüber.

Ischades Macht war nun unverkennbar, sie war so tödlich wie ein Stiefsohn oder ein hungriger Wolf in der Nacht. »Ich bringe euch euren Mann. All das«, Ischades Hand unter dem wallenden Ärmel machte eine allumfassende Geste, »was ihr hier tut, ist unnötig. Sie schuldet mir eine Person, ja mehr. Wartet hier, dann werdet Ihr bald sehen.«

»Ist gut, Ischade«, versicherte ihr Strat. Er duckte sich tiefer und stieß das Messer in die weiche Erde. »Ich werde hier warten.«

Er mußte wohl geblinzelt oder zur Seite geblickt haben, jedenfalls war sie plötzlich verschwunden, ohne daß er bemerkt hatte, wie. Über ihren Köpfen schrie ein Habicht wie ein kleines Kind. Sofort zündeten die Männer ihre Feuer an und liefen zu den Pferden.

Strat schwang sich auf seinen Braunen und fragte sich, ob Ischade recht hatte, ob sein Einsatz tatsächlich unnötig war; ob allein Magie, ihre und Randals, den Sieg davontragen konnte. Solche Überlegungen gefielen ihm nicht. Er war es gewöhnt, daß Crit das taktische Denken für ihn übernahm. In einem solchen Augenblick vermißte ein Mann, der die Hälfte eines Paares, eines heiligen Trupps, war, seinen Partner sehr.

So dachte er mehr an jenen, der nicht dabei war, als an jene, die bei ihm waren, während er seinem Pferd die Sporen gab und es zum Feuertor lenkte. Erst als Randal sich auf einem Wolkenpferd neben ihm bemerkbar machte, wurde er auf ihn aufmerksam.

»In ihrem Zaubergemach ist er!« rief Randal, sein Gesicht wirkte weiß unter den zahllosen Sommersprossen. »Noch ist er zu retten, wenn wir ihn möglichst schnell herausholen können. Aber es wird nicht leicht sein, denn er steht völlig in ihrem Zauberbann. In meiner Mungogestallt vermochte ich ihn nicht zu wecken. Ich werde meine Machtkugel zu Hilfe nehmen und mein Bestes tun. Lebt wohl, Straton! Möge die Schrift uns beschützen!«

Und sein Nichtpferd donnerte auf Nichthufen davon.

Eine verdammt verrückte Weise, ein Unternehmen durchzuführen! Gerade um dergleichen zu entgehen, war Strat nach Freistatt zurückgekehrt.

Aber der prasselnde Feuerwall ringsum verlieh der Sache Realität – und die unmittelbare Nähe des Todes.

Das Feuer war ein wenig außer Kontrolle geraten, sein Pferd mußte über züngelnde Flammen springen. Zwischen dem Feuerwall fingen die Grasnarben zu schwelen an, Funken sprühten, Männer schrien und bespritzten sich und ihre Pferde mit Wasser, ehe sie Flammenpfeile abschossen und ihre verängstigten Pferde zu Roxanes Haustür drängten.

Strat hatte geplant, mit den Pferden in Roxanes Haus zu stürmen, sich Sync zu schnappen und wieder zu verschwinden, ehe sie einen von ihnen behexen konnte.

Das war kein Plan, wie sein Partner ihn ausgedacht hätte. Ihm war durchaus klar, daß er, um einen Menschen zu retten, einen anderen – oder mehrere andere – an Roxane verlieren mochte. Aber irgend etwas mußte er tun!

Gerade, als er sein Pferd davon überzeugt hatte und bereit war, seinen Trupp die rauchende Treppe hochzuführen, war plötzlich etwas an der Tür zu sehen.

Ischade stand dort, mit Syncs Arm um ihre Schultern. Gemeinsam traten sie auf die Veranda und stiegen die Stufen hinunter auf einen Rasen, von dem immer wieder kleine Flammen aufstiegen.

Mit Jubelgebrüll rannten die Männer auf sie zu. Sync schaute sich ruhig um, er hatte die Stirn gerunzelt, als beschäftigte er sich mit einem belustigenden Problem.

Strat, der sich fragte, ob er träume, ob es wirklich so einfach sein konnte, erreichte sie als erster. Mit Ischades Hilfe hob er Sync hinter sich aufs Pferd.

Das Feuer war laut und heiß; die Pferde und Männer ringsum machten es fast unmöglich, ein Wort zu verstehen, trotzdem brüllte Strat dem Mann neben ihm zu: »Heb sie zu dir aufs Pferd und dann nichts wie weg!«

Der Mund des Stiefsohns formte die Frage: »Wen?«

Strat blinzelte. Ischade war verschwunden.

Also gab er das Zeichen zum Aufbruch und lenkte sein Pferd – während Sync sich mit den Armen um seine Mitte an ihm festhielt – zu dem immer kleiner werdenden Tor im Feuerwall.

Im stinkenden Abwind war es fast dunkel, doch die Flammen im Südosten zauberten einen zweiten Sonnenuntergang, der nicht erlosch.

Zip befand sich in einer eigenen Art von Dämmerung. Er stolperte aus der Kloake in eine Gasse und gegen einen Unrathaufen.

Eine Hand drückte er auf seine blutende Seite und krümmte sich vor Schmerzen.

Er hatte schon Stichwunden davongetragen, war verprügelt worden, hatte im Fieber geglüht und war des öfteren dem Verhungern nahe gewesen, doch so nahe wie heute, war er dem Tod noch nie gewesen.

Es war ihm gelungen, das Widerhakengeschoß herauszuziehen, aber die Wunde schmerzte nun mehr als zuvor. Das verstand er nicht.

Ihm war entsetzlich übel, und so erinnerte er sich nur hin und wieder, daß er nach Hause wollte – heim in seine eigene sichere Zuflucht oder heim zu Mama Bechos, wo jemand ihn pflegen könnte, heim ... irgendwohin, wo er sich niederlegen konnte und wo die Beysiber und die Stiefsöhne und das 3. Kommando ihn nicht finden würden.

Er war schweißgebadet und durstig, und ihn schwindelte. Rote Schleier schoben sich vor seine Augen, so daß es ihm schwerfiel zu erkennen, wo er sich befand.

Falls er sich in Abwind verirrte, war er so gut wie tot: Er kannte diese Straßen und Gassen wie die Tunnels, wie die Kanalisation ... Die Kanalisation! Wenn er bloß ein Schlupfloch fände, in dem er sich verkriechen könnte! Er wollte nicht vor den Augen anderer sterben! Nur dieser Gedanke hielt ihn lange genug auf den Füßen, daß er es bis ins Rattenfall schaffte, wo man ihn kannte.

Er hörte, daß jemand seinen Namen rief, doch er war

bereits auf die Knie gesackt. Er brachte nur noch fertig, sich zusammenzurollen, dann verlor er das Bewußtsein.

Als er aufwachte, lag er unter Decken, und ein Tuch kühlte seinen Kopf.

Sobald er sich bewegen konnte, ergriff er die Hand neben sich.

Mühsam öffnete er die Augen, doch das Gesicht vor ihm verschwamm. Eine Stimme sagte: »Versuch nicht zu reden. Das Schlimmste hast du überstanden. Du wirst wieder gesund, wenn du das hier trinkst.«

Etwas wurde ihm zwischen die Lippen gedrückt, es war hart wie Steingut oder Metall und scharrte über seine Zähne. Dann hob jemand seinen Kopf, und eine bittere Flüssigkeit rann seine Kehle hinunter.

Er würgte, dann erinnerte er sich, daß er schlucken mußte. Als er nichts mehr hinunterbrachte, wischte ihm jemand die Lippen ab.

»Gut, sehr gut, Junge«, sagte die Stimme. Dann schlief er ein und träumte, daß sein Körper brannte und Feuer aufloderte und er verzweifelt versuchte, die Flammen zu löschen, doch sie kamen immer wieder, und sein Körper verschwand und ließ ihn unsichtbar und einsam auf einer leeren Straße in Abwind zurück.

Beim Erwachen roch er Hühnerbrühe.

Er öffnete die Augen. Diesmal drehte sich die Kammer vor seinen Augen erst, als er versuchte, sich aufzusetzen.

Stimmen murmelten irgendwo, dann beugte sich jemand über ihn, und langes schwarzes Haar streifte seine Wange.

»So ist es gut, und nun trink das«, forderte ihn ein verschwommenes Gesicht auf.

Er gehorchte, und ein Wohlgefühl durchrann ihn. Sein Blick klärte sich, er sah endlich das Gesicht vor sich: die Ladykämpferin Kama vom 3. Kommando. Hinter ihr verrenkte sich der Truppenzauberer Randal fast den langen Hals und rieb sich die Hände.

»Hoffentlich habt Ihr recht, Kama«, sagte er nachdenklich. »Ich lasse Euch jetzt allein. Wenn Ihr mich braucht, ruft. Ich bin vor der Tür.«

Er schloß sie hinter sich, und Zip war allein mit seiner Feindin. Verzweifelt versuchte er, sich auf die Arme zu stützen, doch ihm fehlte die Kraft. Er wollte nichts als weglaufen, aber er konnte nicht einmal den Kopf heben. Zuviel hatte er von Stratons Geschicklichkeit bei der Vernehmung gehört! Es wäre besser gewesen, er wäre auf der Straße gestorben, als solchen Leuten lebend ausgeliefert zu sein.

Sie setzte sich auf die Bettkante und nahm seine Hand.

Alles in ihm verkrampfte sich und er dachte: *Gleich beginnt es ... Folter ... Drogen ... Sie haben mich vor einem Tod gerettet, um mir einen qualvolleren zu geben!*

Sie sagte: »Das will ich schon die ganze Zeit tun, seit ich dich zum erstenmal sah.« Sie beugte sich über ihn und küßte ihn auf die Lippen.

Als sie sich aufrichtete, lächelte sie.

Er hatte nicht die Kraft, sie zu fragen, was sie mit ihm vorhatte und was der Kuß bedeuten sollte; seine Stimme gehorchte ihm nicht.

»Es war ein Mißverständnis. Gayle wußte nicht, was du tun wolltest. Wir bedauern es alle sehr. So, aber ruh dich jetzt aus und werde schnell gesund. Wir kümmern uns um dich. Ich kümmere mich um dich! Wenn du mich verstehen kannst, dann blinzle.«

Er blinzelte. Er war nicht in der Lage zu protestieren, aber er wollte es auch gar nicht. Wenn Kama vom 3. Kommando bereit war, sich um ihn zu kümmern, sollte sie es doch – er hatte nichts dagegen.

Originaltitel: What Women Do Best

Deutsch von Lore Straße

Die Beysa

Sonnentochter

Robin W. Bailey

»Habe ich dir gefehlt?«

Beim Klang dieser Stimme wirbelte Kadakithis vom Fenster herum und starrte in stummem Staunen auf die junge Frau an der Tür. In einer Sommerwolke aus wallender weißer Seide und mit sonnengebadetem Haar lief sie auf ihn zu. Lächelnd schlang sie die Arme um ihn.

»Kusinchen!« So stürmisch umarmten sie einander, daß sie kaum noch Luft bekamen. Schließlich hielt der Prinz sie in Armlänge von sich und betrachtete sie. »Mein Gott! Wie sehr du dich verändert hast!« Sie mußte sich vor ihm drehen, und er rieb mit gespieltem Ernst sein Kinn. »Chenaya, du warst schon lieblich, als ich Ranke verließ, doch nun bist du von unübertrefflicher Schönheit!« Seine Finger fuhren eine dünne bleiche Narbe an ihrem linken Unterarm nach. »Ein Wildfang bist du offenbar immer noch!« Er schnalzte tadelnd mit der Zunge und seufzte. »Was führt dich nach Freistatt, Kusine? Bist du mit deinem Vater gekommen?«

Chenaya lachte silberhell. »Immer noch mein kleiner Prinz!« Sie tätschelte seinen Kopf, als wäre er ein Hündchen auf ihrem Schoß. »Ungestüm und ungeduldig wie eh und je! So viele Fragen!«

»Gar nicht mehr so klein, meine Liebe.« Nun tätschelte er ihren Kopf auf die gleiche gönnerhafte Weise. »Ich bin jetzt größer als du!«

»Aber nicht viel!« Sie drehte sich, daß ihr Gewand sich bauschte. »Vielleicht sollten wir ringen, um zu sehen, ob der Größenunterschied etwas ausmacht?« Sie betrachtete ihn mit schrägem Kopf, als er nicht antwortete. Als er sie stumm musterte, wurde das Schweigen plötzlich zuviel für sie. Sie kam wieder auf ihn zu und nahm seine Hände in ihre. »Es ist so schön, dich wiederzusehen, mein kleiner Prinz.«

Sie umarmten sich aufs neue. Doch diesmal war seine Berührung anders, abwesender. Sie löste sich sanft aus seinen Armen, machte einen Schritt zurück und blickte in sein Gesicht, in seine Augen, die plötzlich traurig wirkten oder bedrückt.

Konnte es sein, daß er die Nachricht aus der Hauptstadt bereits kannte?

»Ich roch einen Garten, ehe ich den Palast betrat«, sagte sie und zog an seiner Hand. Jetzt erst wurde ihr bewußt, wie düster sein Gemach war, wie karg und kalt. »Gehen wir spazieren! Die Sonne scheint warm und freundlich!«

Kadakithis wollte ihr folgen, doch dann zögerte er merklich. Seine Augen blickten über ihre Schulter auf etwas hinter ihr, seine Hand in ihrer wurde kalt und angespannt. Sie spürte, daß er zitterte. Langsam drehte sie sich um. Warum verhielt er sich so?

Vier Männer, Wächter offenbar, standen dich vor der Schwelle. Ihr waren bereits mehrere wie sie aufgefallen, als sie durch den Palast geeilt war. Es waren fremdartige Männer mit starren Augen, von einer Rasse, die sie nicht kannte. In ihrer freudigen Erwartung des Wiedersehens mit ihrem Vetter hatte sie jedoch kaum auf sie geachtet und angenommen, daß es sich um Söldner handelte. Jetzt erst musterte sie ihre Gewandung und ihre Waffen. Sie unterdrückte ein spöttisches Lächeln. Ein Mann mußte schon sehr gut mit seiner Klinge umgehen können, wenn er sich so geschmacklos und auffällig kleidete.

Einer der vier klopfte mit dem Pikenschaft auf den Steinboden und meldete so unnötigerweise ihre Anwesenheit. »Die Beysa ersucht Eure Hoheit, ihr auf der Westterrasse Gesellschaft zu leisten.« Chenayas Verwirrung wich Ärger, als der Wächter sie anstarrte und unverschämten Tons hinzufügte: »Sofort!«

Kadakithis löste behutsam seine Hand aus ihrer und schluckte. Mit resigniertem Schulterzucken richtete er sich auf. »Wo wirst du wohnen, Kusinchen? Im Sommerpalast ist reichlich Platz. Auch möchte ich zur Feier deiner Ankunft einen Ball geben – ich weiß doch, wie sehr du

Feste liebst!« Er warf, während er sich so unterhielt, einen hochmütigen Blick auf den Kommandanten der Wache, machte jedoch einen Schritt auf die Tür zu.

Seine Miene bat Chenaya um Nachsicht, mehr noch, sie warnte sie. Mit zusammengezogenen Brauen beobachtete sie ihn, als er sich daran machte, den Raum zu verlassen. »Mein Vater hat ein Haus etwas außerhalb eurer Tempelallee erworben. Die dazugehörenden Ländereien reichen bis zum Fuchsfohlenfluß. Der Kaufvertrag wird gerade unterzeichnet.« Mit voller Absicht setzte sie die belanglose Plauderei fort, um den Prinzen zu zwingen, noch zu bleiben; dabei beobachtete sie aus den Augenwinkeln die Reaktion der Wachen. Wer immer diese Beysa war, es handelte sich gewiß um ihre Leute. Aber wer war sie, daß sie den Befehl über die Wachen im Palast eines kaiserlich rankanischen Statthalters führte?

Der Prinz nickte, entfernte sich jedoch wieder um ein paar Schritte.

»Gutes Land ist zur Zeit billig zu erwerben«, sagte er. »Wie geht es Lowan Vigeles?«

»Er ist freundlich wie immer«, antwortete sie betont. Ihre Miene fragte: *Was geht hier vor? Bist du in Schwierigkeiten?* »Allerdings etwas müde. Wir machten die Reise mit nur acht Dienern, oder richtiger gesagt Leibwächtern – Gladiatoren aus der Schule meines Vaters. Ich habe sie selbst ausgewählt.«

Kadakithis schürzte ganz leicht die Lippen, um ihr zu bedeuten, daß er ihr Angebot verstanden hatte. Bessere Kämpfer als jene, die aus Lowans Schule hervorgegangen waren, gab es nicht, und sie stellte sie ihm zur Verfügung! »Geh jetzt heim und übermittle Lowan meine besten Wünsche. Ich werde einige Zeit brauchen, um das Fest für dich vorzubereiten, aber ich werde dir Bescheid geben, wann es stattfindet.« Er drehte sich um und ging zu den vier Wachen, die ihre Ungeduld kaum verhehlten – oder war es Ärger, weil er sie hatte warten lassen? Trotzdem blieb er noch einmal stehen. »Warst du schon bei Molin?«

Sie runzelte die Stirn, dann zwang sie sich zu einem breiten Lächeln. »Unerfreulichkeiten können warten, ich wollte erst einen Freund sehen.«

Das Lächeln, das jetzt des Prinzen Gesicht erhellte, wirkte echt. Sie hatte schon in früher Kindheit gelernt, in ihm wie in einem Buch zu lesen, und sie konnte es glücklicherweise immer noch. »Urteile nicht so streng über den alten Priester. Er ist mir eine große Stütze und weiß immer ...« Er zögerte und ein flüchtiges Glitzern machte sich in seinen Augen bemerkbar. »... Rat.«

»Na schön, vielleicht besuche ich ihn bald.« Sie strich mit beiden Händen über ihre bloßen Schultern und Arme und fühlte sich nackt und allein, als Kadakithis das Gemach verließ.

Zwei der fischäugigen Wachen blieben. »Würdet Ihr uns bitte begleiten?«

Höfliche Worte, aber sie spürte die Kälte in ihnen. Verärgert schüttelte sie ihr Haar zurück, beschattete die Augen unter den langen Wimpern und hob hochmütig den Kopf, ehe sie über die Schwelle stolzierte. Ihre Miene verriet nichts, als sie den beiden auf die Zehen trat, während sie zwischen ihnen hindurchschritt.

Zornig ballte Chenaya die Faust hinter ihrem Rücken und musterte die hochgewachsene Frau mit der blassen Haut, zu der man sie gebracht hatte. Sie war ganz offensichtlich von derselben Rasse wie die vier Wachen. Aus welchem gottverfluchtem Land stammten diese Leute? Geschminkte Brüste! Und waren das tatsächlich Schwimmhäute zwischen den nackten Zehen? Eine Mißgeburt! Auf jedem Hof in Ranke würde man sie auslachen, allein schon wegen ihres Kostüms!

Mit Beysa wurde sie angeredet, was immer das bedeutete. Die Wachen hatten sich tief vor ihr verbeugt, als sie ihr Chenaya vorgestellt hatten.

Der Raum, in dem sie sich befanden, war wohl das Privatgemach dieser Beysa, die jetzt mit einem knappen Händeklatschen die Wachen und Bediensteten wegschickte.

Nur die beiden Frauen blieben zurück und blickten einander an.

»Was habt Ihr von Kadakithis gewollt?« fragte die Beysa und setzte sich in einen Sessel in der Mitte des Gemachs. Chenaya vermutete, daß er erst für diese ›Audienz‹ dorthin gestellt worden war.

Chenaya beherrschte sich und antwortete bedächtig. Hier ging etwas vor, von dem sie nichts gewußt hatte, als sie in diese Stadt gekommen war. Nun ahnte sie allmählich, weshalb man in Ranke seit Monaten keine Nachrichten mehr aus Freistatt erhalten hatte.

»Das Leben besteht aus einer Reihe vergeblicher Bemühungen«, murmelte sie leise. »Mit welchem Recht erteilt Ihr Befehle in einem rankanischen Statthalterpalast? Und wie kommt Ihr dazu, das rankanische Gesetz zu übertreten und hier eigene Wachen zu halten?«

Der Blick der Beysa ruhte nun kalt und drohend auf ihr. Chenaya hob das Kinn und erwiderte ihn fest.

»Ich bin eine solche Impertinenz nicht gewöhnt! Ich könnte Euch die Zunge herausreißen lassen!« Die Beysa, die lässig in ihrem Sessel geruht hatte, setzte sich auf, und ihre sorgfältig gepflegten Fingernägel klopften nervös auf die geschnitzte Armlehne.

Chenaya hob eine Braue. »Ihr könntet es versuchen«, entgegnete sie ruhig. »Aber ich glaube, noch ehe Eure Wachen herbeieilen könnten, würde ich diese sonderbaren Murmeln, die Ihr Augen nennt, in den Händen halten.«

Die Beysa starrte sie an, doch Chenaya konnte diese fremdartigen Augen nicht lesen. Nur ein flüchtiges Zucken ihrer Mundwinkel und das heftigere Klopfen ihrer Nägel verrieten den Ärger dieser seltsamen Frau.

Nach langem, drückendem Schweigen sagte die Beysa, diesmal beschwichtigenden Tons: »Vielleicht seid auch Ihr nicht an Impertinenz gewöhnt. Der Torwächter, der Euch den Zutritt gestattete, sagte, daß Ihr das kaiserlich rankanische Siegel tragt. Wie seid Ihr dazu gekommen?«

Chenaya tastete nach dem Siegelring an ihrer Rechten und drehte ihn. Jeder Angehörige der kaiserlichen Familie besaß einen solchen Ring – das wußten selbst die rankanischen Bauern. Aber sie hatte keine Lust, das dieser Frau zu erklären. Statt dessen blickte sie sich in dem Gemach um. Es war prächtig ausgestattet, doch nicht so verschwenderisch wie ihres in Ranke. Als sie auf einem Beistelltischchen eine Weinkanne und zierliche Kelche entdeckte, ging sie darauf zu und schenkte sich ein, ohne auf die Beysa zu achten oder ihr ebenfalls einen Kelch zu füllen. Sie nippte. Es war sehr süßer Likör von ihr unbekanntem Geschmack. Sie fragte sich, ob die Fremde ihn aus ihrem eigenen Land mitgebracht hatte.

»Ihr seid eine sehr unhöfliche junge Frau«, tadelte sie ihre Gastgeberin.

»Ihr ebenfalls«, entgegnete Chenaya über den Rand ihres Glases hinweg und fügte wider besseres Wissen hinzu: »Nur daß Ihr nicht so jung seid!«

Die Beysa runzelte die Stirn, ihre zierliche Faust schlug auf die Sessellehne. »Nun gut, dann muß ich es Euch direkt sagen.« Mit finsterem Gesicht stand sie auf und streckte den Zeigefinger aus. »Kommt nie wieder hierher! Und laßt Kadakithis in Ruhe! Ich will nicht noch deutlicher werden!«

Eine solche Aufforderung hatte Chenaya nicht erwartet, fast hätte sie den Kelch fallen lassen. Ihr kalter Grimm verging, und sie kehrte, mit dem Hauch eines Lächelns auf den Lippen, in die Mitte des Gemachs zurück. Dann konnte sie sich nicht mehr beherrschen und lachte laut.

»Verdammt! Beim hellen Licht der Götter, Ihr seid in meinen kleinen Prinzen verliebt!«

Die Beysa erstarrte. »Kadakithis liebt mich! Das spüre ich, auch wenn er es nicht sagt. Wenige Tage, nachdem unsere Blicke sich zum erstenmal begegneten, schickte er seine Gemahlin fort und alle seine Konkubinen.«

Chenaya zog die Brauen zusammen. Sie hatte Kadakithis' Gattin nicht sonderlich gemocht. Das zerbrechliche Geschöpf hatte für ihren Geschmack viel zu viel gejammert. Aber ihr Vetter war ihr sichtlich zugetan gewesen. »Seine Gemahlin fortgeschickt? Wohin?«

»Woher sollte ich das wissen?« antwortete die Beysa

spöttisch. »Habt Ihr mich nicht soeben daran erinnert, daß rankanische Angelegenheiten nur Rankaner angehen?«

Chenaya musterte erneut diese fremdartigen braunen Augen, das dünne helle Haar, das bis über die Hüften hing, die zarten Hände und die elfenbeinfarbene Haut. Die Beysa war vermutlich nur ein wenig älter als sie, und doch wirkte sie wesentlich reifer. »Hübsch genug seid Ihr«, gestand sie widerwillig ein. »Aber vielleicht habt Ihr den Prinzen dank der Laune eines Gottes verhext?«

»Doch mein ist die Schönheit des Mondes, während Ihr wie die Sonne strahlt«, antwortete die Beysa rauh. Was ein Kompliment hätte sein können, klang wie eine Beleidigung. »Ich kenne die Männer, Rankanerin, und die Versuchung!«

Überrascht beruhigte Chenaya sie: »Ihr habt keinen Grund zur Eifersucht. Der Prinz ist mein Vetter.«

Doch die fischäugige Frau war nicht zu beruhigen. Kalt entgegnete sie: »Blutsverwandtschaft ist kein Hindernis für Leidenschaft. In vielen Landen duldet man eine solche Beziehung nicht nur, sondern ermutigt sie sogar. Ich kenne Eure Sitten nicht – noch nicht. Aber je dünner das Blut, desto leichter fällt die Leidenschaft. Ihr mögt ja Vetter und Kusine sein, doch sollten wir ihn lieber nicht in Versuchung führen – oder Ihr bekommt es mit mir zu tun!«

Chenaya ballte die Fäuste, tiefes Rot stieg ihr in die Wangen. »Auf rankanischem Boden komme und gehe ich, wie es mir gefällt«, erklärte sie bedrohlich leise und kam näher, bis nur noch eine Armlänge sie von der Fremden trennte. Dann kippte sie den Kelch und schüttete den Rest Likör auf den Boden zwischen ihnen. Dick, zähflüssig und rot wie Blut hob er sich von den weißen Marmorfliesen ab. »Und niemand erteilt mir Befehle!« Ihre Finger schlossen sich fester um den goldenen Kelch. Das Metall gab nach und verformte sich, als sie ihn ohne sichtliche Anstrengung zusammendrückte. Dann ließ sie ihn auf den Boden fallen. Sie bemühte sich nun nicht mehr, ihre Wut zu unterdrükken – sie machte ihr mit Worten Luft. »Nun verstehst du mich wohl, du hochgeborene Schlampe! Du bildest dir ein, daß du jetzt hier das Sagen hast. Doch das beeindruckt mich nicht im geringsten! Wenn Kadakithis Verlangen nach bemalten Titten hat, ist das natürlich allein eure Sache.« Sie hob einen Finger, und ein drohendes Lächeln spielte über ihre Lippen. »Aber wenn ich herausfinde, daß ihm deine Anwesenheit oder deine Selbstherrlichkeit nicht gefällt, wenn er mit deinem Bleiben in *seiner* Stadt nicht einverstanden ist, dann schwöre ich bei meinen rankanischen Göttern, daß ich dich mir angle, dir die Schuppen abziehe und dich ausnehme wie jeden anderen Fisch auch, den man auf dem Markt bekommt!«

Die einzige Erwiderung der Beysa war ein eisiger starrer Blick. Eine winzige grüne Schlange kroch aus den Falten ihres Rockes und schlang sich wie ein Smaragdarmband um ihr Handgelenk. Rote Vipernaugen richteten sich auf Chenaya. Eine schmale Zunge flatterte aus dem winzigen Rachen. Die Otter zischte und entblößte giftschimmernde Fänge.

»Welch ein niedliches Schoßtier«, bemerkte Chenaya ungerührt. Sie holte tief Luft und zwang sich, ihre Wut zu überwinden, dann sagte sie nun wieder höflicher: »Hört zu, es liegt mir nichts daran, Euch zur Feindin zu machen. Ich kenne Euch ja nicht einmal. Wenn Ihr Kadakithis liebt, habt Ihr meinen Segen. Aber wenn Ihr ihn benutzt, dann hütet Euch!« Noch einmal holte sie Luft und seufzte. »Ich gehe jetzt. Ich bin froh, daß wir uns aussprechen konnten!«

Sie wandte der Beysa den Rücken zu und verließ das Gemach. Die Wachen warteten auf dem Korridor und geleiteten sie durch den Palast und über den Hof zum Haupttor. Ihre Sänfte und vier ungeheuer kräftige Männer, die nur Sandalen, rote Lendentücher und breite, geprägte Ledergürtel trugen – die Aufmachung rankanischer Gladiatoren –, warteten auf sie.

»Dayrne!« rief sie dem größten der vier zu. »Komm her und sieh dir die Fischäugigen an, die hierzulande als Wachen eingesetzt wurden!«

Mit der Hand auf dem Schwertknauf trat Dayrne an die Seite seiner Herrin. Er verzog die Lippen zu einem spöttischen Lächeln, ähnlich dem Chenayas, und blickte auf die Beysiber hinab, von denen der größte ihm bis knapp zur Schulter reichte. »Ist nicht viel dran an ihnen, nicht wahr, Lady?«

Chenaya tätschelte dem nächsten Beysiber die Schulter, ehe sie durch die Vorhänge ihrer Sänfte schlüpfte. »Aber sie sind sehr süß«, antwortete sie.

»Shupansea!« tobte Molin Fackelhalter. Sein üblicherweise unbewegtes Gesicht war verzerrt und gerötet, und er drohte seiner Nichte mit der Faust. »Sie ist die Herrscherin der Beysiber! Wann wirst du endlich lernen, auf deine verfluchte Zunge zu achten, Mädchen?«

Chenaya murmelte eine Verwünschung. Ihr Vater hatte nach dem Kaufabschluß Molin mit nach Hause gebracht, und sie hatte den Fehler begangen, von ihrem Wortwechsel mit der Beysa zu sprechen. Seither hatte sie in der ganzen vergangenen Stunde keinen Augenblick Frieden gefunden. Nicht einmal in ihrer Ankleidekammer hatte sie Ruhe, in die sie sich geflüchtet hatte, nachdem er ihr schimpfend und Fragen stellend durchs ganze Haus gefolgt war.

Sie bedachte den Priester mit einem vernichtenden Blick. Wenn der alte Mann schon die Unverschämtheit besaß, selbst hier einzudringen, sollte er auch was zu sehen bekommen.

Wütend schlüpfte sie aus ihren Kleidern und warf sie ihm vor die Füße.

Molin schimpfte weiter und stieß die dünne Wäsche zur Seite. »Verdammt, du verzogenes Balg!« Er faßte sie am Arm und riß sie herum, als sie sich abwenden wollte. »Du bist nicht mehr in Ranke und kannst die Leute nicht mehr herumkommandieren. Hier sehen die Dinge ganz anders aus!«

»Bruder«, warnte Lowan Vigeles, der an der offenen Tür erschien, »du befindest dich in meinem Haus, und du wirst Schicklichkeit und Höflichkeit gegenüber meiner Tochter walten lassen. Laß lieber ihren Arm los, ehe sie deinen bricht!«

Molin bedachte beide mit eisigem Blick, aber er ließ das Mädchen los. Chenaya lächelte grimmig und trat zu den Truhen, die an der Wand aufgereiht waren. Zum Auspakken war noch keine Zeit gewesen, aber sie fand die richtige Truhe und öffnete sie. Heraus zog sie ein Bündel mit feingearbeiteter, lederner Kampfkleidung, die sie anlegte.

Molin bemühte sich um einen ruhigeren Ton. »Bruder, Nichte, glaubt mir, ich weiß, wie man sich hier verhalten muß! Ihr kennt Freistatt noch nicht!« Er verschränkte die Arme und schritt in der engen Kammer umher. »Eure Neuigkeit ist entsetzlich! Der Kaiser ermordet!«

»Die gesamte kaiserliche Familie«, erinnerte ihn Lowan Vigeles. »Zumindest alle, die Theron in die Hand bekam! In allerletzter Sekunde gelang Chenaya und mir die Flucht. Möglicherweise jagt er uns sogar hier! Und dich ebenfalls, Bruder!«

Molin hob die Brauen. »Deshalb brauchen wir die Beysiber. Sie werden Kadakithis beschützen. Sie alle sind Shupansea treu ergeben, und sie ist offenbar in den Prinzen vernarrt!«

Chenaya warf ihrem Vater einen Blick zu. Sein unmerkliches Nicken warnte sie zu schweigen. »Was ist mit dem 3. Kommando?« fragte Lowan nachdenklich. »Sie haben Theron auf Rankes Thron gesetzt, und sie wissen, daß Kadakithis der rechtmäßige Thronfolger ist. Hat Theron sie wirklich verbannt, oder sind sie nur hier, um einen weiteren Mord zu begehen?«

Molin runzelte die Stirn und rieb die Hände. »Ich weiß nichts über sie, außer daß sie ursprünglich von Tempus Thales gegründet wurden, als er dem Kaiser diente.«

Chenaya plagte sich in einen Stiefel. »Tempus!« spuckte sie. »Dieser Schlächter!«

Molin Fackelhalter hob eine Braue. »Wie viele hast du in der Arena getötet, seit ich von Ranke fort bin, Kind? Für Tempus Thales ist der Tod eine Sache des Krieges oder der Pflicht.« Er blickte auf sie hinab. »Für dich ist er ein Spiel!«

»Ein Spiel, das deinen Beutel füllte!« erinnerte sie ihn. »Glaubst du, ich weiß nichts von den Wetten, die du auf mich abgeschlossen hast?«

Er ignorierte ihre Bemerkung und wandte sich mit ausgestreckten Händen an ihren Vater. »Lowan, vertrau mir. Kadakithis darf nicht vom Tod seines Bruders erfahren! Ihr wißt doch selbst, welch ein idealistischer Narr er ist! Er würde geradewegs nach Ranke reiten, um den Thron zu beanspruchen, und Theron würde ihn niedermetzeln.« Er drehte sich zu Chenaya um. Die Besorgnis in seiner Stimme war echt. »Es ist besser, wenn wir hier in Freistatt für seinen Schutz sorgen, bis wir einen Plan haben, der ihm sein Geburtsrecht sichern kann.«

Bei jedem Wort aus seinem Mund erinnerte sich Chenaya an die kleine grüne Schlange – Beynit nannte ihr Onkel sie –, die sich um das Handgelenk der Beysa gewikkelt hatte. Molin war gleichfalls eine Schlange, wie sie aus langjähriger Erfahrung wußte. Er zischte nicht so gräßlich und verbarg seine Fänge, trotzdem fühlte sie, daß er sie in seinen Griff bekommen wollte.

»Onkel«, schnaufte sie, während sie sich mit dem zweiten Stiefel abmühte, »du machst einen großen Fehler, wenn du mich für eine Närrin hältst. Ich kenne meinen kleinen Prinzen viel besser, als du ihn je kennen wirst! Ich bin nicht in den Palast gelaufen, um ihm von den Geschehnissen in der Hauptstadt zu berichten, sondern um einen Freund zu besuchen, den ich gern wiedersehen wollte.« Sie stand auf und befestigte die Träger, die mehr Zier, denn notwendig für ihre Kleidung waren. »Und um mir ein Bild des Palasts und der Umgebung zu machen. Deine verehrte Beysa wird nicht die einzige sein, mit der Kadakithis rechnen kann. Ich beabsichtige, viel Zeit im Palast zu verbringen.« Sie zog das Schwert aus der Truhe. Es war eine meisterhafte Arbeit, mit vergoldeter Parierstange in der Form von Schwingen und einem Edelstein als Knauf, den metallene Vogelkrallen hielten. Sie befestigte das Schwert tief um ihre Hüfte. Als letztes streifte sie eine *Manica* über, einen Ärmel aus Leder und Metallringen, wie Arenakämpfer ihn gerne trugen; ein Riemen um ihre Brust hielt die *Manica* fest. »Theron wird nie an ihn herankommen, das verspreche ich dir!«

»Meine Nichte scheint zu vergessen, daß sie eine Frau ist!« höhnte Molin. »Kann ein einfacher Gladiator den Prinzen besser beschützen als die Garnison? Oder die Höllenhunde? Oder unsere beysibischen Verbündeten?«

Sie schüttelte die langen blonden Locken zurück und hielt sie mit einem goldenen Stirnreif aus dem Gesicht. In Stirnmitte prangte ein goldener Strahlenkranz an dem Reif: Das Zeichen des Gottes Savankala. »Ich bin kein *einfacher* Gladiator«, erinnerte sie ihn kalt, »wie du altes Wiesel genau weißt.«

Molin war der einzige, der das Geheimnis ihres Traumes kannte und von ihrer Belohnung durch den Gottvater des rankanischen Pantheons wußte – und wie sehr sie bedauerte, daß sie ihm je davon erzählt hatte! Aber damals war sie noch sehr jung gewesen, knapp vierzehn, und daß sie sich ihm törichterweise anvertraut hatte, war verständlich. Sie hatte es damals für erforderlich gehalten, einen rankanischen Priester einzuweihen, ihm ihren Traum und Savankalas Erscheinung zu gestehen und daß er ihr drei Wünsche gewährt hatte. Molin hatte sie auf die Probe gestellt und wußte, daß ihr Traum Wirklichkeit gewesen war.

Sie fuhr aufreizend über ihren Busen und erinnerte Molin an den ersten dieser Wünsche. »Bin ich nicht zur Schönheit geworden, Onkel? Wahrscheinlich, Savankala hat mich gesegnet!«

Sie sah, daß ihr Vater die Stirn runzelte. Er hielt ihre Worte für Prahlerei; das gefiel ihm zwar nicht, aber er war daran gewöhnt. Er lehnte sich an den Türrahmen. »Du gehst aus?« Ihre Aufmachung ließ ihn das vermuten.

»Es ist schon fast dunkel«, antwortete sie. »Ich besuche den Tempel. Außerdem möchte ich eine Menge über diese Stadt erfahren.« Mit spöttischem Lächeln wandte sie sich an Molin: »Warst nicht du es, der sagte, Geheimnisse lassen sich am besten des Nachts erforschen?«

»Ganz sicher nicht!« entgegnete er verärgert. »Und wenn

du in dieser Aufmachung herumläufst, forderst du Schwierigkeiten nur so heraus! Es gibt so manche in dieser Stadt, die dich allein dieser Kleidung wegen umbringen würden, geschweige denn, um dein Schwert oder deinen Stirnreifen an sich zu bringen!«

Sie kehrte zur offenen Truhe zurück, brachte zwei Dolche zum Vorschein und steckte sie durch die Zierhalter um ihre Oberschenkel. »Ich werde nicht allein sein«, erklärte sie. »Ich nehme Reyk mit.«

»Wer ist Reyk?« fragte Molin seinen Bruder. »Einer dieser Riesen, die ihr mitgebracht habt?«

Lowan schüttelte nur den Kopf. »Paß auf dich auf, Kind«, mahnte er. »Die Straße ist eine völlig andere Art von Arena.«

Chenaya kramte noch einen Kapuzenumhang hervor, dann schloß sie die Truhe. Als sie aus der Kammer ging, stellte sie sich auf Zehenspitzen, um ihrem Vater einen Kuß auf die Wange zu hauchen. An Molin Fackelhalter hingegen schritt sie achtlos vorbei.

Es befand sich weder Sand unter ihren Füßen, noch hatte sich eine Menge versammelt, um ihr zuzujubeln, und doch befand sie sich in einer Arena. Chenaya spürte Gegner lauern, die sie aus dunklen Winkeln und düsteren Gassen beobachten. Sie konnte ihren Atem hören und das Schimmern von Augen im Finstern erkennen.

O ja, sie war in einer Arena, aber hier beeilte der Gegner sich nicht mit dem Angriff. Hier gab es nicht das Rasseln und Klirren von Metall, das die Zuschauer in Bann zog. Hier versteckte der Gegner sich und bildete sich ein, daß sie ihn nicht sehen könne: armselige Diebe, ohne Mumm in den Knochen; beklagenswerte Meuchler mit festeren Klingen denn Rückgrat. Sie lachte leise vor sich hin und klimperte mit dem Beutel, um sie herbeizulocken – sie verhöhnte sie, wie sie es bei einem ehrenwerteren Gegner in der Arena nicht getan hätte.

Vielleicht, dachte sie, *sollte ich meine Kapuze zurückschlagen, damit sie sehen, daß ich eine Frau bin* … Aber sie tat es nicht. Sie wollte in dieser Nacht viel tun und viel erfahren.

Die Tempelallee lag dunkel und verlassen. Der Tempel der rankanischen Götter war leicht zu finden: Der prächtige Bau überragte alle andern, und am Eingang loderte Feuer in Kohlenbecken. Doch so sehr sie mit dem Eisenring an die Tür hämmerte, niemand öffnete ihr. Sie fluchte. In der Hauptstadt waren die Türen immer geöffnet. Sie warf den Eisenring ein letztes Mal gegen das Holz, dann drehte sie sich um.

»Unser aller Vater«, betete sie, während sie die Tempeltreppe hinunterstieg, »sprich zu mir, wie du es in jener Nacht vor vielen Jahren getan hast.« Doch die Götter blieben so still wie die nächtlichen Straßen der Stadt.

Sie hielt kurz inne, um sich zurechtzufinden. Die hohe Mauer zu ihrer Rechten mußte zum Palasthof gehören, demnach hieß der Park links von ihr Zum himmlischen Versprechen, so jedenfalls hatte man ihn genannt, als sie am Nachmittag daran vorbeigekommen war. Dort fanden Männer, die sich keine der besseren Freudenmädchen leisten konnten, wohlfeile Liebesdienste durch halbverhungerte, unerfahrene Mädchen und Frauen. Sie zuckte die Schultern und folgte der Mauer, vorbei am Park, bis sie zu einer anderen Straße gelangte, an die sie sich ebenfalls von ihrem nachmittäglichen Ausflug erinnerte: die Hauptstraße.

Wieder blieb sie stehen. Diesmal schaute sie zum Himmel hinauf. Sie staunte, wie hell die Sterne über dieser Kloake von Stadt leuchteten. Obgleich sie zu Savankala betete und in seinem Namen fluchte, faszinierte sie die Nacht. Sie hatte eine Ausstrahlung wie keine Zeit des Tages.

Chenaya pfiff leise. Ein flinker Schatten, der unter den Sternen dahinglitt und jene in seinem Weg verdunkelte, stieß herab. Sie streckte den Arm aus, über den sie die Manica gestreift hatte, und Reyk kreischte einen Gruß, als er seine Schwingen faltete und sich auf ihrem Handgelenk niederließ. Als Antwort schnalzte sie mit den Lippen, dann befestigte sie einen Riemen, der von ihrem Gürtel gehangen hatte, um sein Bein.

»Spürst du es auch, Freund?« wisperte sie dem Falken zu. »Die Stadt? Die Dunkelheit? Sie ist voller Leben!« Erneut schnalzte sie mit den Lippen, und Reyk schlug mit den Flügeln. »Natürlich fühlst du es!« Sie schaute sich um und drehte sich einmal im Kreis. »Sie brodelt auf eine Weise, wie Ranke es nie getan hat! Ich glaube, es wird uns hier gefallen, Freund. Schau mal!« Sie deutete auf einen Schatten, der auf der anderen Straßenseite vorbeihuschte. Sie winkte ihm zu. Er blieb stehen, musterte sie und hastete weiter. Chenaya lachte, als er im Dunkeln verschwand.

Mit Reyk auf dem Arm wanderte sie die Hauptstraße entlang und staunte, daß die paar Fremden, die sie erspähte, ihr auswichen und von Hauseingang zu Hauseingang schlichen. Sie stiefelte in der Mitte dieser gepflasterten Straße und der Knauf ihres Schwertes glitzerte – für Diebe eine Verlockung und Warnung gleichermaßen.

Plötzlich trug der Wind einen ungewohnten Geruch herbei. Sie hob schnuppernd die Nase. Salzige Meeresluft, die sie niemals zuvor gerochen hatte. Ein seltsamer Schauer rann über ihren Rücken. Sie dachte oft ans Meer, ja sie träumte sogar davon. Ihr Schritt stockte. Wie weit es wohl noch bis zum Hafen war? Sie lauschte, um die Brandung zu hören. In Erzählungen und Märchen hatte sie viel von der wilden, schäumenden Kraft des Meeres gehört. Nichts faszinierte sie mehr als der Gedanke an die stürmische See.

Lauschend und schnuppernd beschleunigte sie ihren Schritt. Endlich, an der anderen Seite einer ungewöhnlich breiten Straße sah sie den Hafen mit den dunklen Umrissen von Schiffen. Kahle Masten reckten sich dem Himmel entgegen, Spannseile summten in der leichten Brise, die über das Wasser blies. Die See war ruhig, keine peitschende Brandung, sondern nur sanfte, zarte Wellen. Neue Gerüche vermischten sich mit dem des Salzes: Es roch nach Fischen, nassen Netzen und nach Rauch von Kochfeuern. Zu sehen waren diese Feuer nicht, falls sie überhaupt noch brannten. Nur schwaches Licht da und dort hinter Fenstern brach die Dunkelheit.

Ihre Haut prickelte, als sie leise die breite Uferpromenade überquerte und auf einen der langen Piers trat. Nun befand sich Wasser unter ihr: Ganz leicht schaukelten die Planken unter ihren Schritten. Über ihr warf der Mond seinen Silberschein auf die sanften Wellen.

Sie schlug die Kapuze zurück. Die Brise, die sich kühl und frisch anfühlte, spielte mit ihrem Haar. Sie warf auch den Umhang zurück und holte tief Atem, bis ihre Lunge mit der salzigen Luft gefüllt war.

Unerwartet erhob sich ein Schatten vor ihr. Ihr Schwert blitzte, als sie es aus der Scheide riß. Reyk flog kreischend hoch, als sie seinen Fußriemen löste.

Sie duckte sich zum Angriff und versuchte die Dunkelheit zu durchdringen.

Aber der Schatten war erschrockener als sie. »Bitte, tu mir nichts!« Es war die Stimme eines Kindes, eines Jungen, nahm sie an. »Bitte!« Es streckte ihr die leeren Hände entgegen.

Chenaya richtete sich auf und steckte die Klinge wieder ein. »Was bei den Göttern machst du hier?« flüsterte sie scharf. Fast hätte sie jetzt ungewollt ein Kind getötet – etwas, das sie nie getan hatte und nie tun wollte. »Es gibt nur wenige Erwachsene, die genug Mut haben, sich zu dieser späten Stunde ins Freie zu wagen!«

Offenbar zuckte das Kind die Schultern. »Ich spiele bloß«, antwortete es zögernd.

Sie verzog das Gesicht. »Lüg mich nicht an. Aus deiner Stimme schließe ich, daß du ein Junge bist. Bist du zum Stehlen aus?«

Das Kind antwortete nicht sofort, sondern drehte sich um und starrte aufs Meer hinaus.

»Ich habe mich fortgestohlen«, gestand es schließlich leise. »Ich komme oft hierher, damit ich übers Meer schauen kann, wo meine Heimat ist.« Er setzte sich wieder, und seine Beine baumelten über dem Wasser.

Sie setzte sich neben ihn und musterte ihn aus den

Augenwinkeln. Er war etwa zehn, schätzte sie. Der traurige Klang seiner Stimme rührte sie. »Deine *Heimat?«*

Er deutete stumm mit einem Finger.

Er war demnach ein Beysiber; damit hatte sie nicht gerechnet. In der Dunkelheit ließ sich das zwar nur schwer feststellen, aber soviel sie erkennen konnte, sah er nicht anders als rankanische Kinder seines Alters aus; er roch auch nicht anders; und er hatte nicht versucht, sie zu töten – nicht, daß er bei seiner Größe eine Gefahr für sie gewesen wäre!

Sie folgte seinem Blick über das Wasser und spürte erneut, wie ihr ein Schauer über den Rücken rann. Ihm folgte etwas, das sie selten erlebte: ein innerer Friede, als wäre sie heimgekehrt.

»Wie nennt Ihr Beysiber das Meer?« fragte sie und brach das Schweigen.

Der kleine Junge blickte zu ihr auf, und sie empfand plötzlich seine Fremdartigkeit wie einen Schock: Die großen, unschuldigen Augen waren unbewegt und hielten ihre fast in hypnotischem Bann.

Mit magischer Klarheit spiegelten sich in ihnen die Sterne und ihr eigenes Gesicht. Er sagte ein Wort, das ohne Bedeutung für sie war: einen Namen in einer melodischen, fremden Sprache.

Sie riß ihren Blick von seinen Augen. »Das Wort sagt mir nichts, aber es klingt hübsch.« Ihre Stimme war kaum mehr als ein Wispern. Der Mond glitzerte auf den tanzenden Wellen. Der Pier unter ihr schwankte und ächzte. Ihre Hand stahl sich zu ihrer Brust, und ein alter Traum erwachte plötzlich: *Savankalas Antlitz schwebte über den silbernen Kräuseln; seine Lippen formten die Antwort auf ihren dritten Wunsch ...*

»Du bist keine Beysiberin«, stellte das Kind fest. »Du bist auch nicht vom Meer. Warum blickst du dann so sehnsüchtig hinaus?«

Der Traum wich und der Schauer. Sie lächelte schwach. »Ich sah das Meer noch nie zuvor«, antwortete sie sanft. »Trotzdem sind wir alte Freunde, ja mehr.« Sie seufzte. »Es ist wunderschön, genauso, wie alle Geschichten es beschreiben.«

»Auch du bist schön«, sagte das Kind überraschend. »Was trägst du da im Haar?«

Sie berührte den Stirnreif. »Das Zeichen meines Gottes«, antwortete sie leise.

Der Junge beugte sich vor, er hob die Hand zu ihrem Gesicht. »Darf ich es berühren?« bat er. »Meine Eltern sind arm. Wir besitzen nichts, was so hübsch ist. Es leuchtet im Mondschein.« Sie spürte, wie seine Finger das Metall über ihrer Schläfe betasteten. Behutsam glitten sie zum Strahlenkranz.

Unbeschreibliche Helligkeit blendete sie plötzlich. Sie fiel rückwärts, spürte die Planken unter sich und wäre ins Wasser gerollt, hätte nicht eine starke Hand sie gehalten und ihr geholfen, sich wieder aufzurichten.

Als das Licht schwächer wurde und sie wieder klar sehen konnte, blickte sie auf den Jungen, der ihre Hände hielt. Eine winzige Sonne brannte auf seiner Stirn und schuf die leuchtende Helligkeit um sie herum.

Seine Lippen bewegten sich, doch es war nicht seine Stimme, die sie hörte: »Tochter.«

Chenaya schlug die Hände vor die Augen und beugte ehrfürchtig den Kopf. »Sonnenvater!« hauchte sie und fand keine weiteren Worte. Es schnürte ihr die Kehle zusammen, sie konnte nicht mehr atmen.

Wieder griff er nach ihren Händen und zog sie von ihrem Gesicht. »Fürchte mich nicht, Tochter.« Seine Stimme rollte, füllte ihre Ohren, ihren Kopf, durchzog in zitternden Wellen ihren ganzen Körper. »Hast du mich heute nacht denn nicht gerufen?«

Sie biß sich auf die Lippe, wollte sich aus seinem Griff lösen und fürchtete gleichzeitig, es zu tun. »Ich suchte deine Priester«, antwortete sie bebend. »Ich ersehnte mir Zeichen. Ich hätte nie geträumt ...«

»Doch du hast einmal von mir geträumt«, erinnerte sie der Gott. »Und ich kam zu dir, um dich zu belohnen.«

Sie konnte ihn nicht ansehen, sie stammelte: »Ich habe

dich verehrt, zu dir gebetet, doch nicht einmal seither ...«

Er tadelte sanft: »Habe ich dir meine Gunst nicht mehr geschenkt als sonst irgend jemandem unseres Volkes? Waren meine Gaben nicht genug? Möchtest du mehr?«

Sie brach in Tränen aus und senkte den Kopf. »Nein, Vater. Verzeih mir. Ich wollte nicht ...« Die Stimme versagte ihr. Sie zitterte hilflos und starrte auf das Leuchten, das ihre Hand in seiner umgab.

»Ich weiß, was du möchtest«, versicherte ihr Savankala. »Du hast mich nicht gerufen, um etwas für dich selbst zu erbitten, sondern für einen, den wir beide lieben. Und ich werde dir helfen, so gut ich kann.«

»Das 3. Kommando!« rief sie plötzlich. »Vernichte es, ehe es Kadakithis Leid zufügt!«

Der Gott schüttelte den Kopf. Das Licht auf seiner Stirn schwankte. »Das werde ich nicht tun«, antwortete er. »Du mußt den letzten rankanischen Prinzen mit den Fähigkeiten beschützen, die ich dir gegeben habe. Du darfst nicht einmal die Gesichter jener sehen, die ihm schaden wollen. Die Stunde jedoch sollst du wissen.«

»Aber, Vater!« rief sie.

Seine Augen schienen sie zu durchdringen. Sie waren unergründlich, furchtbar und fremdartiger denn je. Sie preßte die Lider zusammen, doch das nutzte nichts. Wie Feuer brannten seine Augen in ihr; sie schienen ihre Seele zu versengen. Sie hatte Angst zu schreien, doch ihre Lippen zitterten.

»Wenn der zersplitterte Mond im Staub der Erde liegt, mußt du kämpfen, oder dein kleiner Prinz wird sterben und das Rankanische Reich für immer vergehen.« Er gab ihre Hände frei, beugte sich vor und strich sanft über ihr Haar, ihre Schulter, ihre Brust. Wo er sie berührte, blieb flüchtig ein weiches Leuchten zurück. »Lebe wohl, Tochter. Zweimal bin ich zu dir gekommen. Kein Sterblicher kann mehr erwarten. Wir werden uns nicht mehr wiedersehen.«

Sie öffnete die Augen, als erwache sie aus einem tiefen Traum. Das Kind blickte über das Meer und baumelte mit den Beinen. Kein Licht brannte auf seiner Stirn, es vermittelte auch nicht den Eindruck, daß irgend etwas Ungewöhnliches geschehen war. Als sie seinen Arm berührte, drehte es ihr kurz das Gesicht zu, lächelte sie an und wandte seine Aufmerksamkeit wieder dem Wasser zu. »Es ist sehr schön, das Meer, nicht wahr?«

Sie atmete tief aus, legte die Hand auf seinen Kopf und zauste sein Haar. »Ja, das ist es!« Sie erhob sich vorsichtig und bemühte sich, die Schwäche in ihren Knien zu überwinden. »Aber jetzt brauche ich einen Drink.« Sie pfiff. Reyk antwortete von einer Mastspitze in der Nähe, breitete die Flügel aus und glitt zu ihr herab. Chenaya hob den Arm, und der Falke ließ sich darauf nieder.

Der kleine Beysiber schrie erschrocken auf und stolperte auf die Füße. Ehrfurcht sprach aus seinen geweiteten Augen, als er stammelte: »Du befiehlst über Vögel? Bist du eine Göttin?«

Sie warf den Kopf zurück, und ihr Lachen hallte weit über die Wellen. Noch lachend drehte sie sich um und ging, ohne die Frage des Kindes zu beantworten.

Die Straßen wanden sich wie eine krrfsüchtige Schlange. Der Mond hatte es schwer hierherzufinden und vermochte sie nur wenig zu erhellen. Hier waren mehr Menschen unterwegs, doch immer zu zweit oder dritt. Aber auch hier wurde sie aus dunklen Hauseingängen und Winkeln beobachtet.

Sie entspannte sich allmählich, als die Furcht schwand, die die Erscheinung ihres Gottes in ihr geweckt hatte. Sie streichelte Reyks Gefieder und schaute sich um.

Bei ihrem Ausflug am Morgen war sie nicht so weit gekommen. Die Luft stank hier nach Abfall und Schmutz. Reges Leben herrschte, selbst wenn es nur schattenhaft zu sehen war: Gedämpfte Schritte erklangen, eine Tür öffnete und schloß sich, ohne daß Licht herausfiel, ein würgender Laut drang aus einer Gasse, Murmeln und Flüstern war zu hören.

Sie schnalzte Reyk zu. Wenn ein Mann ihr beim Vorübergehen den Kopf zudrehte, wandte er rasch den Blick wieder ab, sobald er den Falken bemerkte.

Sie rutschte auf etwas aus und fluchte über den abscheulichen Gestank, der davon aufstieg. Ganz in der Nähe kicherte jemand aufreizend. Sie zog die Klinge halb aus der Scheide und schob sie heftig wieder hinein. Dieses Scharren von Metall auf Leder würde jeden warnen, der ihren Vogel nicht sah. Das Kichern verstummte wie abgeschnitten, und nun lachte sie.

Sie würde sich in Freistatt wohl fühlen. Sie dachte an die von der Sonne überfluteten Arenen Rankes, an den glitzernden Sand, die jubelnden Zuschauer, die Männer, gegen die sie gekämpft und die keine wirkliche Chance gegen sie gehabt hatten. Es waren gute Kämpfer dabei gewesen, einige hervorragend, wie die Narben bewiesen, die sie davongetragen hatte. Doch keiner war imstande gewesen, sie zu besiegen. Sie hatte der gespannten Menge jedesmal eine gute Vorstellung geliefert, hatte geschickt getötet und dann das Geld eingesteckt.

Doch dieses Spiel war allmählich langweilig geworden.

Hier standen die Dinge anders: Es versprach eine neue Art von Spiel zu werden. Freistatt war eine Arena aus Nacht und Schatten, ohne jubelnde Zuschauer, ohne brünierte Rüstung, ohne das Schmettern von Fanfaren – ohne Gesetze. Sie lächelte.

»Zu Hause, Reyk«, flüsterte sie ihrem Falken zu. »Spürst du es? Wir haben unser Zuhause gefunden!«

Sie streifte durch die dunklen Straßen des Labyrinths, ohne mit irgend jemandem zu sprechen. Aber sie studierte jene, denen sie begegnete, ihre Haltung, ihren Blick. Die Wahrheit war in den Augen zu lesen, das wußte sie, und sie verrieten jede Lüge, die der Mund sprach – die Augen waren der Spiegel der Seele.

»Psst ... für ein paar Kupferstücke dürft Ihr die Freuden des Himmels kosten, guter Herr.« Ein Mädchen trat aus der Dunkelheit und entblößte ihre zweifelhaften Reize unter einem klaffenden Umhang.

Chenaya schob die Kapuze zurück, um durch die blonden Locken auf ihr Geschlecht aufmerksam zu machen. »Versuch dein Glück anderswo, Hure.« Aber sie griff in den Beutel, den sie an einem Lederband um den Hals trug, und warf ein paar Münzen in den Staub. »Sag mir, wo ich etwas zu trinken bekommen und etwas erfahren kann.«

Die kleine Dirne bückte sich eilig nach den Kupferstükken. »Ils segne Euch, Lady!« bedankte sie sich aufgeregt. »Etwas zu trinken? Nur vier Türen von hier! Seht Ihr die Lampe?«

Als Chenaya auf das schwache Licht zuging, öffnete sich eine Tür darunter und schlug wieder zu. Zwei stämmige Gestalten in Umhängen stapften die Straße hinauf und wurden von der Dunkelheit verschluckt.

Die Lampe über dem Eingang beleuchtete ein Schild. Mit erhobener Braue betrachtete sie das abgebildete Fabeltier, lauschte auf die Stimmen, die gedämpft aus dem Haus klangen, und nickte. Das war keine Schenke für Edelleute und feine Herren. Auch nicht für Damen, wie ihr Vater sie warnen würde.

»Hoch mit dir«, befahl sie Reyk leise. Die Falkenschwingen schlugen rhythmisch die Luft, als er kurz kreiste, ehe er sich schließlich auf dem Schild der Schenke niederließ. Chenaya legte den Fußriemen zusammen und schob ihn durch den Gürtel, dann öffnete sie die Tür.

Die Gespräche verstummten augenblicklich, alle Augen richteten sich auf sie. Sie spähte durch den Rauch, der von Lampendochten und von Talgkerzen aufstieg, und studierte die mißtrauischen Gesichter. Der Geruch von Wein und Bier und schmutzigen Leibern hing in der Luft.

»Das ist eine Tür und keine Loge!« brüllte der Wirt hinter dem Schanktisch und schüttelte eine fleischige Faust. »Kommt herein oder verschwindet!«

Sie trat ein und warf die Kapuze zurück. Ihr Haar glänzte im Licht, als sie den Kopf schüttelte, und ihre Locken tanzten.

Ein graubärtiges Gesicht bedrängte sie; Finger streiften über ihre Schulter. »Hab schon lange nicht mehr so'ne tolle

Frau gesehen!« Sein Bieratem schlug ihr ins Gesicht. Er zwinkerte auffordernd. »Suchst du mich, meine Hübsche?«

Sie setzte ihr süßestes Lächeln auf, schlang die Arme um seinen Hals und schmetterte ihm blitzschnell das Knie in den Unterleib. Japsend krümmte er sich. Mit einem Kinnhaken schickte sie ihn endgültig zu Boden. Als er ächzend wieder auf die Beine kam, packte sie ihn an Gürtel und Kragen und schleuderte ihn gegen die Wand. Er sackte zusammen und blieb reglos liegen.

»Überall das gleiche Theater!« sagte sie laut. Sie warf das Haar zurück und seufzte. »Kann eine Dame sich denn nirgendwo in Ruhe einen Drink gönnen?« Sie schwang ihren Umhang zurück, damit alle ihr Schwert und ihre Dolche sehen konnten. Doch niemand schien sich mehr für sie zu interessieren. Stirnrunzelnd trat sie an den Schanktisch.

»Einen Krug vom Besten«, rief sie und schob dem Wirt eine Münze zu. Er brummelte, griff nach dem Geld und füllte einen Krug. Als er ihn absetzte, fiel ihr auf, daß ihm der Daumen der Rechten fehlte. Sie nahm einen Schluck von dem Bier und ließ den Blick über die Gäste schweifen.

Für einen Moment erstarrte sie, als sie drei Soldaten bemerkte: Sie trugen die Uniform des 3. Kommandos. Sie oder ihre Kameraden hatten den Kaiser ermordet und Theron – verflucht sei sein Name – auf den Thron gesetzt. Sie waren der Abschaum der Menschheit! Verglichen mit ihnen war selbst das erbärmlichste Gesindel liebenswert.

Sie setzte den Krug ab und legte den Umhang über den Hocker. Während sie die Entfernung zu den dreien abschätzte, glitten ihre Finger zum Schwertgriff. Eine Hand um ihren Arm hielt sie zurück. »Tut es nicht«, flüsterte jemand ihr ins Ohr. »Sie haben Freunde, und man weiß nie, aus welcher Richtung ein Messer kommen mag.«

Sie drehte sich um und blickte in die dunkelsten Augen, die sie je gesehen hatte. Die langen schwarzen Wimpern unter buschigen Brauen, die über der Nase fast zusammenwuchsen, wirkten beinahe anmutig feminin. »Was geht es Euch an?« fragte sie leise, als sie bemerkte, daß der Wirt nähergekommen war, offenbar um sie zu belauschen.

Darauf antwortete der dunkelhaarige Bursche nicht, sondern sagte statt dessen: »Ich möchte Euch zu einem Drink einladen.«

Sie deutete auf ihren Krug. »Ich habe bereits einen.«

»Dann setzt Euch zu mir an den Tisch, und ich bezahle Euch den nächsten.«

Sie musterte ihn. Er war etwa von ihrem Alter und ihrer Größe, vielleicht war sie sogar ein bißchen schwerer als er, aber nicht einmal sein schäbiger Kittel vermochte zu verbergen, welch zähe Kraft in ihm steckte.

»Ihr müßt gut mit dem Messer umgehen können«, meinte sie und deutete auf die Waffen, die er gut sichtbar umgeschnallt hatte. Er zuckte nur bescheiden die Schulter. Sie fuhr fort: »Ich bezahle die Drinks, und Ihr erzählt mir über die drei in der Ecke.«

Er verzog die schmalen Lippen zu einem flüchtigen Lächeln. »Ihr müßt neu hier sein, sonst wüßtet Ihr, daß man in dieser Stadt für Auskünfte mehr als ein paar Drinks bezahlen muß.«

Sie holte tief Atem und blickte ihm fest in die Augen.

»Ich kann Euch auch mehr dafür geben.«

Er überlegte. »Gut. Setzen wir uns an meinen Tisch?«

Niemand kümmerte sich mehr um sie, auch nicht um den jungen Mann mit den Messern, als er ihr einen Stuhl zurechtrückte und ihn zuvorkommend mit einem Taschentuch abwischte. Ein guter Tisch, stellte sie fest. Er stand so, daß man die ganze Schankstube und den Eingang im Auge behalten konnte. Sie stellte ihren Krug ab und legte den Umhang über den Stuhl. Dann setzten sie sich nebeneinander.

»Wie heißt Ihr?« fragte sie und beugte sich über ihr Bier.

Er begann mit einem Würfelpaar zu spielen, das neben seinem Krug gelegen hatte. »Hanse«, antwortete er. »Ich konnte diesen Angeber nie ausstehen.« Mit dem Kopf deutete er auf den Mann, den sie bewußtlos geschlagen hatte. Der Wirt hatte ihn unter den Achseln gepackt und zerrte ihn gerade zur Tür.

Chenaya nahm einen tiefen Schluck. »Es schien offenbar außer Euch niemanden beeindruckt zu haben.«

Hanse zuckte die Schultern. Die Würfel rollten über den Tisch, und er holte sie zurück. »Ihr seid Lowan Vigeles' Tochter, nicht wahr?« Er klapperte mit den Würfeln in einer Hand.

Sie lehnte sich zurück und bemühte sich, ihre Verblüffung zu verbergen. »Woher wißt Ihr das?«

Er warf die Würfel: zwei Augen. »In Freistatt spricht sich alles rasch herum. Das ist Eure erste Lektion.«

»Gibt es eine zweite?« erkundigte sie sich scheinbar gleichmütig.

Ein kaum merkliches Kopfnicken deutete auf die drei vom 3. Kommando. »Leute, denen man in Freistatt aus dem Weg gehen sollte.« Er wechselte das Thema. »Stimmt es, daß Ihr in Ranke in der Arena gekämpft habt?«

Sie lehnte sich so nahe heran, daß ihre Schultern sich berührten. »Wenn der Preis sich lohnte.« Sie blickte ihn an. »Warum soll ich diesem Geschmeiß aus dem Weg gehen?«

Seine Würfel klapperten auf die zerkratzte Tischplatte. »Weil sie Kameraden haben. Eine ganze Menge.«

Der Wirt kam mit Krügen für einen anderen Tisch vorbei. Chenaya wartete. »Wie viele?« erkundigte sie sich schließlich.

»Sehr viele! Sie kamen vor ein paar Tagen in die Stadt geritten und benehmen sich bereits, als gehöre sie ihnen. Aber es könnte leicht sein, daß die Fischäugigen sich das nicht bieten lassen!« Er blickte auf, als der Wirt auf dem Rückweg erneut an ihrem Tisch vorbeiging. »Eindaumen, noch zwei Bier. Auf ihre Rechnung.« Er lächelte sie an und leerte seinen Krug. »Sie streifen immer nur paarweise oder zu dritt herum. Legt man sich mit einem an, hat man gleich die ganze Meute auf dem Hals!«

Sie lehnte sich zurück, bis ihr Kopf an der Wand ruhte, und fluchte leise. Es konnte kein Zufall sein, daß die Trupps des 3. Kommandos hierhergekommen waren! Gewiß hatten sie es auf den Prinzen abgesehen. Das bedeutete natürlich auch Gefahr für ihren Vater und sie. Und für

Molin. Theron jagte alle, die Anspruch auf die Krone haben mochten.

Hanse berührte ihren Arm. »Er will sein Geld«, erinnerte er sie. Eindaumen wartete mit mürrischem Gesicht. Zwei schäumende Krüge standen auf dem Tisch.

Hanses Blick folgte ihren Fingern, als sie in dem Beutel um ihren Hals nach einer Münze fischten. »Ihr müßt Eure Sache in der Arena recht gut gemacht haben«, meinte er.

»Gut genug.« Sie blickte Eindaumen nach. »Ich lebe noch.«

»Auf das Leben!« sagte Hanse und hob seinen Krug. Schaum überzog seinen schwarzen Schnurrbart wie Rauhreif. »Und wenn Ihr am Leben bleiben wollt, solltet Ihr ein magereres Säckel und ein weniger prunkvolles Schwert tragen.« Er blickte auf ihre Stirn. »Zweifellos sind so einige hier, die Euch allein wegen dieses Reifs die Kehle aufschneiden würden und sich erst nachher darüber Gedanken machten, ob er aus echtem Gold ist.«

Sie stützte das Kinn auf eine Hand und schaute in seine Augen. Sie mochte sie, sie waren so schwarz und tief. »Da sich in Freistatt alles schnell herumspricht, wie Ihr sagtet, solltet Ihr vielleicht dafür sorgen, daß auch folgendes rasch die Runde macht – und das ist ebenfalls eine Lektion: Versucht kein Spielchen mit Chenaya. Der Einsatz ist zu hoch!«

Er betrachtete sie über den Krugrand hinweg. »Was soll das bedeuten?«

Wieder setzte sie ihr süßestes Lächeln auf. »Das bedeutet, daß ich nie verliere, Hanse. Niemals!« Sie wies auf die Würfel. »Wie spielt man damit?«

Er hob sie auf und schüttelte sie in der geschlossenen Hand. »Die höhere Zahl gewinnt«, erklärte er. Er warf eine Sechs und eine Vier.

Sie griff danach und warf, ohne nachzusehen. Er runzelte die Stirn.

»Zwei Sechsen«, murmelte er und streckte die Hand zu einem neuen Wurf aus.

Sie ergriff seine Hand. »Mögt Ihr Vuksibah?«

Seine Augen weiteten sich. »Einen so teuren Geschmack kann ich mir nicht leisten.«

Wieder langte sie in den Beutel und brachte zwei Münzen zum Vorschein. Sie waren aus Gold und trugen die Prägung der kaiserlichen Münze. Chenaya schob sie Hanse zu. »Ich wette, in dieser Lasterhöhle ist alles zu kriegen. Fragt den alten Murrkopf, ob er nicht irgendwo zwei Flaschen versteckt hat. Wohnt Ihr in der Nähe?«

Hanse kaute nachdenklich an seiner Unterlippe, dann hob er eine Braue und nickte.

Sie verzog das Gesicht. »Der Gestank hier ist kaum zu ertragen.« Ihr Gesicht näherte sich seinem. »Ich wette, es gibt eine Menge Lektionen, die wir einander lehren könnten.« Sie senkte die Hand, ließ sie unter dem Tisch auf seinen Schenkel fallen und blickte erstaunt auf.

Er bemerkte ihren Blick und zuckte die Schulter. »Noch ein Messer«, erklärte er.

Chenaya lächelte. »Wenn Ihr es sagt.«

»Wirklich«, versicherte er ihr. Er griff nach den Münzen und schob seinen Stuhl zurück. Als er aufstand, stieß seine Zehe gegen ein Tischbein, und ihr Bier schwappte über. »Entschuldigung«, bat er. Dann ging er zu Eindaumen und redete auf ihn ein.

Chenayas Blick fiel auf die Würfel. Sie hob sie auf, warf. Zwei Sechsen. Sie versuchte es erneut. Wieder zwei Sechsen. Noch einmal. Seufzend warf sie die Würfel ins Bier.

Die Nacht, ihre siebte in der Stadt, war still. Chenaya ging unruhig in ihrem Gemach umher und starrte der Reihe nach durch jedes Fenster, das über ihren riesigen Landbesitz zum Fuchsfohlenfluß wies. Er mündete ins Meer, dieser Fluß. Sie glaubte sein Rauschen bis in ihre Kammer zu hören.

Weiter schritt sie auf und ab und fragte sich, ob es einen Sinn hatte, auch heute nacht durch die Straßen zu streifen. Alle Offiziere und Beamte, die sie in den vergangenen Tagen bestochen, all die kleinen Leute, die sie bedroht hatte, ihre vielen Fragen, ihre Suche, nichts hatte ihr einen Hinweis gebracht. Wenn es eine Verschwörung gegen den Prinzen gab, war zumindest kein Wort durchgesickert.

Und doch war ihr Savankala höchstpersönlich erschienen und hatte ihr gesagt, daß es geschehen würde, *wenn der zersplitterte Mond im Staub der Erde liegt.* Aber was bedeutete das? Sie hatte gedacht, daß ein ›zersplitterter Mond‹ möglicherweise eine astrologische Bezeichnung war. Deshalb hatte sie sich an Molin gewandt, und es war zu einer schrecklichen Streiterei gekommen. Als sie ihren Onkel mit heftigen Verwünschungen verließ, war sie nicht klüger als zuvor.

Sie trat verärgert nach einem Hocker und warf sich aufs Bett. Ihre Nägel krallten sich ins Linnen. Warum hatte sie nicht um Verstand gebeten, als ihr Gott ihr drei Wünsche gewährte?

Sie rollte sich auf die Seite und stieß einen tiefen Seufzer aus. Doch trotz ihrer schlechten Laune mußte sie lachen, als ihr Blick auf den Tisch in der Ecke fiel. Eine Flasche Vuksibah stand dort.

Das war ein Spiel, das sie ganz gewiß nicht verloren hatte! Der attraktive Dieb hatte sie eine Menge gelehrt und nur wenig davon über Freistatt. Alles, was er nach der ersten Flasche Vuksibah *sagte,* war lediglich Begleitung zu dem, was er tat. Glücklicherweise erwachte sie mit einem klaren Kopf und erinnerte sich an jedes Wort. Sie zweifelte, daß er dasselbe von sich behaupten konnte. Sie hatte die übriggebliebene Flasche genommen und ihren Stirnreif, der unter das Kopfkissen gerutscht war, und hatte Hanse weiterschlafen lassen.

Es würde Spaß machen, ihn wiederzusehen. Warum auch nicht? Nicht einmal ihre Waffenübungen mit Dayrne hatten sie von der Gefahr ablenken können, in der ihr Vetter zweifellos schwebte. Aber es brachte nichts ein, sich unentwegt Sorgen zu machen. Vielleicht konnte Hanse sie auf andere Gedanken bringen.

Sie zog ihr Gewand aus und schlüpfte in die neue Lederkleidung, die sie aus der Truhe am Fuß ihres Bettes zog.

Dort bewahrte sie auch ihre Waffen auf. Das prächtige Schwert schnallte sie sich um und nach kurzer Überlegung auch die zwei Dolche. Hanse hielt sich für geschickt mit seinen Messern. Es mochte ein aufregendes Spiel sein, ihn herauszufordern.

Als sie angekleidet war, klemmte sie sich die Flasche Vuksibah unter den Arm und verließ ihr Gemach. Ihr Vater schlief oder las in seiner Kammer. Sie hatte nicht vor, ihn zu stören. Er machte sich immer Sorgen um sie, wenn sie ausging, obgleich er nie versuchte, sie zurückzuhalten. Dafür liebte sie ihn besonders.

Sie stieg die Treppe zum Hauptgeschoß hinunter. Die Absätze ihrer Stiefel klickten auf dem Stein. Dayrne hatte sie offenbar gehört, denn als sie unten ankam, wartete er bereits auf sie. Zwei weitere ihrer acht Gladiatoren machten ganz in der Nähe ihre Runden. Kadakithis war nicht der einzige auf Therons Liste: Ihr Vater war nicht nur der Freund, sondern auch ein Verwandter des Kaisers gewesen.

»Hol mir Reyk«, bat sie den dunkelhaarigen Riesen. »Dann laß deine Wache von einem anderen übernehmen. Du bist die vergangenen fünf Nächte mit mir durch die Straßen gestreift, und heute nacht ist mir deine Müdigkeit aufgefallen.«

Dayrnes Gesicht verfinsterte sich, aber er beherrschte sich rasch. »Laßt mich Euch wieder begleiten, Lady«, bat er. »Die Nacht ist tückisch ...«

Sie schüttelte den Kopf. »Nicht diese Nacht, mein Freund.« Sie deutete auf die Flasche. »Heute nacht möchte ich mich vergnügen.«

Offenbar wollte er etwas entgegnen, unterließ es jedoch dann. Er drehte sich um und ging. Die Falken wurden in einer großen Voliere hinter dem Herrenhaus gehalten, aber Dayrne beeilte sich und kehrte alsbald mit ihrem Lieblingsvogel zurück.

Chenaya wickelte sich den Fußriemen um die Finger, nahm Reyks Haube ab und gab sie Dayrne. Mit Reyk kam sie auch so zurecht – im Gegensatz zu den anderen Falken.

»Und jetzt ins Bett mit dir.« Sie drückte freundschaftlich die Armmuskeln ihres Gladiators. »Mach dich am Morgen auf das härteste Training deines Lebens gefaßt!«

Sie schritt hinaus in die laue Nacht; hier, fern der Enge ihres Gemachs, fühlte sie sich besser. Sie würde zuerst in seiner Unterkunft nach Hanse suchen, und wenn er nicht dort war, im Wilden Einhorn. Es mochte etwas Zeit kosten, aber sie würde ihn finden: Er war die Mühe wert!

Als sie die Tempelallee überquerte, trat ein sehr junges Mädchen aus den Schatten vor sie. Eine zierliche Hand strich die Kapuze des abgetragenen Umhangs zurück und entblößte dunkle Locken und große ängstliche Augen. »Bitte, Herrin«, flehte sie scheu, »schenkt einer Unglücklichen eine Münze.«

Chenaya wurde jetzt erst bewußt, daß sie ihren Umhang vergessen hatte. Aber es spielte keine Rolle – die Leute, die sich auf den Straßen herumtrieben, kannten sie inzwischen ohnehin. Sie wollte an dem Mädchen vorbeigehen.

Die Kleine trat näher, bemerkte Reyk und blieb stehen. Sie lutschte kurz an einer Fingerspitze, dann flehte sie erneut: »Bitte, Herrin, was immer Ihr entbehren könnt. Sonst muß ich mich im Himmlischen Versprechen verkaufen, damit mein kleiner Bruder nicht verhungert.«

Chenaya betrachtete das ausgemergelte Gesichtchen und die großen bettelnden Augen, die so voll Angst und Hoffnung waren. Sie war in den vergangenen Nächten oft angebettelt worden, ohne auch nur einmal ihren Geldbeutel zu zücken. Dieses junge Ding jedoch erweichte ihr Herz. Sie griff in ihren Beutel und ließ ein paar rankanische Goldstücke in die ausgestreckte Hand fallen.

Das war mehr Geld, als die Kleine je gesehen hatte. Ungläubig starrte sie es an. Tränen schossen in ihre Augen, sie warf sich auf den Boden, schlang die Arme um die Beine ihrer Wohltäterin und weinte.

Reyk kreischte und wollte seine Herrin schützen. Nur der Fußriemen verhinderte, daß er sich auf das schluchzende Kind stürzte. Chenaya mühte sich, ihn zu halten und ihr Gleichgewicht nicht zu verlieren, als die Arme des

Kindes sich um sie wanden. Die Flasche Vuksibah entglitt ihr und brach. Das teure Getränk spritzte auf ihre Stiefel. Sie stieß eine wütende Verwünschung hervor und schob die törichte Kleine von sich.

»Es tut mir so leid, Herrin«, wimmerte die kindliche Bettlerin. Sie plagte sich auf die Füße und wich zurück. »So leid, so leid!« Sie wirbelte herum und floh in die Dunkelheit.

Glasscherben glitzerten um ihre Füße, als der Vuksibah in den Staub sickerte. Seufzend stieß sie die Scherben mit den Zehen zur Seite. Es gab Schlimmeres; gewiß konnte sie im Einhorn noch eine Flasche bekommen.

Plötzlich prickelte ihr Rücken. Sie kniete sich, um besser sehen zu können, dann warf sie einen Blick über die Schulter auf dem Himmel. Der Mond schaute als leuchtende Sichel herab, und in jeder Scherbe spiegelte sich sein Silberschein.

Die Stimme ihres Gottes dröhnte auf einmal in ihrem Kopf: *Wenn der zersplitterte Mond im Staub der Erde liegt!*

Sie löste den Fußriemen des Falken. »Hoch!« schrie sie, und Reyka schoß in die Lüfte.

Die Warnung Savankalas hallte in Chenayas Ohr, als sie durch die Straße nach Hause rannte. Atemlos stürmte sie durch die Türen.

»Dayrne!« brüllte sie. Er hatte ihr nicht gehorcht: Vollgekleidet und bewaffnet stürzte er aus einer Kammer. Doch jetzt war nicht die Zeit, ihn zu rügen. »Dayrne! Es ist soweit!«

Sie brauchte nichts zu erklären. Er verschwand und kehrte mit einem Rucksack zurück. Vier seiner Kameraden folgten ihm und schnallten Schwerter um. »Bleibt und schützt meinen Vater!« befahl sie ihnen.

»Wo ist Reyk?« erkundigte sich Dayrne.

Sie hob einen Finger. »Immer in der Nähe. Ich kann nicht gleichzeitig laufen und ihn tragen.«

Gemeinsam stürzten sie in die Dunkelheit durch düstere Straßen. Die Umrisse der Tempel erhoben sich links von ihnen, und aus den dunklen Eingängen drängten die Stimmen von Göttern sie zur Eile – vielleicht war es aber auch bloß der Wind, der durch die Gassen pfiff und sie antrieb, während der Mond auffordernd vorausschwebte.

Auf der anderen Straßenseite erstreckte sich die herausfordernd hohe hintere Palastmauer. »Zur Westseite!« zischte Chenaya.

Sie hatten alles sorgfältig geplant. Die Palasttore waren des Nachts verriegelt; lediglich sechs Wachen patrouillierten die Innenhöhe. Zutritt war nur mit des Prinzen Erlaubnis gestattet. Aber sie und Dayrne hatten einen Zugang gefunden.

Auch um die Speicher war eine Mauer errichtet. Zu ihrer Westseite rannten die beiden. Dayrne legte seinen Rucksack ab und holte Kletterhaken und -seil heraus. An dieser Stelle war die Mauer ziemlich niedrig und leicht zu erklimmen. In Windeseile hatten sie sich hinaufgeschwungen und liefen die schmale Mauerkrone entlang, die allmählich schräg hinaufführte, bis sie über dem Speichertor, unmittelbar gegenüber der Palastmauer, ihren höchsten Punkt erreichte. Dayrne griff nach dem zweiten Kletterhaken.

Hanse war schon einmal in den Palast eingedrungen und hatte damit geprahlt. Niemand war imstande, einen Kletterhaken bis zur Krone der Palastmauer zu werfen, behauptete er. Wahrscheinlich hatte er recht. Aber die Straße der Satten, die Speicher und Palast trennte, war nicht so breit wie die Mauer hoch. Trotzdem wäre ein Durchschnittsmann nicht fähig, so weit zu werfen; doch Dayrne mit seiner Geschicklichkeit und geschmeidigen Kraft vermochte es.

Die Nacht summte, als er den Haken in immer größeren Kreisen wirbelte, während Chenaya sich flach auf die Mauerkrone gelegt hatte, um nicht versehentlich getroffen zu werden. Schließlich schleuderte er. Haken und Seil flogen durch die Luft, dann scharrte Metall über Stein. Dayrne zog das Seil straff.

Diesen Teil des Unternehmens hatten sie nicht geprobt, aber Chenaya hatte Vertrauen zu ihrem Freund. Er spreizte die Beine, seine Muskeln schwollen an, und er nickte. Sie griff nach dem Seil und trat ins Leere. Dayrne ächzte, aber er ließ es nicht los. Immer eine Hand vor die andere klammernd, bewegte sie sich auf die gegenüberliegende Mauer zu und schwang sich hinauf. Das Seil wurde schlaff. Wie gut sie sich die Schürfwunden an Dayrnes Händen und Unterarmen vorstellen konnte!

Ihre Bestechung hatte sich in gewisser Hinsicht doch bezahlt gemacht. Unmittelbar unter ihr befand sich das Dach des Gesindehauses. Sie zog das Seil ein, ließ es auf der Innenseite hinab und kletterte daran hinunter. Sie war auf dem Hof.

Aber wo waren die Wachen? Keine Menschenseele war zu sehen.

Was jetzt? Weiter hatte sie nicht geplant. Sie huschte von Schatten zu Schatten. Da und dort fiel ein Streifen Licht aus einem Fenster. Auf dem höchsten Turm flatterte eine Fahne heftig im Wind. Ziemlich weit rechts befand sich das Henkerstor. Ohne zu überlegen, rannte sie darauf zu. Ein gewaltiger, metallverstärkter Holzballen von Torbreite verriegelte es. Stirnrunzelnd drehte sie sich um – und stolperte. Sie landete auf allen vieren, und der Knauf ihres Schwertes drückte in ihre Rippen. Mit einer lautlosen Verwünschung drehte sie sich um und stellte fest, daß sie über einen Wächter gefallen war. Unter dem Helmrand stierten seine Augen blicklos zum Mond. Sein Körper war noch warm.

Die Dunkelheit wirkte plötzlich viel bedrohlicher. Vom Mörder keine Spur; nichts rührte sich in der Finsternis. Sie untersuchte flüchtig die Leiche: kein Blut, keine gebrochenen Knochen, nicht der geringste Hinweis, wie er den Tod gefunden hatte. Sie schauderte. Zauberei?

Leise pfiff sie. Reyk stieß lautlos herab und nahm seinen Platz auf ihrem ledergeschützten Handgelenk ein.

Zwei weitere Wachen lagen tot neben dem Tor zur Hauptstraße. Wie bei dem ersten konnte sie keine Todesursache feststellen. Sie überlegte, ob sie schreien und die Garnison sowie alle im Palast alarmieren sollte. Doch dann erinnerte sie sich an die Beysiber. Einer der Toten war fischäugig. Wenn der Mörder ihr Gebrüll hörte und unbemerkt entkommen konnte, wenn die Beysiber sie allein bei den ermordeten Wachen fanden, wenn sie den Kletterhaken entdeckten ... Wer könnte es ihnen da verübeln, wenn sie falsche Schlüsse zogen?

Metall scharrte über Stein. Sie erstarrte, lauschte, spähte blind in die Finsternis. Es gab noch zwei Tore, beide in der Ostmauer. Sie rannte rasch und lautlos über die Rasenfläche.

Das letzte Tor war das kleinste: ein besonderer Eingang für den Stab des Statthalters. Dort entdeckte sie eine Gestalt, auf die Licht aus einem oberen Fenster fiel. Das Scharren, das sie gehört hatte, war von dem eisernen Riegel gekommen, mit dem das Tor des Nachts abgeschlossen wurde.

Ein Umhang machte den Fremden unkenntlich.

Von diesem Tor führte ein schmaler Weg zwischen Rabatten direkt zum Palast. Der Vermummte war noch nicht auf sie aufmerksam geworden. Wie ein Geist bewegte sie sich und bezog ihren Posten in der Wegmitte. Sie wartete.

Der Mörder öffnete das Tor. Fünf Gestalten schlichen herein. Sie selbst waren nur schwer auszumachen, aber ihre Waffen schimmerten. Das Tor schloß sich hinter ihnen, und sie kamen den Weg hoch.

»Noch habt ihr Zeit, Wetten abzuschließen, meine Herren«, sagte sie mit grimmigem Lächeln.

Der Vermummte, der das Tor geöffnet hatte, hob etwas an seine Lippen. Blassestes Elfenbein schimmerte, und er blies die Wangen auf. *So also sind die Wachen gestorben!* Ihre Untersuchung der Leichen war zu oberflächlich gewesen, als daß sie die vergifteten Blasrohrgeschosse bemerkt hätte.

»Töte!« befahl sie Reyk. Der Falke schoß von ihrem Arm, und sie warf sich zur Seite, als etwas heransauste und knapp an ihrem Ohr vorbeisirrte. Reyks Schwingen schlugen dreimal, dann fanden seine Krallen die Augen unter der Kapuze. Ein gellender Schrei entquoll den Lippen des Vermummten, ehe seine eigenen Kameraden ihn töteten.

Reyk kehrte auf ihren Arm zurück. »Hoch!« befahl sie erneut. »Die andern gehören mir!«

Sie lachte leise und zog ihr Schwert. Sie hatte schon einmal gegen vier Männer gleichzeitig in der Arena gekämpft. Hier waren es fünf. Das Ergebnis würde dasselbe sein, aber vielleicht erwies sich dieses Spiel als interessanter. »Versucht wenigstens, einen guten Kampf zu bieten!« höhnte sie und winkte die Männer heran.

Der erste stürmte herbei und stach nach ihrem Bauch. Chenaya sprang zur Seite und trat ihm in den Unterleib, während ihr Schwert wirbelte, um den Hieb eines zweiten abzuwehren, der ihrem Kopf galt. Sie lenkte ihn zur Seite und stach tief in die Rippen dieses Angreifers. Ehe er zusammenbrach, fing sie ihn auf und stieß ihn dem dritten in den Weg.

Durch behendes Ausweichen entging sie um Haaresbreite einem Schwert, das an ihrem Kopf vorbeizischte. Der eine, den sie getreten hatte, stand wieder auf den Beinen. Vier Männer kamen nun grimmig auf sie zu. Das Klirren von Stahl, das Rasseln schweren, doch rhythmischen Atmens blieben die einzigen Geräusche in der Nacht.

Chenaya stürzte sich in den Kampf. Die Gewalt der parierten Schläge zog prickelnd ihren Arm empor. Einen ihrer Dolche nahm sie in die Linke; als ein Gegner sich zu nahe heranwagte, stieß sie ihn in seine Brust und zog ihn sogleich zurück, als der Mann zusammensackte.

Schweiß rann ihr übers Gesicht, ihr rechter Handschuh war glitschig von Blut. Sie wirbelte zwischen die drei übrigen Angreifer. Ihr Schwert schnitt durch Auge und Wange des ersten, während der Dolch tief in seine Kehle fuhr.

In zwei schimmernden Bogen sauste der Tod auf sie herab. Sie nahm den Griff ihres Schwertes in beide Hände und fing die zwei Klingen ab und zwang sie zur Seite. Einem entglitt der Griff. Als er nach seiner Waffe tauchte, schmetterte sie ihm ihr Knie ins Gesicht.

Als der letzte feststellte, daß er als einziger noch stand, zögerte er, dann floh er zum Tor und auf die Straße hinaus. Chenaya verfluchte ihn wild, riß den zweiten Dolch aus der

Hülle an ihrem Schenkel und warf. Die Arme des Feiglings flogen hoch, sein Schwert landete klappernd auf dem Boden, und er stürzte. Eine Hand zuckte, als wolle sie nach der Waffe greifen, dann lag er reglos da.

Zu ihren Füßen erhob sich einer der Männer schwerfällig. Blut quoll aus seiner gebrochenen Nase, die Augen wirkten glasig, aber er holte mit dem Schwert, das er kaum zu halten vermochte, nach ihr aus.

»Du zumindest bist keine Memme«, lobte sie. Ihre Schwertschneide zog einen raschen roten Strich unter seinem Kinn, und er stürzte rückwärts.

Chenaya holte tief Luft und pfiff nach Reyk. Gemeinsam blickten Frau und Falke hinab auf die sechs Leichen. Enttäuscht stellte sie fest, daß sie nicht die Uniform des 3. Kommandos trugen. Mit einem solchen Beweis wäre es leichtgefallen, die ganze Meute zu hängen oder zumindest aus Freistatt zu jagen.

»Das habt Ihr gut gemacht, Lady von Ranke.«

Chenaya erkannte die Stimme und wirbelte herum. Shupansea und etwa zwanzig beysibische Wachen standen am Palasteingang. Offenbar waren sie während des Kampfes herausgekommen. Eine Fackel begann aufzuleuchten, dann eine zweite.

»Schaut nicht so erstaunt drein.« Shupansea lächelte. Sie deutete auf die Leiche des Vermummten. »Dieser Mann ist am Morgen mit dem Gesinde aus der Stadt durch das Tor gekommen, jedoch am Abend nicht mit ihnen zurückgekehrt. Meine Männer bemerkten, daß er sich in den Stallungen versteckte, aber wir warteten ab, um festzustellen, was er vorhatte.«

Chenaya schwieg und behielt das Schwert in der Hand, da sie nicht wußte, was die Beysa mit ihr beabsichtigte.

»Molin erklärte uns Euer Vorhaben, Lady«, sagte Shupansea beruhigend. »Ihr habt nichts zu befürchten.«

Chenaya verzog das Gesicht. »Mein Onkel sollte sich um seine eigenen Angelegenheiten kümmern!«

Die Beysa zuckte die Schultern. »Vielleicht könnt Ihr von Natur aus nur unhöflich sein.« Sie seufzte. »Aber möglicherweise ändert sich das, wenn wir uns besser kennen. Kadakithis sagte mir, daß er Euch einen Ball versprochen hat. In einer Woche werde ich ein Fest geben, um Euch und Lowan Vigeles mit allen Ehren in unserer Stadt willkommen zu heißen.«

Chenaya zwang sich zu einem Lächeln, dann kniete sie sich neben einen der Meuchler, um ihre Klinge an seinem Wams zu säubern. Als sie ihr Schwert eingesteckt und sich wieder erhoben hatte, sagte sie: »Selbstverständlich werden mein Vater und ich die Einladung des Prinzen annehmen.« Sie streichelte Reyk. »Ich liebe Tanzbälle!«

Die Augen der beiden Frauen trafen sich und verrieten Mißtrauen und Feindseligkeit. Doch diese Nacht gehörte Chenaya. Shupansea mochte zwar auf den beabsichtigten Anschlag auf den Prinzen aufmerksam geworden sein, doch sie, eine Rankanerin, hatte ihn verhindert. Die fischäugigen Krieger der Beysa waren nicht mehr als Zuschauer gewesen, die ihre Geschicklichkeit hatten bewundern können.

»Meinen Dank, auch im Namen Eures Vetters, daß Ihr Euch so für ihn eingesetzt habt«, sagte Shupansea gestelzt. Sie winkte, und einige ihrer Wachen machten sich daran, die Leichen wegzuschaffen. »Es dürfte etwas spät sein, sich Besuchern zu widmen, meint Ihr nicht auch? Ich glaube, Ihr findet selbst hinaus.« Die Beysa drehte sich um und kehrte in den Palast zurück.

»Behaltet die Kletterhaken«, sagte Chenaya leichthin zu den Wachen, als sie zu dem kleinen Tor ging. »Ich brauche sie nicht mehr.«

Mor~am
&
Moria

Die Stunde der Hexen

C. J. Cherryh

Das Gemach war aus edlem Holz und Flußstein, es hatte schwere Brokatvorhänge, und seine Tür führte zur Eingangshalle mit der geschwungenen Treppe. Flammen züngelten in der marmornen Feuerstelle sowie an den Dochten der weißen Wachskerzen und spiegelten sich auf den goldenen Kelchen und den Zinntellern. Moria, die in ihrer Halle speiste, bedachte alles mit einem mißtrauischen Blick, auch ihren Bruder, der am Ende ihrer langen Tafel saß – denn nichts in Morias Leben blieb von Dauer. Das Gold war ein Traum, in dem sie sich bewegte und lebte. Welch Ironie für eine Diebin: Immer wieder packte sie das Bedürfnis, die Teller zu nehmen und davonzurennen. Aber wohin hätte sie laufen können? Das Gold gehörte ihr, das Haus gehörte ihr; es war ein viel zu großer Besitz, nun konnte sie überhaupt nicht mehr fortlaufen, und das erfüllte ihr Herz mit Panik. Das Gesicht ihres Bruders im Kerzenschein war eine andere Art von Traum: Einen Augenblick lang schien es ihr vertraut, im nächsten, wenn er es drehte oder das Licht ungünstig auf seine Narben fiel, ergriff sie erneut Panik. Sie sah nur wieder etwas, das sie geliebt hatte und das sie wie ein Alptraum gefangenhielt.

Ein Teil ihres Ichs wollte schreiend und nackt aus diesem Haus laufen.

»Herrin.« Ein Diener schenkte strohfarbenen Wein in ihren Kelch; sein Lächeln entblößte mehrere Zahnlücken. Seine Livree war aus feinstem Linnen und mit Brokat verziert, wenngleich durch Unachtsamkeit etwas zerknittert, aber die Zahnlücken, die gebrochene Nase, die Stimme mit dem Abwindnäseln, alles machte deutlich: Bettler und Diebe bedienten sie. Sie waren sauber und ohne Ungeziefer – darauf bestand sie; doch ansonsten hatte sie keine

Autorität über sie. Allerdings taten sie ihre Arbeit und stahlen nichts.

Die BESITZERIN sorgte dafür.

Jemand schrie auf der Treppe und lachte ordinär. Mor-am sprang auf und brüllte auf eine Weise, wie man sie nur in Abwind verstand.

Morias Herz verkrampfte sich. »Hinaus!« befahl sie dem Diener und rief erneut, als er auf seine beschränkte Weise zögerte: *»Hinaus!* Dummkopf!«

Endlich begriff der Diener und hastete aus der Halle, während Mor-am sich wieder auf seinen Stuhl setzte und nach seinem Weinkelch griff. Seine Hand zitterte, und sein nervöses Zucken machte sich wieder am Mundwinkel bemerkbar, wo Narben von Brandwunden ihn entstellten. Strohfarbiger Wein schwappte über. Er machte ein finsteres Gesicht, nachdem er getrunken hatte, doch das Zucken ließ nach. »Sie lernen es nie«, sagte er schmollend wie ein Kind.

Ein Bettler bewachte draußen das Haus. Er war immer da in seinen schmutzigen Lumpen; und Mor-am hatte Alpträume, wachte jede Nacht schreiend auf. »Lernen es nie«, wiederholte er und goß sich Wein nach. So sehr zitterte seine narbige Hand, daß die Flasche gegen den Kelchrand klapperte.

»Tu's nicht!«

»Tu was nicht?« Er stellte die Flasche auf den Tisch und hob den Kelch. Eine kleine Weinlache hatte sich auf dem Tisch gebildet.

»Ich ging heute hinaus.« Moria bemühte sich verzweifelt, das Schweigen zu brechen; dieses Schweigen langer Stunden, die sie in diesem Haus gefangen waren. »Ich habe einen Schinken gekauft, ein paar Datteln ... Shiey sagt, sie weiß, wie man Schinken mit Honig zubereiten kann ...«

»Haben keine verdammte Köchin; ein großes Haus und eine einhändige Diebin, die kocht ...«

»Shiey *war* Köchin!«

»Wenn sie das eine oder das andere richtig getan hätte,

würde sie noch ihre rechte Hand haben! Wo hat SIE das Schwein her?«

»Psst!« Moria zuckte zusammen und blickte zur Treppe. Sie *lauschten*, sie wußte, daß sie lauschten – jeder Diener im Haus und der Bettler am Tor. »Um Ils' willen, sei still!«

»Ah, ist es jetzt Ils? Glaubst du, das hilft uns?«

»Sei still!«

»Warum läufst du nicht davon? Warum verschwindest du nicht? Du ...«

In der Halle öffnete sich eine Tür. Sie – schwang einfach auf, und die Kerzen flackerten im Luftzug.

»Ihr Götter!« hauchte Moria und drehte ihren Stuhl, daß die Holzbeine auf dem Steinboden scharrten. Ein umgestoßener Kelch fiel klirrend auf den Boden und rollte davon.

Aber es war *Haught*, der an der Eingangstür stand, nicht SIE; nur Haugh stand da, mit dem sanften Rehblick und dem vertrauten Zug um den wohlgeformten Mund, der vage Befriedigung verriet: die Befriedigung eines schelmischen Kindes, das sich freute, weil es sie erschreckt hatte. Moria hoffte, daß es nur Schalk war, nichts anderes. Die Tür schloß sich. Kein Diener befand sich in der Nähe.

»Neuer T-trick«, stotterte Mor-am. Seine Mundwinkel zuckten wieder. Der Kelch lag auf dem Boden zwischen ihnen in einer Lache strohfarbenen Weins.

»Ich kenne ein paar.« Haught trat an das Tischchen neben der Tür, wo die Kelche standen. Er war gut gekleidet, genau wie sie: Er trug einen rostfarbenen Kittel, einen schwarzen Umhang, weiche Stiefel und ein Schwert wie ein feiner Herr. Er brachte einen Kelch zum Tisch, und wispernd floß Wein in den goldenen Kelch. Er hob ihn an die Lippen und trank.

»Und?« brummte Mor-am. »Spazierst du einfach herein und bedienst dich?«

»Nein.« Haughts Stimme klang ruhig, sein Blick war gesenkt, der Kopf geneigt: Er war Sklave gewesen. Moria erinnerte sich an die Narben auf seinem Rücken und an die Nächte, da sie nebeneinander an einer einfachen Feuerstelle aus Ziegel gekauert hatten; da sie sich unter rauhen

Decken aneinandergekuschelt hatten, um sich zu lieben – die einzige Liebe, die es für sie gegeben hatte. Auch das hatte sich geändert. »Sie möchte, daß du etwas tust«, wandte Haught sich an Mor-am. »Heute nacht!« Scheinbar aus dem Nichts legte er ein kleines Päckchen auf den Tisch neben die Weinflasche.

»Heute nacht ... Um Shalpas willen ...«

»Du wirst schon einen Weg finden.« Haught warf einen schnellen Blick in Mor-ams Richtung, dann betrachtete er die Weinlache am Boden. »Es ist ein sehr guter Wein.«

»Sei verdammt!« fluchte Mora-m mit zuckendem Mund. »Verdammt ...«

»Psst«, warnte Moria. »Psst, Mor-am.« Zu Haught sagte sie: »Es ist noch Essen übrig ...« Früher hatten sie häufig gehungert, sie und Haught. Das war vorbei, und sie hatte zugenommen. Damals hatte sie sich sinnlos betrunken, und er hatte sie geliebt, als sie sich selbst nicht mochte. Jetzt war sie weise und nüchtern und wurde fett und hatte Angst. »Bleibst du eine Weile?«

Sie dachte daran, daß sie allein sein würde, wenn Mor-am ausging, und voller Angst; und sie begehrte ihn heute nacht (von den Dienern wollte sie nichts wissen – sie hatte ihnen wenig zu sagen, außerdem waren sie zu grob). Aber Haught antwortete mit diesem scheuen, kalten Lächeln, das ihn mit IHR verband. Sein Finger fuhr über den Kelchrand; er blickte nicht auf.

»Nein«, sagte er schließlich und schritt in die dunkle Halle. Die Tür öffnete sich für ihn. Sein Umhang bauschte sich, und die Kerzen flackerten.

»M-muß gehen«, murmelte Mor-am gequält. »Muß meinen Umhang suchen; muß sehen, daß Ero mitkommt ... Ihr Götter, Götter ...«

Die Tür schloß sich, und die Kerzen erloschen fast.

»Ero!« brüllte Mor-am.

Moria hatte fröstelnd die Arme um sich geschlungen und starrte ins Leere.

Es war ein schlimmer Zauber, der sie in Reichtum erstickte und ihr alles raubte. Sie wohnten jetzt in der

Oberstadt, in IHREM Haus. Und Haught gehörte jetzt IHR, genau wie der Tote – Stilcho hieß er –, der IHR Bett mit IHR teilte – davon war sie überzeugt. Vielleicht tat Haught es ebenfalls und war, vielleicht mit Hilfe eines Zaubers, immun gegen den Fluch, der angeblich über IHR lag. Mradhon Vis hatte sie nicht mehr gesehen, seit er an jenem Morgen davongestapft war. War er etwa tot? Hatte ihn das Schicksal ereilt, das er am meisten gefürchtet hatte? War er IHR in einem mitleidlosen Augenblick begegnet?

Erneut brüllte Mor-am nach Ero, einem berüchtigten Dieb, der ihm jetzt als Leibwächter diente.

Das Kaminfeuer störte sie plötzlich, genau wie das Gold und die Illusionen, die zur irren Wirklichkeit geworden waren.

Auf dieser Straße in der oberen Stadt war kaum jemand unterwegs. Haught fiel nur der Beobachter am Tor auf, trotzdem hielt er sich im Schatten, nicht nur aus Gewohnheit, um nicht gesehen zu werden, sondern weil es in Freistatt des Nachts schon immer besser gewesen war, nicht bemerkt zu werden. Bei der derzeitigen Lage in der Stadt war es erst recht ratsam. Die Läden aller Fenster hier waren verriegelt, um rankanische Edle vor unrankanischen Einbrechern, Plünderern und Meuchlern zu schützen. In letzter Zeit gab es noch größere Gefahren zu fürchten; politische Attentäter, die sehr geschickt waren und soviel Aufsehen wie möglich erregen wollten.

Begonnen hatte es mit den Falkenmasken, dann kamen die Stiefsöhne dazu, die Bettler, die Priester, die Götter, die Hexer. Jetzt streiften kleine Trupps mordend durch die Straßen. Sie waren sehr gerissen und überraschten selbst jene, die sich gegen sie gefeit geglaubt hatten. Dadurch wuchs der Terror auf den Straßen und die Überzeugung, daß es das beste war, sich irgendwelchen Trupps anzuschließen. So mußte man in Freistatt nun nicht nur die Straßen kennen, wenn man irgendwo auch wirklich angelangen wollte, sondern auch die Gebiete der einzelnen Parteien und ihrer Anhänger, um jene der Gegner zu meiden oder sie zumindest mit größter Vorsicht zu durchqueren.

Haught ignorierte all das – zumindest bei Nacht. Es gab nur wenige, die so dumm waren, sich mit ihm anzulegen. Er war an Furcht gewöhnt und empfand sie jetzt weniger als früher. Auch Entsetzen war ihm nicht fremd, und so kam er ganz gut zurecht.

Im Norden, am Hexenwall, war er bei einem Meister in die Lehre gegangen, und der war mit ihm verhältnismäßig sanft umgesprungen.

»Warum bleibst du?« hatte seine gegenwärtige Lehrerin ihn gefragt.

»Damit du mich alles lehrst«, hatte er erst heute morgen geantwortet. Ein Verlangen erfüllte ihn, das der Tanz nur zum Teil hatte stillen können. Er hatte ihr die paar Zauber gezeigt, an die er sich erinnerte. Und sie hatte gelächelt – sie, Ischade, die nicht verriet, woher sie kam. Ja, sie hatte gelächelt, auf schreckliche Weise, und gesagt: »Du möchtest gern Magus werden, nicht wahr?«

Damals hatte er Moria geliebt. Als kaum jemand freundlich zu ihm gewesen war, hatte Moria sich seiner angenommen. Und er hatte gedacht (doch nun befürchtete er, daß es vielleicht gar nicht sein eigener Gedanke gewesen war, sondern daß Ischade ihn ihm eingegeben hatte, denn so groß war ihre Macht), daß er Moria am besten helfen konnte, wenn er sich mit der Hexe gut stellte. Dadurch würde er Moria schützen und sich selbst: Denn sich mit den Mächtigen zu verbünden war das Sicherste, das hatte ihn die Erfahrung gelehrt.

Doch tief in seinem Herzen hatte er erkannt, daß Ischade nicht Hieromantin, sondern Nekromantin war; daß das Entzünden von Kerzen und das Rufen des Windes für sie nur Tricks waren.

Er hatte den Wind eingeatmet und die Macht gewittert, und Gründe hatten ihn gelockt, die nichts mit Liebe oder Dankbarkeit zu tun hatten, denn er war ein Nisibisi, und die Hexerei steckte ihm im Blut.

Heute nacht schritt er durch die Straßen, und niemand

wagte, sich ihm in den Weg zu stellen. Etwas, das jahrelang tief in ihm verborgen gewesen war, breitete die Flügel aus (und sie waren schwarz).

Er hätte in dem Haus in der oberen Stadt wohnen können. Aber er hatte den anderen Weg gewählt.

Das Rauschen des Flusses klang hier, wo die alten Steine in dem niedergetretenen Gebüsch zum Vorschein kamen, sehr laut. Squith schauderte, blinzelte und entdeckte etwas, das noch schwärzer war als die Nacht zwischen den zwei Häusern am Fluß.

»Squith«, sagte eine Frauenstimme.

Er drehte dem stehenden Stein den Rücken zu.

»Hast du keinen Respekt?« fragte die Frau.

Er riß die Hand von dem Stein zurück, als erinnere er sich plötzlich, daß dort eine Schlange lauerte. Es war Vashankas Stein, wie alle anderen ringsum. Aus freiem Willen wäre er nie hierhergekommen!

»Moruth – Moruth k-konnte nicht k-kommen. Er ist erkkältet.«

»O wirklich?« Die schwarzgewandete Frau trat in der Dunkelheit näher und war unter überhängenden, verkümmerten Bäumen nur schwer zu erkennen. »Ich könnte ihn vielleicht heilen.«

Squith fiel auf die Knie, sie waren so weich geworden, daß er sich nicht mehr aufrecht hatte halten können. »Er hat m-mich geschickt, mit allem Respekt. Squith, hat er gesagt, geh du und sag der Lady ...«

»Was?«

»Mein Herr tut, was Ihr wollt.«

»Dann überlebt er seine Erkältung vielleicht. Es muß *heute nacht* geschehen, Bettler!«

»Ich sag es ihm; sofort.« Squith nickte heftig, sog Luft durch die Zahnlücken und kämpfte gegen die Übelkeit, mit der die Furcht ihn erfüllte. Den Blick hielt er gesenkt, so sah er nur den dunklen Saum ihres Kleides.

»Geh!«

Er plagte sich auf die Füße und stolperte an einem Dornbusch vorbei. Ein Zweig zerkratzte ihm die Wange und peitschte gegen seine blicklosen Augen. Er floh.

Ischade schaute ihm nach und unterließ die Zauber, die seine Flucht noch beschleunigt hätten. Roxane befand sich heute nacht in ihrem Haus nicht weit von hier. Dornen wuchsen nach. Es wimmelte von Schlangen. Mit übernatürlicher Schnelligkeit bedeckten sich verbrannte Stellen mit neuem Grün.

Ein Bettler hastete zum Bettlerkönig Moruth. Ein schwarzer Vogel landete auf einem ganz bestimmten Sims in Abwind. Und Squith kam. Moruth litt unter einer Erkältung und tödlicher Feigheit.

Aber eines Nachts war Moruth jemandem in einer Gasse in Abwind begegnet – einer Frau, die ihm auf unwiderstehliche Weise zu Bewußtsein gebracht hatte, was gut für ihn war.

»Geh zu Roxane«, hatte sie in Moruths ungewaschenes Ohr geflüstert. »Geh zu Yorl. Geh zu jedem beliebigen Zauberer – ich werde es wissen! Oder du kannst deinen Bettlern sagen, daß sie wieder sicher sein werden auf den Straßen. Zumindest vor mir. Vielleicht auch vor anderem. Im schlimmsten Fall werden sie gerächt. Wenn ein Vogel sich auf dein Fenstersims setzt, dann komm zu Vashankas Altar am Schimmelfohlenfluß. Du weißt, wo er ist.«

Der zottlige Kopf nickte – der Bettlerkönig kannte sich aus und schwor zu gehorchen.

Flügel flatterten in der Nähe. Sie blickte auf zu den abgestorbenen Zweigen, wo noch andere Schatten, nicht weniger schwarz als ihr Gewand, harrten. Ein Bote kehrte zurück.

Es war ein vertrauter Raum, den sie früher benutzt, aber jetzt eigentlich nicht mehr hatten aufsuchen wollen. Doch sie hatten Vis. Straton wollte nicht, daß Vis zuviel sah, und auch nicht, daß Vis gesehen wurde.

Vis funkelte ihn an. Er stand zwischen zwei echten Stiefsöhnen, die ihn heil zu dieser Dachkammer gebracht hatten. Er war nicht sehr groß, aber breitschultrig, und die dunklen Augen unter der nicht weniger dunklen Mähne verrieten, daß er sie lieber umbringen als mit ihnen reden würde.

Auch gut. Straton hatte in dieser Kammer schon mehrere seiner Sorte getötet, nachdem sie ihm von Nutzen gewesen waren. Vis hatte inzwischen bestimmt erkannt, woran er war.

»Du hast Neuigkeiten«, sagte Strat. »Ich hoffe, daß sie unsere Zeit wert sind!«

»Verdammt! Ich bin zu *dir* gekommen! Ich habe dir Bescheid geben lassen – ich dachte, ich könnte dir trauen! Wenn sie dir etwas anderes gesagt haben ...«

»Neuigkeiten«, unterbrach ihn Strat. Auf der Treppe knarrte eine Stufe. Aber das war nur der Wächter, an dem er vorbeigekommen war. Er setzte sich auf den einzigen Stuhl am einzigen Tisch hier, die, genau wie die Stricke an der Holzwand, ihren Zweck hatten. Mradhon Vis stand zwischen zwei Wachen, ziemlich derangiert – bestimmt hatten sie ein Messer bei ihm gefunden, vielleicht auch einen Strick, Geld wahrscheinlich nicht, obwohl Vis seine Dienste zumindest an zwei Seiten verkaufte: an Jubal und sie. Die Götter wußten, an wen sonst noch. Daher die Wachen. Daher diese erzwungenen Treffen. Die Straßen waren viel zu ruhig. Auf der Brücke war lediglich ein einäugiger, dümmlicher Bettler zu sehen gewesen. Nichts, absolut nichts rührte sich draußen.

»Schick sie hinaus!« verlangte Vis.

»Willst du darüber reden, Vis, oder nur Fragen beantworten? ich bin gekommen, wie du es wolltest. Ich habe mir die ganze Nacht Zeit genommen. Sie ebenfalls.«

Vis überlegte. Er hatte geblufft und war durchschaut worden. Aber er war nicht dumm und wußte, wo seine Chancen noch lagen. »Ich werde dafür bezahlt!«

»Auf die eine oder andere Weise.«

»Ein Gerücht geht um – etwas ist im Gange.«

»Was?«

»Ich bin mir nicht sicher.« Vis trat näher heran und wollte sich an den Tisch lehnen. Demas versuchte ihn zurückzuhalten. Strat hob die Hand, und Vis blieb unbehelligt. »Etwas – ich weiß nicht was. Nisibisi-Truppen – sie haben eine große Sache vor. Habe etwas unten im Hafen gehört und in der oberen Stadt ebenfalls.«

»Von wem?«

»Das sage ich nicht.«

»Oh?« Strat kippte den Stuhl zurück und stemmte den Fuß an den Tisch. »Tatsächlich?«

»Man munkelt, daß sie Hilfe haben. Verstehst du?«

»Die Nisibisihexe?«

Stille setzte ein. Vis blieb, wo er war. Schweiß perlte auf seiner Stirn.

»Hat es dir die Stimme verschlagen?«

»Ich bin ein Nisi, verdammt. Sie kann es *riechen* ...«

»Roxane hilft dir vielleicht. Vielleicht auch nicht. Ich glaube nicht, daß ich bei *der* unterschlüpfen würde, Vis.«

»Man sagt, daß sie auf Rache aus ist. Der Hafen – irgendwas geht dort vor. *Das* habe ich gehört. Ich habe gehört, daß sich dort was tun wird, gegen die Beysiber; vielleicht was mit den Lagerhäusern. Todestrupps. Wessen weiß ich nicht. Aber ich weiß, wer sie bezahlt.«

Strat setzte die vorderen Stuhlbeine krachend auf. »Verlaß die Stadt nicht, Vis.«

»Verdammt, du bist schuld, wenn sie mich umbringen – weißt du, was sie tun werden, weil du mich hierherbringen hast lassen?«

»Du lieferst weiter deine Berichte ab! Wenn sich irgendwas tut und wir erfahren es nicht ... kapiert? Kapiert, Vis?«

Vis wich zurück.

»Laßt ihn gehen«, befahl Strat. »Bezahlt ihn. Soll *er* zusehen, wie er klarkommt. Morgen. Wann immer. Wenn ich klarsehe. Wenn das auf die eine oder andere Weise bewiesen ist.«

»Brauchst du einen Partner?« fragte ihn Demas.

Strat schüttelte den Kopf und stand auf. »Wir haben Schwierigkeiten. Bleibt hier! Vis, vergiß nicht, wer dir am *meisten* bezahlt. Wenn du mehr willst – sag es ... Verstanden?«

Vis blickte ihn finster an – nicht gierig, nein. Es war eine Einladung zu einem letzten Treffen. Und Vis wußte es.

»Ich kümmere mich darum«, sagte Strat zu Demas. »Ich glaube nicht, daß hier was passieren wird. Haltet ihn von der Straße fern!« Er nahm einen Umhang vom Haken an der Tür, der so unauffällig war wie die anderen Kleidungsstücke, die sie hier bereithielten. Er war mit dem Braunen hier, kein gerade unauffälliges Pferd, aber er würde zurechtkommen.

»Du gehst zu IHR!«

Die Betonung entging ihm nicht. Er drehte sich zu Vis um; der starrte ihn an.

»Kennst du den, der jetzt bei ihr ist?« fragte Vis. »Sie hat endlich einen Liebhaber, den sie nicht umbringen kann. Kalt wie ein Fisch vermutlich. Aber sie ist ja nicht wählerisch.«

Strats Miene war unbewegt. Daran änderte sich auch jetzt nichts. Er dachte daran, Vis zu töten. Oder den Befehl zu erteilen. Doch der Nisibisiverräter war offenbar dem Irrsinn nah. Er hatte einen Mann mit dem gleichen Blick gesehen, und dieser Mann hatte kurz darauf selbst Feuer an sich gelegt! »Paßt gut auf ihn auf«, mahnte er. »Und daß ihr ihn mir *nicht* tötet!«

Daraufhin verließ er sie. Er öffnete die Tür zu der übelriechenden Treppe und schloß sie hinter sich.

Die Schritte polterten nach unten und verklangen. Mradhon Vis blieb in einem grauen Nichts zurück – müde und frierend, obwohl es in der Dachkammer gar nicht kalt sein konnte.

»Setz dich!« brummte einer.

Er wollte zum Stuhl gehen, doch ein Fuß stellte sich ihm in den Weg. Der andere Stiefsohn lehnte auf dem Tisch. Blieb nur der Boden für ihn.

Er ging zu einer Ecke. Die Schultern stützte er an die Wände und rutschte daran auf den Boden. Dann saßen sie wortlos da und warteten. Er blickte die beiden nicht an, weil er sie nicht herausfordern wollte. Er erinnerte sich, daß er das bei ihrem Vorgesetzten einmal versucht hatte – aus brennendem Mitgefühl für einen Narren wie er selbst einer war.

Sie! Ischade! Es war nicht schwer zu erraten, wo die Stiefsöhne Unterstützung suchen würden, wenn Roxane losschlug. Wo *sie* sich Hilfe holte, das konnte er nur ahnen. Er hatte Straton beobachtet – dafür hatten andere ihn bezahlt –, und er wußte Bescheid. Dieser Mann war auf den Tod versessen, darauf, ihn Tag um Tag zu schlagen. Er erinnerte sich, daß es ihm selbst nicht viel anders ergangen war – bis zu dem Tag, da er erkannt hatte, daß der Tod auf ihn versessen war. Von da ab hatte das Ganze ein anderes Gesicht bekommen.

O Hurensohn, du Narr!

Rings um Freistatt nur Feinde, und da die Grenze im Norden brach, vergaß Ranke alle Bedenken. Die Luft stank, im wahrsten Sinne des Wortes – Herbstnebel, Rauch und der Wind vom Fluß bahnten sich einen Weg durch die Straßen und Fenster. Schlaf war in diesen Nächten schwer zu finden; man konnte nirgendwohin. Ein Teil der Nisibisi war den Hexern entgangen. Immer noch heuerte Nisibisigold in ganz Ranke Todestrupps an, und Nisibisi bildeten sie aus. Ihre Opfer waren nicht zuletzt Nisibisirebellen wie er. In Caronne trieben sich Wüstenstämme herum, Ilsiger in Freistatt, und nur die Götter wußten, von woher die Beysiber kamen und was sie *wirklich* veranlaßt hatte, sich hier niederzulassen.

Er wußte zuviel, und des Nachts träumte er, genau wie die Stiefsöhne es taten: Die gute Sache, für die sie kämpften, war ins Schwanken geraten; und seine gab es nicht mehr. Und der Flußwind, der von Verderben angehaucht und süß von Verlockung war, versprach – versprach ...

Nun, zumindest hatte er es versucht. Es war seine selbstloseste Tat seit einem halben Jahr gewesen. Aber niemand konnte einen Narren retten.

In der oberen Stadt gab es Häuser, die noch prunkvoller waren als ihr eigenes. Das hier, mit seinen weißen Marmorfliesen, den caronnischen Teppichen und vergoldeten Möbeln, war eines davon. Ein fetter Hund mit weichem weißen Fell und goldenem Halsband kläffte ihn an, bis ein Diener ihn auf die Arme nahm. Mor-am empfand Haß für dieses nutzlose, überfütterte Tier, für den Diener, für den langnasigen rankanischen Edlen, der aus der Halle watschelte, um zu sehen, wem es geglückt war, durch sein Tor zu gelangen.

»Ich habe Gäste«, schnaufte der Edle (Siphinos hieß er). »Gäste, versteht Ihr ...«

Mor-am sog die Luft ein und richtete sich auf. Aus dem Winkel seines guten Auges sah er, wie Ero in die Halle hinter dem Türbogen spähte. »Soll ich IHR das sagen?«

»Hinaus!« Siphinos gestikulierte seinen Dienern und winkte Mor-am zu einer Tür: dem Kontor. Auch das letzte Mal hatten sie dort verhandelt. Siphinos schloß die Tür selbst. Ero blieb draußen stehen.

»Ihr solltest nach Mitternacht kommen – erst nach Mitternacht!«

Mor-am hielt das Päckchen hoch. Das Gesicht, das an ein fettes Schwein erinnerte, wirkte plötzlich nüchtern und trotz der tiefroten Hängebacken und des Doppelkinns würdevoll. Mor-am erwiderte seinen harten Blick mit seinem einen Auge. Er händigte ihm das Päckchen aus und beobachtete ihn, als er das Siegel überprüfte.

»Man wird hierherkommen«, sagte Mor-am. »Und das soll ich ausrichten: Sie haben es auf Euch abgesehen. Todestrupps schleichen sich heute nacht in die obere Stadt. Hört Ihr, Mann?«

»Wessen? Wann?« Die roten Wangen brannten noch stärker. Schweiß glitzerte auf Hängebacken und Stirn. »Nennt Namen! Bezahlen wir euch nicht dafür ...«

»Eine Nachricht für Fackelhalter, diesmal. Gebt ihm Bescheid. Sagt ihm, er soll heut nacht aus seinem Fenster schauen. Sagt ihm ...« Mor-am bemühte sich, die Worte genau so zu wiederholen, wie Haught sie ihm vor zwölf

Tagen eingebleut hatte. »Sagt ihm, dann wird er verstehen, was unsere Hilfe wert ist.«

Kein Fluchen, kein Brüllen, trotzdem war die Wut des Dicken unverkennbar; seine Augen sagten: *Ilsigerhund!* Zu gern hätte der Rankaner ihn wie einen Hund zum Kuschen gebracht, doch gleichzeitig fürchtete er ihn.

»Er weiß Bescheid«, sagte Mor-am gemessen. Ihr Götter, o ihr Götter, bewahrt mich jetzt vor dem Tic! »Er kann dem Prinz-Statthalter alles erk-klären ...« Dieses verfluchte Gesichtszucken, das ihm die Lippen verzerrte! »Er weiß, was seine Sicherheit wert ist. Er wird jeden Preis bezahlen, den wir verlangen. Wir haben unsere Mittel. Sagt ihm, daß auch Kittycat aus seinem Fenster schauen soll!«

Streifen in Zivil waren unterwegs, entschlossen, ohne Panik. Sie schickten ihre Meldungen zum Hauptquartier und zu anderen Stellen. Straton ritt allein – unvorsichtig, vielleicht, aber ein Trupp Stiefsöhne, selbst in Zivil, erregte zuviel Aufmerksamkeit. Wie ein Betrunkener klammerte er sich an seinen Braunen, hielt ihn im Paßgang und schwitzte den ganzen letzten Häuserblock. Er hatte seine drei Begleiter in die entgegengesetzte Richtung geschickt.

Die Straße am Schimmelfohlenfluß war in Brückennähe breit und verkehrsreich, doch weiter flußauf, wo die Häuser enger beieinanderlagen, war sie fast so schmal wie ein Feldweg. Vom Fluß stieg das Terrain terrassenförmig an. Auf der unteren Terrasse, entlang dem Weg, wuchsen wilde Bäume und dichtes Unkraut; und auf der oberen kauerte wie ein altes, lauerndes Ungeheuer das nördliche Haus an diesem dunklen Fluß. Es war winzig, genau wie das im Süden – und beide waren rußgeschwärzt. So stark hatte das Feuer um beide gewütet, daß Bäume und Gebüsche ringsum verkohlt waren. Davon war jetzt nichts mehr zu erkennen. Beide Häuschen sahen aus wie vor dem Feuer; sie waren mit Buschwerk umgeben und rochen muffig wie alles, was zu lange ungepflegt der Feuchtigkeit, der Dunkelheit und dem Sternenlicht ausgesetzt war. Die alten

Bäume streckten ihre (unversengten) Äste dem Himmel entgegen.

Ischades Häuschen wies auf den Fluß hinunter, auf eine Reihe von Lagerhäusern, die einen respektvollen Abstand vom alltäglichen Treiben der Stadt hielten – einen Abstand, der von den Weiseren geachtet wurde. Jede Stadt hatte solch dunkle Ecken, dachte Strat, die so beklmmend wirkten, als wäre das Pech, dem sie ihren Zustand verdankten, ansteckend.

Ischades Gebiet. Er ritt einsam hindurch. Kein Trupp – zumindest wußte er von keinem – hätte sich in diesen Teil der Straße oder zu den Lagerhäusern gewagt.

Strat rutschte von seinem Pferd und schlang die Zügel um einen Zaunpfosten, dann öffnete er das lächerlich niedrige Gartentor. Unkraut wucherte, und – ihr Götter! – sie zog Nachtschatten wie andere Blumen! Und wie schnell alles gewachsen war!

Sein Puls hämmerte, und sein Mund wurde trocken, als er vor ihrer Tür stand. Er streckte die Hand aus, um zu klopfen, und erwartete fast, daß sie schon vorher aufsprang. Das tat sie tatsächlich, ohne den geringsten Laut. Doch dann stand er nicht Ischade gegenüber, sondern dem ehemaligen Sklaven Haught. Er war viel zu gut gekleidet; aus seiner Haltung hätte man schließen können, er sei hier der Hausherr.

»Wo ist sie?« fragte Strat gereizt.

»Das ist nur ihre Sache!«

Etwas warnte ihn davor, über die Schwelle zu treten und das zu tun, was er gern getan hätte: dem Schönling das Schwert in die Brust zu stoßen und einzudringen. So blieb er halb geduckt stehen, die Hände in die Hüften gestemmt, und fragte: »Ist Stilcho da?« Als wäre er deshalb gekommen. Kurz starrte er auf das dunkle Geviert hinter der Tür. Er erinnerte sich an diesen Raum, der irgendwie immer größer gewesen war, als er nach den Maßen des Hauses hätte sein dürfen. Von dem Mann keine Spur.

»Nein«, antwortete Haught.

Wieder hämmerte sein Puls. Strat blickte dem ehemaligen Sklaven in die Augen – erstaunlich! Haught senkte sie nicht wie früher. Die Wut schwand, seine Lippen zuckten. Ihr Götter, daß ihm das passieren mußte! Auge in Auge mit einem eifersüchtigen Sklaven, der – gefährlich war! Keine Unsicherheit, keine Spur von Verlegenheit. Nur ein kalter Blick, Nisi und Rankaner. Plötzlich dachte er an den Hexenwall und was er dort erlebt hatte.

»Versucht es am Fluß«, riet ihm Haught. »Es sind nur ein paar Schritte, Ihr braucht das Pferd nicht. Ihr seid spät dran!«

Die Tür schloß sich, ohne daß eine Hand sie berührte.

Strat schluckte, dann fluchte er und schaute über die Schulter zu seinem Braunen, der im Dunkeln schnaubte.

Das war kein Platz für ein Pferd, hier am Schimmelfohlenfluß, jenseits des Hauses, wo schier undurchdringliches Gestrüpp am Ufer wuchs.

»Narr!« sagte er zu sich. Aber er verfluchte seine innere Stimme und ging.

»Siphinos' Sohn.« Molin Fackelhalter warf einen besorgten Blick zur Tür und schlüpfte in seinen Morgenrock. Irgend etwas mußte schiefgegangen sein. Er winkte dem Diener, der seine Schuhe holte, während ein anderer das Feuer schürte. »Schnell! *Beeil dich!* Laß den Jungen ein!«

»Eure Eminenz, die Wächter ...«

»An den Galgen mit den Wächtern ...«

»... möchten den Jungen durchsuchen, doch da er ein Edler ist ...«

»Schick ihn herein. Allein!«

»Eminenz ...«

»Genug geeminenzt und mehr Gehorsam, wenn ich bitten darf!« Molin verzog den Mund zu einem schmallippigen Lächeln, das seinen Zorn verriet. Der Diener schluckte, floh zur Tür, dann kehrte er hastig zurück und stellte die Schuhe vor ihm ab.

»Allein!«

»Eminenz«, hauchte der Mann verstört und rannte.

Molin plagte sich in einen Schuh, dann in den anderen. Er wehrte den zweiten Diener ab, der seinen Morgenrock zurechtzupfen wollte, und blickte auf, als er zurückwich. »Liso.«

»Eure Eminenz.« Atemlos verbeugte sich Siphinos' schlaksiger blonder Sohn. »Verzeiht ...«

»Ich hoffe, du hast einen guten Grund ...«

»Nein. Ich meine – es steht schlimm.« Die Zähne des Jungen klapperten. »Ich rannte ...« Er strich durch das strohblonde Haar. »Nahm meines Vaters Wächter mit ...«

»Kommt zur Sache.«

Der Junge atmete tief durch und faßte sich. »Die Hexe – unsere – sagt ...«

Straton bahnte sich einen Weg durch das Gebüsch. Immer mehr bedauerte er seine Unbedachtheit. Er war normalerweise kein Tor. Er fand jedoch, daß seine Torheit im Augenblick von einer Art war, daß er nicht einmal mit Sicherheit wußte, ob er ein Narr war oder nicht; und das erschreckte ihn. Jedenfalls jagte ihm allein der Gedanke, daß die Nisibisihexe auf dem Kriegspfad war, eisige Schauder über den Rücken.

Ihr seid spät dran, hatte der Sklave gesagt – als hätte sie sich längst ein Bild gemacht; wie es auch nicht anders zu erwarten war, wenn Zauberer, Hexer und alle, die von Magie berührt waren, diese Art von Warnzeichen spürten. Ihr Götter, warum hatte er sich bloß in diese Sachen verwickeln lassen? Warum hatte er Roxane zur Feindin erwählt und die Vampirfrau zur Verbündeten? Er konnte sich nicht einmal erinnern, wie es dazu gekommen war, nur daß Ischade sich in Syncs Fall bereit erklärt hatte zu helfen, als es keine andere Möglichkeit mehr gab. Dadurch waren alle Stiefsöhne zu ihren Verbündeten und zu Roxanes Gegnern geworden!

Tor, hörte er Crits Stimme in seinem Kopf nachhallen.

Vis wußte Bescheid! Trotz seiner Benommenheit war dieser Gedanke ganz klar, und Strat zuckte zusammen.

Unwillkürlich zögerte er auf dem schmalen Pfad. Mit einer Hand hielt er sich an einem flachwurzelnden Strauch fest, und ein Fuß hing in der Luft über dem dunklen Wasser. Vis wußte, wohin er ging.

Verdammt!

Flußab, jenseits der Brückenlichter, erhellte ein Blitz den Himmel. Bei dem Gedanken an Roxane jagte dieser Blitz ihm panikartige Angst ein. Er zog sich auf den schmalen Pfad zurück und setzte seinen Weg fort.

Schneller, immer schneller. Es gab kein Zurück mehr. Seine Boten waren dabei, soviel magische Hilfe zu suchen, wie nur möglich; einer hatte sich auch auf den Weg zum Prinz-Statthalter gemacht, doch ob er bis zu ihm vorgedrungen war …? Nun konnte er es sich nicht mehr anders überlegen und sie zurückrufen.

Ein zweiter Blitz. Plötzlich kam Wind auf, er fegte den schwarzen Abgrund des Flusses entlang und rüttelte die Bäume auf den Uferterrassen. Abgestorbene Zweige knackten unter Strats Sohlen auf dem verfallenen Weg – aber Ischade brauchte diese Geräusche nicht, sie wußte auch so, wo er steckte. Sie hatte einmal gesagt, sie spüre, wenn sie gebraucht wurde. Daran hatte er sich mit der Hoffnung aller Narren geklammert. so war er nun hier und vertraute sich einer Hexe an, an die ein vernünftiger Mensch sich überhaupt nicht gewandt hätte! Er handelte wider den gesunden Menschenverstand und alle Regeln – ihr Götter! Crit – Crit würde ihn verfluchen. Was war bloß los mit ihm?

Er fürchtete, daß er es wußte!

Er gelangte zu einem uralten Stein, von dort führte der Pfad steil hangauf. Schweratmend stieg er hoch.

Nur gut, daß sie nicht seine Feindin war! Ein leichter Stoß hätte genügt, ihn rückwärts in den Fluß stürzen zu lassen. Er kämpfte um sein Gleichgewicht, und sie machte ihm Platz zwischen den herbstlich kahlen Bäumen, am Rand des Flusses, wo sich die ungewöhnlichen Steine befanden. Plötzlich gab es für ihn die Nacht nicht mehr, sondern nur ihr Gesicht, ihren Wille, ihre Worte, sonst nichts.

»Alle möglichen Vögel«, murmelte Ischade, »vor dem Sturm.«

Er verstand nicht und verstand doch. »Roxane ...«, sagte er. »Man munkelt, daß sie etwas im Schilde führt ...«

»Ja.« Sternenschein fiel auf ihr Gesicht, soweit die Kapuze es nicht verbarg. Sie wirkte ruhig, gefährlich ruhig. Durch die Elektrizität in der Luft stellten sich ihm die Haare auf. »Komm!« Sie nahm seine Hand und zog ihn den Pfad entlang hangauf. »Der Wind wird stärker ...«

»Nicht Euer Tun ...«

»Nein. Meines nicht.«

»Vis ...« Als er zu rutschen drohte, fing er sich an einem gut hüfthohen Stein. Da wurde ihm bewußt, wo er sich befand, und er zog die Hand rasch zurück. »Ihr Götter ...«

»Vorsicht bei Beschwörungen!« Sie griff nach seinem Arm, um ihn weiterzuziehen, doch er blieb unwillkürlich Angesicht zu Angesicht mit ihr im Sternenlicht stehen: Er sah keine Einzelheiten unter dem Schatten ihrer Kapuze, nur eine Andeutung von Mund und Kinn; aber er fühlte ihren Blick, spürte die kühle Berührung ihrer Finger, die zu seiner Hand glitten. »Seit Tagen schon braut es sich zusammen! Spürt Ihr es denn nicht?«

»Was?«

»Den Sturm! Der Sturm kommt ... Der Hafen ... Was ist, wenn ein gewaltiger Sturm die Ufermauern bricht, diese schwerfälligen beysibischen Schiffe gegeneinander schmettert, ihr Holz zersplittert und sie versenkt? Freistatt würde keinen Hafen mehr haben. Nichts als eine Sandbank, die sich auf den verrottenden Schiffsrümpfen bildet. Und wo wäre dann Freistatt? Todestrupps, Aufruhr – nichts wäre mehr von Bedeutung. Der Krieg wütet nicht mehr am Hexenwall – ist nicht mehr Meilen entfernt. Es gibt Möglichkeiten, die Macht für mehr zu benutzen als nur zum Türeschließen.«

Er schritt dahin. Sie führte ihn am Arm; ihre Stimme hielt ihn im Bann, wob Zauber, so daß er sogar vergaß, sich vor den Zweigen zu schützen, die ihm ins Gesicht peitschten.

»Ich habe *Pläne* hier in Freistatt«, erklärte Ischade. »Und es ist lange her, seit ich Pläne hatte. Ich mag es, wie es ist.«

Tor, flüsterte Crits Stimme sehr, sehr schwach in seinem Kopf, kaum daß er sie über Ischades Stimme und das ansteigende Tosen des Windes überhaupt vernahm.

»Ihr hättet mich nicht zu dingen gebraucht«, sagte sie. »Nicht für Roxane. Das tue ich *umsonst!«*

»Ich kann Hilfe herbeirufen.« Er konnte wieder klar denken. »Eine Nachricht schicken, daß die Schiffe ins offene Meer fahren ...«

»Sie würde dich mit Haut und Haaren verschlingen, Stiefsohn. Es gibt einen, über den sie keine Macht hat. Beeil dich! Du bist spät dran. Wo warst du? Beim Haus?«

»Beim Haus ... *Wann* ... nach mir geschickt? *Gehört Vis Euch?«*

»Er hat Träume. Alpträume.«

Er blinzelte, stockte. Sie zerrte ihn weiter. »Verdammt«, fluchte er. »Hätte das Pferd nehmen können ... Es ist auf der anderen verdammten Seite der Brücke ... Wir müssen an dem Posten vorbei, verdammt ...«

»Sie werden es genausowenig bemerken wie sonst.«

Sie stapften weiter, immer weiter. Der Wind peitschte heftig die Bäume. Donner grollte. Spät dran, hatte sie gesagt; sie hatte auf ihn gewartet, und er war spät dran.

»Weshalb?« keuchte er. »Weshalb – habt Ihr auf mich gewartet?«

»Ich hätte Vis mitnehmen können. Aber ich traue ihm nicht mehr – ich hätte ihn nicht gern im Rücken. Ich nehme an, du verstehst mit Schlangen umzugehen ...«

Das Dickicht endete am Terrassenrand, der einem Schotterhang Platz machte. Die Brücke lag vor ihnen. Die wenigen abgeschirmten Lichter auf der Freistätter Seite der Brücke brannten noch. Steine rollten und knirschten unter ihren hastigen Schritten.

Sie werden es genausowenig bemerken wie sonst ...

Er rang um Atem. Er wußte nicht, wie es Ischade erging, die ihn immer schneller mitzog, während der Wind ihren Umhang bauschte und ihm das Haar ins Gesicht blies.

»Verdammt, es ist zu spät ...«

»Psst!« Nägel krallten sich in seine Hand. Sie eilten unter der Brücke hindurch. Er spähte hoch und wieder geradeaus, als ein Stein herabrollte, den sie gar nicht berührt hatten.

Ein Mann stand kaum sichtbar in der Dunkelheit. Strats Hand schoß zum Schwertgriff, aber eine ausgestreckte Hand, ein Wallen von Ischades schwarzem Umhang behinderte. »Es ist Stilcho«, flüsterte Ischade.

Er ließ das Schwert stecken. »Noch mehr Hilfe?« fragte er. Wieder rannen ihm eisige Schauder über den Rücken. Ein Stiefsohn war Stilcho gewesen – einer der besten neuen Stiefsöhne, die sie zurückgelassen hatten; er war sehr zufrieden gewesen mit ihm. Stilcho hatte versucht für Ordnung an und entlang der Brücke zu sorgen, und da hatte der Bettlerkönig ihn überwätltigt.*

Tot, schwor Vis. Stilcho war in jener Nacht gestorben.

Erneut grollte der Donner. »Näher«, stellte Ischade fest und blickte zum Himmel, als sie aus dem Brückenschatten traten, nun drei, statt zwei wie zuvor. Noch funkelten Sterne am Himmel, aber im Süden blitzte und donnerte es unentwegt. Der Wind strich den Fluß hinauf und rauschte flußab in den Bäumen der entlegenen südlichen Terrassen.

Ein Toter stapfte nun neben ihm und blickte ihn mit dem einen Auge an, das ihm geblieben war. Gespenstisch bleich war er und ganz in Schwarz gekleidet, doch die Kapuze war zurückgeschlagen, daher war sein jugendliches dunkles Haar zu sehen – Stilcho war eitel gewesen –, das auch jetzt noch gepflegt wirkte. Ihr Götter, was wollte der Tote? Freundschaft?

Er wandte ihm den Rücken zu und plagte sich vor ihm den Hang hinauf. Ischade ging vor ihnen, eigentlich sah es aus, als schwebe sie schattengleich vor den Schatten der mit Gestrüpp überwucherten Terrasse, bis sie mit ihnen verschmolz. Er verdoppelte seine Anstrengung und hörte, wie Stilcho ihm mühsam folgte.

* Siehe *Totenbeschwörung* von C. J. Cherryh in *Der Krieg der Diebe*, Bastei-Lübbe 20107

Ein Blitz zuckte. Er kam oben an, und schon war Ischade neben ihm und faßte ihn am Arm.

»Schlangen!« erinnerte sie ihn. »Sei vorsichtig!«

Der Wind brauste durch das Fenster und löschte die Kerzen, nur die Flammen in der Feuerstelle gaben noch Licht. »Eure Eminenz«, sagte der Diener ängstlich.

Vom Hügel aus gesehen, verdunkelte sich ganz Freistatt. Was an Lichtern gebrannt hatte, erstarb im Gewitter, das wie eine schwarze Wand, aus der Blitze zuckten, immer näher kam.

»Eminenz!«

Jemand zupfte an seinem Ärmel. Molin Fackelhalter drehte sich um. Im Feuerschein sah er geisterhaft einen windzerzausten Palastwächter. »Zalbar?«

»Eure Eminenz – die Patrouille wurde überfallen – zwei kehrten zurück. Vielleicht schafften es noch weitere, aber sie wissen es nicht. Einen Mann haben sie noch auf dem Rückweg verloren ...«

»Eure Eminenz ...« Noch ein Wächter stürmte herein und schob die Diener zur Seite. »In Aglains Lagerhaus ist Feuer ausgebrochen ...«

»Dort ist einer!« Kama zog an der Sehne, doch der Pfeil verfehlte die geduckte Gestalt – der Wind war zu stark. Der Mann floh den Kai entlang, wo Fischerkähne schaukelten und gegeneinander schlugen. Die dunklen Schiffe der Beysiber krängten und zerrten an ihren Trossen. Sie waren draußen im Kanal vertäut und von dieser Seite nicht zu erreichen. »Verdammt!« Ihre Zöpfe hüpften, als sie das Dach hinunterrutschte. An der Regenrinne stützte sie sich mit den Füßen ab.

Ein Blitz zuckte. »Es ist zu windig hier oben. Zu schwierig zu zielen. Rasch hinunter – alle!«

Sie glitt weiter, landete schwer auf dem Kistenstapel. Nur mit einer Hand konnte sie sich stützen, weil sie mit der anderen den Bogen hielt. Dann sprang sie hinunter, auf die Füße und

– sah sich einer Schar Beysiber gegenüber.

»Verschwindet!« brüllte sie und schwenkte den Bogen. »Rasch, weg von hier ...«

Aufgeregt brabbelten sie in ihrer eigenen Sprache auf sie ein. Einer löste sich aus der Schar und rannte davon. Die anderen folgten seinem Beispiel und flohen wie Mäuse vor einem Feuer.

Eine schattenhafte Gestalt landete neben ihr – ihr Partner. Er hatte einen Pfeil eingelegt.

»Wahnsinnige!« fluchte er. Aufruhr im Hafen, und die Beysiber liefen mitten hinein ...

Ein Beysiber fiel. Ein Scharfschütze hatte mit irgendeinem Geschoß getroffen. Andere Beysiber erreichten die Wasser, schälten sich aus ihren Kleidern; bleiche Körper tauchten ins Wasser – einer und drei und fünf, ein Dutzend oder mehr.

»Sieh dir das an!« brummte ihr Partner. Einen Augenblick tat sie nichts anderes, hielt es für Selbstmord (sie konnte nicht schwimmen, und das dunkle Wasser brandete wild).

»Ihre Schiffe – verdammt, sie wollen zu ihren Schiffen!«

Sie hatten also doch Mumm! Die Beysiber erstaunten sie; beysibische Seeleute, die dort draußen ihre Leben aufs Spiel setzten!

Der Wind tobte, daß die Bäume knarrten. Ein Ast brach und fiel; dürre Blätter und kahle Zweige wirbelten durch die Luft. Von links nach rechts blies der Wind um das baufällige Haus, dessen Lichter gespenstisch durch das Dunkel glühten.

Im Zucken der Blitze, dem Krachen des Donners und Heulen des Windes kauerten sie im Garten davor, wo Schlangen ihre Nester hatten.

»Vashanka ist *fort!*« beteuerte Strat. Sein letzter Rest von Glaube an Logik war erschüttert. *»Fort ...«*

»Auch das *Fehlen* eines Gottes hat seine Auswirkungen«, entgegnete Ischade. Ihre Kapuze war zurückgeweht, und ihr schwarzes Haar flatterte. Ein Blitz erhellte ihr Gesicht. Ihre Augen brannten wie die Hölle, als sie sie ihm zuwandte.

»Chaos beispielsweise, Möchtegerngötter, die an seine Stelle drängen.«

»Gehen wir ins Haus?« Es war wahrhaftig der letzte Ort, an dem Strat eigentlich sein wollte, aber er hielt sein Schwert in der Hand – und sein Herz ebenfalls. Im Haus mochte es warm sein, hier jedoch fror es ihn bis auf die Knochen.

»Geduld!« mahnte Ischade. Sie streckte die Hand aus. »Stilcho, es ist soweit!«

Schweigen herrschte. Strat wischte sich die tränenden Augen. Ein Blitz offenbarte ein zu einer Maske des Grauens erstarrtes Gesicht. »Nein«, krächzte Stilcho. »Nein ... ich will nicht ...«

»Es geht nicht anders, Stilcho. Das weißt du. Und ich weiß, daß du dich auskennst!«

»Ich möchte nicht ...« Er hörte sich an wie ein zitterndes, trotziges Kind.

»Stilcho!«

Er brach zusammen, sackte schlaff gegen Strats Seite. Strat zuckte ekelerfüllt zusammen, hielt jedoch sein Gleichgewicht, indem er sich auf sein Schwert stützte. Er blinzelte in den Wind und die Blätter, die gegen sein Gesicht strichen. »Verdammt ...«

Er hörte Ischades Stimme durch die Dunkelheit: »... such ihn, Stilcho! Du wirst ihn finden! Beschwör ihn – er wird kommen. Er wird kommen. Er wird kommen ...«

Er beging den Fehler, den Kopf zu heben, und blickte geradewegs dahin, wo etwas Form annahm: etwas mit roten Streifen, das keineswegs menschlich aussah, und trotzdem: Er kannte das Gesicht – hatte es jahrelang gekannt.

»Janni ...«

Der zu Tode gemarterte Stiefsohn nahm menschlichere

Gestalt an: Janni, wie vor der Nacht, als die Nisibisihexe ihn in die Finger bekommen hatte.

»Sie gehört dir, Janni«, flüsterte Ischade. »Stilcho. Komm zurück. Aß ...«

Sein Kriegsname. Er hatte ihn ihr nie genannt.

»Pack sie«, flüsterte Ischade. »Ich halte – ich halte hier die Stellung. *Zahl es ihr heim!«*

Janni drehte sich um. Er sah aus wie ein Abbild, das sich auf Messing spiegelte, und bewegte sich ruckhaft und unsicher. Noch etwas rührte sich, etwas Stofflicheres: Stilcho stolperte herbei und klammerte sich haltsuchend an Zweige.

Strat setzte sich in Bewegung, gekränkt, daß er der letzte war. »Janni – verdammt, warte!«

Doch nichts vermochte dieses wie schwerelose Wesen zu stoppen. Wind und Dickicht hielten es nicht zurück. Strat streckte den Arm aus und kämpfte sich durch das Gebüsch. Er überholte Stilcho – prallte gegen einen herausragenden Zweig, der an seinem Lederwams zerbrach – ein Knacken, das der Wind verschluckte.

Dornen zerkratzten ihn; die Hauswand ragte vor ihm hoch, und Janni rannte weit vor ihm darauf zu und verschwand im Innern, hinter dieser Wand aus Flußsteinen mit der Eichentür.

»Janni!« Schweigen war nun nicht mehr geboten. Janni war der Hexe schon einmal unterlegen – war *allein* da drinnen. Nicht gegen die Tür stürmte er, sondern gegen die Fensterläden. Das morsche Holz zersplitterte, er stürzte gegen irgendwelche Möbel – in blendendes Licht. Schrekken durchzuckte ihn, er landete flach auf dem Boden und schlug den Kopf an. Sein Schwert – ihr Götter! Wo war sein Schwert? Seine Finger waren zu taub, etwas zu fühlen. Plötzlich kam Stilcho heran, er stolperte an ihm vorbei, schlug nach etwas ...

Etwas Schweres wälzte sich über ihn, es war lang und rund. Er schrie auf, schüttelte es ab und plagte sich auf die Knie – *eine Schlange,* verriet ihm die Bewegung. Er brüllte und hieb auf das Ungetüm ein.

Sie ringelte sich, peitschte – es war nicht nur eine! Mit aller Kraft schlug er auf die kräftigen Reptilien ein.

Der Schlangenleib stieß durch Janni, der es nicht einmal bemerkte. Und Roxane – die Hexe Roxane, mitten im Raum, mitten im Haus – stand schwarz im Herzen eines Feuers: eine Säule der Finsternis. Ihr Haar knisterte; Licht sprühte von ihren Fingern und ihrem Gesicht. Sie hob die Hand, deutete, und Flammenzungen hüpften. Im Hintergrund dieses Lichtes wurde Janni zum Schatten. Das Feuer begann zu wimmern.

Strat versuchte es, er schnellte vor.

»Zurück!« Stilcho packte ihn, an einer Schwelle, die er nicht sehen konnte, hinter der sich ein Abgrund befand, in den sie stürzten, stürzten, in tiefste Schwärze ...

Doch Janni hatte die Arme um die Hexe geschlungen. Blitze umhüllten sie, krochen an dem Paar auf und ab wie eine Maserung, bis der Donner krachte.

Das Licht durchsiebte ihn, zerriß seine Dunkelheit, zerfetzte sie und verschlang beide mit einem ohrenbetäubenden Donnerknall.

Wieder Dunkelheit. Brandgestank.

»Janni? Janni? *Stilcho ...*«

Der Sturm erstarb, erstarb mit der Plötzlichkeit des Todes, mit einem sofort von Donner gefolgten Blitz, der in der Nähe eingeschlagen haben mußte.

Die Schiffe schaukelten in einer See, in der Chaos ausgebrochen war, nicht länger krängte sie der Wind, nicht länger hielten die Trossen sie.

»Ihr Götter!« hauchte Kama.

»... irgendwo am Fluß eingeschlagen«, sagte der Diener überflüssigerweise. Molin Fackelhalter krallte die Nägel ins Fensterbrett und spürte, wie sein Herz erneut heftig zu hämmern begann.

»Daran besteht kein Zweifel!«

Aber wo, hätte er nicht zu sagen vermocht. Eine Flamme loderte in der Dunkelheit irgendwo am Fluß auf, nicht die einzige. Da und dort brannte es.

Noch keine besonders großen Feuer.

Es war nichts, woran er sich erinnern wollte. Es dauerte lange, bis er wieder etwas hören konnte, fast den ganzen Rückweg, und fast die ganze lange Zeit, taumelte er allein dahin, torkelte nach dieser und jener Seite wie ein Betrunkener. Doch manchmal legte Stilcho den Arm um ihn, manchmal faßte SIE ihn an der Hand ...

... Eine andere Art von Feuer brannte, brannte sicher in einem Herd. Der Geruch von Gewürzen. Von Moschus.

Ischades dunkles Gesicht. Sie kniete neben seinem Stuhl, neben ihrem Feuer, neben den zahmen Flammen. Sie hatte die Kapuze zurückgeschlagen, und ihr Haar glänzte im Licht.

»Janni ...«, sagte er. Es war das erste, woran er sich erinnerte.

»Stilcho hat dich zurückgebracht«, sagte Ischade. Sie beugte sich zur Seite. Wein floß glucksend in einen Kelch, der Duft von Trauben stieg auf. Sie reichte ihm den Kelch. Und er saß still.

Sein Verstand brauchte lange, solche Bilder zu erfassen. Er starrte ins Feuer und spürte den Schmerz in allen Knochen.

»... Janni?«

»Ruht.«

»Tot. Er ist tot, laß ihn tot sein, verdammt ...« Er dachte an Niko, an Nikos Trauer. Es würde sein Herz brechen. »Ist ein Mensch denn nicht einmal sicher, wenn er tot ist?«

»Ich hätte andere benutzt. Doch andere Seelen waren – nicht erreichbar. Seine war es. Ihn in diesem Fall zu erreichen, war leicht. Stilcho hat kein Problem mit dem Hin- und Rückweg.« Jemand näherte sich. Haughts Gesicht war zu erkennen. »Du kannst gehen«, sagte sie und blickte zu

Haught auf. »Kümmere dich um die im Stadthaus. Du wirst sie beruhigen müssen.«

Haupt stapfte davon, griff nach seinem Umhang. Flüchtig drang Kälte ein, als er die Tür öffnete und wieder schloß. Das Feuer flackerte.

»Roxane«, sagte Strat.

Ischade drückte ihm den Kelch in die Hand. Seine Finger schlossen sich um ihn. »Die Macht hat auch eine Kehrseite. Es ist gefährlich, bei einem so großen Zauber gestört zu werden.«

»Ist sie tot?«

»Wenn nicht, geht es ihr zumindest nicht sehr gut.«

Er nahm einen schnellen Schluck nach dem andern. Das vertrieb den Brandgeschmack aus seinem Mund. Sie nahm ihm den Kelch ab, stellte ihn zur Seite. Sie stützte Arm und Kopf auf sein Knie, ganz wie eine gewöhnliche Frau, die ins Feuer blickte. Dann schaute sie zu ihm auf. Er spürte seinen Puls, spürte, wie das Eis um ihn taute, aber die Welt erschien ihm unendlich fern.

»Komm ins Bett«, forderte sie ihn auf. »Ich wärme dich.«

»Wie lange?«

Sie schloß die Lider, als seien sie ihr zu schwer geworden. Einen Moment war ihm wieder kalt. Dann öffnete sie die Augen, und es wurde warm in der Stube; sein Puls hämmerte. »Du hast mich immer falsch gesehen«, sagte sie. »Ich bin kein Vampir.«

Ihre Hand schloß sich um seine. Er beugte sich hinab, berührte ihre Lippen. Er wollte nicht denken, weder an gestern, noch an morgen. Er war in dieses Haus gekommen, weil es mit Ranke zu Ende gehen mochte. Und bald mit ihm. Die Zeit war niemandes Freund, das hatte er in seinem Handwerk oft erfahren.

»Das Verdammteste überhaupt!« Zalbar wischte sich über das rußverschmierte Gesicht. Bestürzung erfüllte ihn. »Verzeiht, Eure Eminenz ...«

»Berichte!«

»Wir haben etwa ein Dutzend Tote gezählt, straßauf, straßab. Tote, einige mit durchschnittenen Kehlen, andere erstochen ...«

»Die Schiffe, Zalbar!«

»Ein paar Planken geborsten, aber die Beysiber haben sie erreicht ... Die Leichen, Eminenz – ein Dutzend!«

Molin warf einen mitleidigen Blick auf den Höllenhund. »Seit wann regen uns in Freistatt im Morgengrauen ein Dutzend Leichen auf?«

»Zwei vor Siphinos' Tür; eine vor Elinos', drei vor Agalins ... Es sind Nisibisi. Allesamt!«

»He!« brüllte jemand. »He ...«

Er ritt auf einer Straße Freistatts und blinzelte in die Sonne. Seine Hand klammerte sich an den Sattelknauf, und er starrte hinunter auf den Mann, der sein Pferd angehalten hatte – ein einfacher Händler. Ein Murren der Entrüstung erhob sich um ihn. Benommen wurde Strat bewußt, daß sein Pferd etwas angestellt hatte. Hilflos schaute er den alten Mann an, der seinen Blick besorgt erwiderte. Der Alte war ein dunkler Ilsiger; Strat erkannte die Gedankenverlorenheit dieses Rankaners, der sichtlich hilflos allem ausgeliefert war, was einem bei Tag in Freistatts Straßen zustoßen mochte.

Schindeln lagen verstreut auf dem Kopfsteinpflaster; ein Schenkenschild hing nur noch an einem Ring; Trümmer überall. Aber das Leben nahm seinen Gang. Der Braune hatte Appetit auf Äpfel gehabt.

Strat tastete nach seinem Beutel. Er war verschwunden, und er konnte sich nicht erinnern, wie und wann. Er hätte dem Mann gern eine Münze zugeworfen und die Winder vergessen, doch sie standen um ihn: Männer und Frauen, stumm in gemeinsamer Verlegenheit, gemeinsamem Haß und gemeinsamer Hilflosigkeit.

»Tut mir leid«, murmelte er. Er griff nach den Zügeln und ritt langsam die Straße entlang.

Beraubt – nicht nur seines Geldes. Lücken klafften in

seinem Gedächtnis – er wußte nicht, wo er gewesen war, was er gesehen hatte.

Roxane. Ischade. Er war zum Haus am Fluß zurückgekehrt. Soweit reichte seine Erinnerung, aber nicht weiter.

Unwillkürlich betastete er seinen Hals. *Du hast mich immer falsch gesehen,* hatte sie gesagt.

Die Sonne war aufgegangen; Straßenhändler priesen ihre Ware an; alle Frauen kehrten Eingangsstufen.

Er wäre gern aus dem Stadttor geritten, um sich zu retten, doch wie sein Brauner fühlte er sich an den alten Trott gebunden, an den Pfad der Pflicht.

Ich habe etwas versprochen, dachte er schaudernd in flüchtiger Erinnerung.

Ihr Götter – was?

Originaltitel: Witching Hour

Deutsch von Lore Straßl

Personenregister

Am Ende jedes Eintrags wird auf den Band verwiesen, in dem die jeweilige Figur zum ersten Mal vorgestellt wurde. Die Abkürzungen bedeuten im einzelnen:

DF = Die Diebe von Freistatt (Band 20089)
BS = Der Blaue Stern (Band 20091)
WE = Zum Wilden Einhorn (Band 20093)
RW = Die Rache der Wache (Band 20096)
GF = Die Götter von Freistatt (Band 20098)
VF = Verrat in Freistatt (Band 20101)
KD = Der Krieg der Diebe (Band 20107)
HN = Hexennacht (Band 20113)

Alten Stulwig – ein Heilkundiger im Westviertel Freistatts, der auch mit Giften und Gegengiften vertraut ist. (WE)
Cappen Varra – ein fahrender Sänger, aus Caronne gebürtig, der gewöhnlich über die Vorgänge in Freistatt gut unterrichtet ist. (DF)
Chenaya – eine Kusine des Prinzen Kadakithis. Sie floh vor aufständischen Soldaten aus Ranke und kam nach Freistatt, um den Prinzen gegen Anschläge zu schützen. Gilt als die beste Gladiatorenkämpferin im ganzen rankanischen Reich. (HN)
Critias – gehört zu den Stiefsöhnen, kämpft mit Tempus am Hexenwall. (KD)
Eindaumen – der Wirt der Kneipe ›Zum Wilden Einhorn‹ im Herzen des Labyrinths, ein großer, kräftiger Mann, dem ein Daumen an der rechten Hand fehlt. Er kontrolliert den Krrf-Drogenhandel und ist auch an anderen illegalen Geschäften beteiligt, neuerdings unterhält er gute Beziehungen zur Nisibisihexe Roxane. (BS)
Enas Yorl – einer der mächtigsten Magier des rankanischen Reiches. Erkennbar nur an seinen rot leuchtenden Augen, da er durch einen Fluch, der auf ihm lastet, in unregelmäßigen Abständen seine Gestalt wechselt. Er lebt in einer palastartigen Residenz unterhalb der Pyrtanisstraße im Juweliersviertel, die, wie es heißt, von Basilisken bewacht wird. (DF)
Gilla – Lalos Frau, dick und häßlich wie ein Rhinozeros, aber für ihren Mann nimmt sie jedes Risiko auf sich, sogar den Gang in eine Magierhölle. (GF)
Hakiem – der Geschichtenerzähler, der überall gern gesehen oder

zumindest geduldet wird. Er verkauft seine Geschichten für ein paar Kupferstücke jedem, der sie hören will. Darüber hinaus erfährt er sehr viel, was ihn für jeden in Freistatt zu einem wertvollen Informanten macht. Neuerdings berät er die Beysa Shupansea, die Herrscherin der Beysiber, und doch wünscht er nichts mehr als die Freiheit für Freistatt. (DF)

Hanse Nachtschatten – ein junger, dunkelhaariger, außergewöhnlich geschickter Dieb, stets dunkel gekleidet und mit mindestens einem Messer bewaffnet. (DF)

Haught – ein ehemaliger Sklave, den Ischade befreite und in ihrem Bann hält. (VF)

Hort – Sohn des alten Fischer Panit; da er die Sprache der Beysiber spricht, ist er als Informant besonders gefragt. (RW)

Illyra – eine junge Seherin, die die Vergangenheit und Zukunft aus den Karten liest. Da die S'danzo-Zigeuner sie als Halbblut verachten und die anderen ihr als S'danzo mißtrauen, ist sie so etwas wie eine Ausgestoßene. Sie hat ihren Stand auf dem Basar und lebt mit dem Schmied Dubron zusammen. (DF)

Ischade – eine Zauberdiebin, die Jagd auf Magier macht und von ihnen Formeln und dergleichen stiehlt. Sie steht unter dem Fluch, daß jeder Mann, der ihr Bett teilt, sterben muß. (RW)

Janni – ein Stiefsohn, der der Hexe Roxane in die Hände fiel und zu Tode gefoltert wurde. (KD)

Jubal – ein riesiger Neger, ehemaliger Sklave und Gladiator. Er galt als der ungekrönte König der Unterwelt von Freistatt, bis er von Tempus und seinen Stiefsöhnen besiegt wurde. Seine durch Magie hervorgerufene Heilung ließ ihn körperlich altern. Doch gelang es ihm nach seiner Niederlage, seine früheren Schergen, nach ihrer Verkleidung Falkenmasken genannt, wieder an sich zu binden. (BS)

Kadakithis, Prinz – Statthalter von Freistatt, von seinen nicht eben wenigen Feinden nur spöttisch ›Kittycat‹ genannt. Er weiß genau, daß er nach Freistatt gesandt wurde, weil sein Onkel, der Kaiser von Ranke, ihn aus dem Weg haben wollte. Die Beysiber haben ihn entmachtet, doch unterhält er mit deren Herrscherin, der Beysa, eine herzliche persönliche Beziehung. (DF)

Kama – eine Kriegerin des 3. Rankanischen Kommandos und Tochter von Tempus. Sie bemüht sich um Kontakt mit den Rebellen in Freistatt, um die Beysiber aus der Stadt zu jagen. (HN)

Kurrekai – eine beysibische Edelfrau und Priesterin, legt Wert darauf, nur mit ›Lady Kurrekai‹ angeredet zu werden. (HN)

Lalo – ein Porträtmaler. Durch einen Zauber Enas Yorls ist er dazu

befähigt – oder verflucht –, nicht das Äußere der Menschen abzubilden, sondern ihr wahres Wesen. (GF)
Lowan Vigiles – der Vater Chenayas und Bruder Molin Fackelhalters, gehört der kaiserlichen Familie an und floh vor den Aufständischen aus Ranke (HN)
Mama Becho – besitzgierige Wirtin der einzigen Schenke in Abwind, dem Elendsviertel von Freistatt. Sie hält sich durch eine Schar von Jungs auf dem laufenden, die sich aus Findlingen und ihren eigenen Kindern zusammensetzt. (VF)
Molin Fackelhalter – Hohepriester und Baumeister des Gottes Savankala. Er wurde mit Kadakithis nach Freistatt entsandt, um den rankanischen Göttern Tempel zu errichten. Seit der Invasion vermittelt er zwischen den Freistättern und Beysibern. (DF)
Mor-am – als Killer stand er mit seiner Schwester Moria in Diensten Jubals, doch nach dessen Niederlage gerät er in den Bann Ischades. (BS)
Moruth – genannt der Bettlerkönig, macht als Anführer von Mama Bechos Jungs die Straßen in Freistatt unsicher; ihm droht aber die Gefahr, zwischen Stiefsöhnen, Falkenmasken und dem 3. Rankanischen Kommando aufgerieben zu werden. (VF)
Mradhon Vis – Abenteurer aus Nisibisi, ein ehemaliger Soldat, der unehrenhaft entlassen wurde und sich seitdem in vielen, nicht immer ehrenwerten Berufen verdingt hat; entkam nur knapp dem Bann der Ischade. (RW)
Randal – der Truppenzauberer des 3. Rankanischen Kommandos, der es besonders auf die Beysiber abgesehen hat. (HN)
Roxane – Nisibisihexe, der es gelang, Tempus in den Norden zu locken. Ihre Todestrupps machen ganz Freistatt unsicher. (KD)
Saliman – rechte Hand Jubals, von ihm einst als Sklave erworben, aber auf freien Fuß gesetzt; seitdem hält er Jubal bedingungslos die Treue. (VF)
Samlor hil Samt – cirdonischer Karawanenmeister. Bei der Suche nach seiner Nichte scheut er kein Opfer und kein Risiko. (HN)
Shupansea – genannt die Beysa, die Herrscherin der Beysiber, von diesen als Göttin verehrt; sie unterhält enge Beziehungen zum Prinzen Kadakithis. (HN)
Straton – ein Stiefsohn, der für seine Tapferkeit bekannt ist; mehr und mehr aber gerät er in den Bann Ischades. (KD)
Sync – der Befehlshaber des 3. Rankanischen Kommandos, das wie aus dem Nichts in Freistatt auftaucht und völlig unabhängig operiert. Der Rankaner versucht, einen Zusammenschluß aller Rebellen Freistatts zu erreichen, um die Beysiber zu besiegen. (HN)

Tempus, auch Thales genannt – eine rätselhafte Gestalt, die ihr Leben ganz in den Dienst Vashankas, des rankanischen Kriegsgottes, gestellt hat. Er ist ein Riese von einem Mann, mehr als drei Jahrhunderte alt und besitzt die Fähigkeit, seine Wunden zu heilen und seine Gestalt zu tarnen. Allerdings steht er unter einem Fluch, der ihm zu lieben verbietet. Von der Nisibisihexe Roxane wurde er in den Norden gelockt und kämpfte am Hexenwall. (WE)

Tudhaliya – beysibischer Edelmann; von den Freistättern als Henker gefürchtet. (HN)

Walegrin – ein Söldnerführer. Halbbruder der Seherin Illyra. Er ist groß und bleich und wirkt fast wie ein Barbar. (WE)

Zip – ein Freistätter Rebellenführer, dessen wirklichen Namen niemand weiß. Er gehört den Todestrupps der Hexe Roxane an und kennt nur ein Ziel: die Beysiber mit ihren Assassinen und Zauberinnen aus Freistatt zu vertreiben. (HN)